SERPENTE

REX STOUT

SERPENTE

Tradução:
ÁLVARO HATTNHER

2ª edição

Copyright © 1934 by Rex Stout

Título original:
Fer-de-Lance

Projeto gráfico de capa:
João Baptista da Costa Aguiar

Foto da capa:
Ana Ottoni

Preparação:
Elvira Vigna
Eliane Maturano Santoro

Revisão:
Maysa Monção
Ana Maria Barbosa

Dados Internacionais de Catalogação na Publicação (CIP)
(Câmara Brasileira do Livro, SP, Brasil)

Stout, Rex, 1886-1975.
Serpente / Rex Stout ; tradução Álvaro Hattnher. —
São Paulo : Companhia das Letras, 2000.

Título original: Fer-de-Lance.
ISBN 978-85-359-0038-5

1. Ficção policial e de mistério (Literatura norte-americana) 2. Romance norte-americano I. Título.

00-2653   CDD-813.5

Índices para catálogo sistemático:
1. Romances : Século 20 : Literatura norte-americana
813.5
2. Século 20 : Romances : Literatura norte-americana
813.5

2008

Todos os direitos desta edição reservados à
EDITORA SCHWARCZ LTDA.
Rua Bandeira Paulista, 702, cj. 32
04532-002 — São Paulo — SP
Telefone: (11) 3707-3500
Fax: (11) 3707-3501
www.companhiadasletras.com.br

SERPENTE

1

Não havia motivo para não ter sido eu a comprar a cerveja naquele dia, pois as últimas pontas soltas do caso Fairmont National Bank haviam se amarrado na semana anterior e eu não tinha nada para fazer a não ser pequenas tarefas, e Wolfe nunca pensava duas vezes antes de me mandar à rua Murray caso precisasse, mesmo que fosse só para comprar graxa de sapatos. Mas Fritz comprou a cerveja. Logo depois do almoço a campainha soou na cozinha, chamando-o ao andar de cima antes mesmo que ele pudesse terminar de lavar os pratos e, depois de receber as instruções, Fritz saiu e pegou o conversível que sempre deixávamos estacionado na frente da casa. Voltou uma hora depois com um monte de cestas cheias de garrafas em cima do banco. Wolfe estava no escritório — que era como ele e eu chamávamos o lugar; Fritz preferia biblioteca — e eu estava na sala da frente lendo um livro que absolutamente não conseguia entender, uma coisa sobre ferimentos a bala, e aí olhei pela janela e vi Fritz estacionando o carro. Era uma boa desculpa para eu esticar as pernas, de modo que desci e fui ajudá-lo a descarregar as cestas e levá-las para a cozinha. Estávamos começando a guardar as garrafas no armário quando a campainha tocou. Fritz e eu fomos até o escritório.

Wolfe ergueu a cabeça. Estou mencionando isso porque a cabeça dele era tão grande que a ação de levantá-la dava a impressão de um enorme esforço. E ela provavelmente ainda era maior do que parecia ser, pois o resto do corpo era tão grande que qualquer cabeça que não fosse aquela teria passado completamente desapercebida.

"Onde estão as cervejas?"

"Na cozinha, senhor. No armário de baixo, à direita, acho."

"Quero as cervejas aqui. Estão geladas? E um abridor de garrafas e dois copos."

"Estão razoavelmente geladas, sim, senhor. Pois não."

Sorri e me sentei numa poltrona, tentando adivinhar o que Wolfe estaria fazendo com os pequenos discos de papel que recortara e que estava dispondo em diferentes posições sobre o mata-borrão da mesa. Fritz começou a trazer as garrafas numa bandeja, meia dúzia de cada vez. Depois da terceira viagem sorri novamente quando vi Wolfe erguer os olhos primeiro para a fileira que se formava sobre a mesa, depois para as costas de Fritz passando pela porta. Mais duas bandejas cheias chegaram; nesse ponto, Wolfe interrompeu o desfile.

"Fritz, você poderia ter a gentileza de me informar quando isso vai acabar?"

"Logo, logo, senhor. Faltam mais dezenove. No total, são 49 garrafas."

"Que absurdo! Me desculpe, Fritz, mas isso obviamente é um absurdo."

"Sim, senhor. O senhor disse uma de cada tipo disponível. Fui a pelo menos uma dúzia de lugares."

"Está bem. Traga tudo para cá. E também uns biscoitinhos salgados. Não podemos desperdiçar a oportunidade, Fritz, não seria justo."

O que estava havendo, conforme Wolfe explicou, depois de me convidar a aproximar a poltrona da mesa e depois que começou a abrir as garrafas, é que estava decidido a abandonar a cerveja contrabandeada, que durante anos havia comprado em barris e mantido num refrigerador no porão, caso conseguisse encontrar alguma marca da cerveja legal que fosse bebível. Também havia decidido que seis litros por dia era demais, tomava tempo demais, e que, assim sendo, de agora em diante iria limitar-se a cinco litros. Sorri quando ele disse isso porque não acreditava em uma só palavra, e sorri de novo ao imaginar a casa entulhada de garrafas vazias, a menos que Fritz passasse o dia inteiro de cima para baixo. Fiz um comentário que já havia feito antes, mais de uma vez: que cerveja deixa a cabeça das pessoas mais lenta, e que com os seis litros que ele entornava por dia eu não conseguia entender como ele fazia para seu cérebro funcionar tão depressa, num ritmo de que ninguém mais, no país inteiro, conseguia chegar nem perto. Ele respondeu, como também já havia feito antes, que não era seu cérebro que funcionava, mas seus centros nervosos inferiores. E, quando abri a quinta garrafa para ele provar, continuou, dizendo — e também não era a primeira vez — que não iria me insultar aceitando meu elogio, pois se o elogio fosse sincero eu era um tolo, e se não fosse eu era um velhaco.

Estalou os lábios, provando a quinta marca e, erguendo o copo, olhou a cor âmbar na luz. "Que surpresa agradável, Archie. Eu não teria acreditado. Essa, é claro, é a vantagem do pessimista: um pessimista só tem surpresas agradáveis, um otimista sempre fica com as desagradáveis. Até agora, nenhuma delas é água de esgoto. Como você pode ver, Fritz marcou os preços nos rótulos, e comecei pelas mais baratas. Não, espere, veja esta aqui."

Foi nesse momento que ouvi o zumbido fraco na cozinha, que significava que havia alguém na porta da frente, e foi com esse zumbido que tudo começou. Só que no momento em que aconteceu não parecia interessante: simplesmente Durkin pedindo um favor.

Durkin era gente boa. Quando penso em como ele era obtuso relativamente a quase tudo, me surpreendo com sua capacidade excepcional de seguir pessoas. Sei que os bull terriers são bons farejadores mas burros, só que seguir alguém com competência envolve muitas outras coisas além de ter paciência e esperar, e Fred Durkin era de primeira. Uma vez perguntei a ele como ele fazia. A resposta foi: "Chego no sujeito e pergunto para onde ele está indo; aí, se eu perco ele, sei onde procurar". Acho que ele sabia como aquilo era engraçado. Não sei com certeza, só acho. Quando as coisas chegaram ao ponto em que Wolfe teve de reduzir despesas como todo mundo, do banqueiro ao vagabundo, Saul Panzer e eu tivemos nossas remunerações semanais reduzidas, mas Durkin foi simplesmente dispensado. Wolfe solicitava seus serviços quando necessário e pagava por dia, e por isso continuávamos nos encontrando de vez em quando. Eu sabia que ele estava passando um cortado: as coisas andavam meio devagar. Fazia mais de um mês que eu não cruzava com ele quando a campainha tocou, naquele dia, e Fritz apareceu com ele na porta do escritório.

Wolfe ergueu os olhos e balançou a cabeça. "Olá, Fred. Fiquei lhe devendo alguma coisa?"

Durkin se aproximou da escrivaninha de chapéu na mão e fez que não com a cabeça. "Como vai, senhor Wolfe? Quem me dera que o senhor me devesse alguma coisa. Se alguém estivesse me devendo alguma coisa, eu estaria em cima dessa pessoa como sela em cavalo."

"Sente-se. Quer provar uma cerveja?"

"Não, obrigado." Fred continuou de pé. "Vim lhe pedir um favor."

Wolfe ergueu os olhos novamente e seus lábios grossos formaram um pequeno bico bem apertado, um movimento quase imperceptível, depois voltaram ao normal; repetiram o movimento e voltaram ao normal novamente. Como eu gostava de vê-lo fazer aquilo! Era um dos poucos momentos em que eu me entusiasmava: quando os lábios de Wolfe se moviam daquele jeito. Não importa se era um detalhe sem importância, como o Durkin, ou se era porque ele estava na pista de algum acontecimento importante e perigoso. Eu sabia o que significava aquele movimento: alguma coisa estava acontecendo tão rápido dentro dele, tantas possibilidades estavam sendo analisadas ao mesmo tempo, o mundo todo num único flash, que ninguém iria realmente entender, mesmo que ele se esforçasse muito para explicar, o que nunca fazia. Às vezes, nos dias em que lhe dava na cabeça ser paciente, ele me explicava, e aí tudo parecia fazer sentido, mas mais tarde eu percebia que só tivera aquela impressão porque alguma prova nova havia aparecido, fazendo com que eu aceitasse o que Wolfe dissera. Certa vez eu disse a Saul Panzer que era como estar com Wolfe numa sala escura onde nenhum dos dois jamais tivesse entrado, com Wolfe descrevendo tudo o que havia lá dentro e, quando as luzes se acendiam, a explicação que ele lhe dava de como conseguira fazer aquilo parecia fazer sentido porque você via que tudo o que estava lá dentro era exatamente o que ele havia dito que estaria.

Wolfe disse a Durkin: "Você sabe que minhas finanças não andam bem. Mas, já que não veio pedir dinheiro emprestado, é provável que eu lhe faça o favor. O que você quer?".

Durkin franziu as sobrancelhas. Wolfe sempre conseguia aborrecê-lo. "Ninguém precisa mais de dinheiro do que eu. Como o senhor sabe que não é isso?".

"Bobagem. Até Archie pode explicar. É que você não está constrangido. Além disso, se fosse questão de empréstimo você não teria trazido uma mulher com você. O que você quer?"

Inclinei-me para a frente e interrompi: "Pô! O cara veio sozinho! Se houvesse mais alguém eu teria ouvido, tenho ótima audição!".

Um leve tremor, perceptível somente para quem já o tivesse visto antes, como eu, percorreu o corpanzil de Wolfe. "Claro, Archie, você tem ouvidos espetaculares. Mas não havia nada para ouvir, já que a senhora em questão não emitiu nenhum som audível a esta distância. E Fritz não falou com ela; só que, ao cumprimentar Fred, ele adotou um tom cortês que costuma reservar apenas para o sexo frágil. Se eu o ouvisse usar aquele tom dirigindo-se a um homem não acompanhado, despachava-o na mesma hora para o psicanalista."

Durkin disse:

"É uma amiga da minha mulher. A melhor amiga dela. O senhor sabe que a minha mulher é italiana. Bom, talvez não saiba, mas é. Seja como for, essa amiga dela está em apuros, pelo menos acha que está. Para mim, é um caso sem solução. Mas Maria pegou no pé da Fanny e a Fanny pegou no meu pé e as duas pegaram no meu pé juntas, tudo porque uma vez eu disse à Fanny que o senhor tinha um demônio por dentro capaz de descobrir qualquer coisa neste mundo. Foi bobagem falar isso, senhor Wolfe, mas o senhor sabe, quando a gente começa a falar..."

Wolfe só disse: "Mande ela entrar".

Durkin foi até o vestíbulo e voltou logo em seguida com uma mulher andando na frente dele. Era miúda mas não magra, tinha cabelo e olhos negros e italiana dos pés à cabeça, só que sem xale. De meia-idade, era cuidada e elegante em seu vestido de algodão cor-de-rosa e sua jaqueta preta de rayon. Puxei uma cadeira e ela se sentou de frente para Wolfe e para a luz.

Durkin disse: "Maria Maffei, este é o senhor Wolfe".

Ela sorriu para Fred, exibindo dentes pequenos e brancos, e voltou-se para Wolfe: "Maria Maffei", disse, numa pronúncia totalmente diferente.

Wolfe falou: "'Maffei' é o nome do seu marido, não?".

Ela balançou a cabeça. "Não, senhor. Não sou casada."

"Mas está em apuros mesmo assim."

"Sim, senhor. O senhor Durkin achou que o senhor poderia..."

"Conte o que aconteceu."

"Sim, senhor. É o meu irmão Carlo. Ele foi embora."

"Para onde?"

"Não sei, senhor. É por isso que estou com medo. Desapareceu há dois dias."

"Onde ele... Não, não... Essas coisas não são fenômenos, só fatos." Wolfe se virou para mim: "Prossiga, Archie".

Na hora em que ele acabou de dizer seu *não, não*, já fui pegando o bloco de notas. Apreciava particularmente aquele tipo de atividade junto a Wolfe porque sabia muito bem que era bom naquilo. Só que daquela vez não havia grande coisa: a mulher sabia o que queria dizer, e eu o que anotar. Ela contou sua história depressa e sem rodeios. Era governanta num excelente apartamento da Park Avenue e morava no emprego. Seu irmão, Carlo, dois anos mais velho do que ela, alugava um quarto numa pensão da rua Sullivan. Era artesão de metais, de primeira classe, segundo ela. Durante anos havia ganhado muito dinheiro trabalhando com jóias para a Rathbun & Cross, mas pelo fato de beber um pouco e de vez em quando não aparecer no trabalho fora um dos primeiros a serem mandados embora quando viera a crise. Durante algum tempo ele conseguira se manter com empregos temporários aqui e ali, mas suas pequenas economias se esgotaram e no inverno e na primavera anteriores vivera às custas da irmã. Em meados de abril, completamente desanimado, resolvera voltar para a Itália, e Maria concordara em lhe fornecer os meios necessários para isso; na verdade, lhe adiantara dinheiro para a passagem de navio. Uma semana depois, porém, ele de repente anunciara que a viagem fora adiada; não disse por que, mas disse que não precisaria mais de dinheiro, que logo devolveria tudo o que ela lhe emprestara e que, afinal das contas, talvez até ficasse por aqui de vez. Ele nunca fora muito comunicativo, mas no que dizia respeito à mudança de planos se mantivera ainda mais misterioso do que de costume. Agora estava desaparecido. Telefonara no sábado anterior, combinando um encontro com ela na noite de segunda-feira, a noite de folga dela, num restaurante italiano na rua Prince onde eles sempre jantavam juntos, acrescentando, entusiasmado, que teria dinheiro suficiente para pagar tudo o que devia a ela e, caso ela precisasse, emprestar-lhe algum. Na noite de segunda-feira ela o esperara até as dez horas, depois fora até a pensão dele, onde ficara sabendo que ele saíra pouco depois das sete e que ainda não voltara.

"Anteontem", observei.

Percebi que Durkin também abrira seu bloco de anotações e que confirmava tudo com a cabeça. "Segunda-feira, 4 de junho."

Wolfe balançou a cabeça. Até aquele momento mantivera-se quieto e desatento como uma montanha, de queixo apoiado no peito, e agora, sem nenhum outro movimento, sua cabeça balançou de leve quando ele murmurou: "Durkin, hoje é quarta-feira, 7 de junho".

"É?" Fred pareceu surpreso. "Por mim, tudo bem, senhor Wolfe."

Wolfe apontou o dedo para Maria. "Isso foi na segunda-feira?"

"Sim, senhor. Sem dúvida. É minha noite de folga."

"Uma noite sobre a qual você não faria confusão. Durkin, corrija sua agenda, ou melhor, jogue fora. Você está doze meses adiantado. No ano que vem o dia 4 de junho vai cair numa segunda-feira." Wolfe se voltou para a mulher. "Maria Maffei, lamento mas tenho de lhe dar um conselho desesperado. Fale com a polícia."

"Já falei, senhor." Os olhos dela brilharam de ressentimento. "A polícia me disse que ele foi para a Itália com o meu dinheiro."

"Vai ver que foi."

"Ah, não, senhor Wolfe. Não me diga isso. O senhor está me vendo aqui. Sabe que eu não ia conhecer meu irmão tão mal assim."

"A polícia disse em que navio seu irmão embarcou?"

"Como, se não houve navio nenhum? Eles não vão investigar, nem estão mais pensando no assunto. Simplesmente dizem que ele foi embora para a Itália."

"Entendo, baseiam-se numa inspiração. Muito bem, lamento não poder ajudá-la. A única coisa que posso fazer é levantar suposições. Ele pode ter sido assaltado e morto. Mas onde está o corpo, então? Fale de novo com a polícia. Cedo ou tarde alguém vai encontrar o corpo e comunicar à polícia, e seu quebra-cabeça estará resolvido."

Maria Maffei balançou a cabeça. "Não acredito nisso, senhor Wolfe. Realmente não acredito. Depois, tem o telefonema."

Me intrometi. "Que telefonema?"

Ela sorriu para mim, mostrando os dentes. "Eu ia falar sobre isso. Ele recebeu um telefonema na pensão, um pouco antes das sete. O telefone fica no andar de baixo e a garota ouviu a conversa. Ele estava entusiasmado e combinou encontrar uma pessoa às sete e meia." Ela se virou para Wolfe. "O senhor pode me ajudar, senhor Wolfe. Pode me ajudar a encontrar Carlo. Aprendi a parecer fria como gelo porque vivo há muito tempo entre esses americanos, mas sou italiana e preciso encontrar meu irmão e descobrir se alguém o machucou."

Wolfe balançou a cabeça. Ela fez que não viu.

"Por favor, senhor. O senhor Durkin disse que o senhor é muito mão-fechada quanto a dinheiro. Eu ainda tenho uma reserva e poderia pagar todos os custos e talvez um pouco mais. E o senhor é amigo do senhor Durkin e eu sou amiga da senhora Durkin, Fanny."

Wolfe disse: "Eu não sou amigo de ninguém. Quanto pode pagar?".

Ela hesitou.

"Quanto você tem?"

"Tenho... bem... mais de mil dólares."

"Quanto, desse valor, estaria disposta a pagar?"

"Eu pagaria... tudo. Se o senhor encontrar meu irmão vivo, pagaria tudo. Se o senhor encontrá-lo e ele não estiver vivo, mas se o senhor o mostrar para mim e me mostrar a pessoa que fez mal a ele, ainda assim eu pagaria bastante. Mas primeiro teria de pagar o enterro."

As pálpebras de Wolfe se abaixaram e se ergueram lentamente. Aquilo, como eu sabia, significava sua aprovação; eu sempre buscava aquele sinal, freqüentemente em vão, quando me dirigia a ele. Ele disse:

"Você é uma mulher prática, Maria Maffei. Além disso, é provável que seja uma mulher honrada. Você tem razão. Tenho uma coisa que pode ajudá-la: trata-se do meu gênio. Mas você não forneceu o estimulante necessário para despertá-lo, e se ele vai ou não acordar para buscar seu irmão é uma questão problemática. Mas, seja como for, primeiro vem sempre a rotina, e os gastos com isso são pequenos."

Ele se virou para mim.

"Archie, vá até a pensão de Carlo Maffei; Maria irá com você, na condição de interessada. Fale com a garota que ouviu a conversa; fale com outras pessoas; examine o quarto dele; se achar que há alguma pista, telefone para cá depois das cinco e fale com Saul Panzer; quando voltar, traga tudo o que encontrar e que considere pouco importante."

Achei desnecessário ele falar isso diante de uma pessoa estranha, mas já estava cansado de saber que não adiantava ficar ressentido com as brincadeiras dele. Maria Maffei levantou-se da cadeira e agradeceu.

Durkin deu um passo à frente. "Sobre aquele negócio de ser mão-fechada, senhor Wolfe, o senhor sabe, quando um homem começa a falar..."

Salvei-o do aperto. "Vamos, Fred. Vou pegar o carro e deixo você em casa."

2

Quando estacionei o enorme conversível preto cintilante na frente do endereço da rua Sullivan que Maria Maffei havia me dado, tive a sensação de que nunca mais iria vê-lo novamente — o conversível, esclareço —, porque a rua estava entulhada de lixo e cheia de italianinhos enlouquecidos gritando, correndo de um lado para outro como demônios de olhos negros. Mas eu já havia enfiado o carro em lugares piores do que aquele, por exemplo na noite em que persegui o jovem Graves, que ia num cupê Pierce com uma sacola cheia de esmeraldas entre os joelhos. A perseguição começara em New Milford e prosseguira por toda a comarca de Pike: subi e desci uma dúzia de montanhas afundado em trinta centímetros de lama, debaixo da pior chuva que já vi na vida. Wolfe fazia questão de que o carro fosse consertado e ficasse como novo ao menor arranhão e, é claro, por mim tudo bem.

Era uma pensão como outra qualquer. Por algum motivo, elas são todas parecidas — seja um lugar metido a besta nas ruas 50, área nobre da cidade, seja um sobrado do início do século a oeste do Central Park, lotado de jovens honestas do mundo artístico, seja um recanto italiano, como este da rua Sullivan. Claro, com variações em detalhes como cheiro de alho. Primeiro Maria Maffei me apresentou à senhoria, uma mulher gorda e simpática de mãos úmidas, nariz afundado e anéis nos dedos, depois me levou até o quarto do irmão. Dei uma olhada por lá enquanto Maria ia buscar a garota que havia escutado o telefonema. Era um quarto de bom tamanho, com duas janelas, no terceiro andar; o tapete estava gasto e a mobília era velha e meio quebrada, mas estava limpo e, para falar a verdade, não era ruim. O único problema era o barulho dos malandros lá embaixo, que invadiu o aposento quando abri a janela para ver se o carro ainda existia. Dois grandes sacos de viagem estavam empilhados num canto; um puído, velho e acabado, o outro também velho, mas resistente e de boa qualidade. Nenhum dos dois estava fechado a chave. O puído estava vazio; o outro continha muitas pequenas ferramentas de formatos e tamanhos diferentes, algumas com etiquetas da loja de penhores; havia também alguns pedaços de madeira e metal e outras tranqueiras, como molas. O armário continha um terno velho, dois macacões, um sobretudo, dois pares de sapatos e um chapéu de feltro. Nas gavetas da cômoda posicionada entre as janelas havia camisas, gravatas, lenços, meias e um monte de outros cacarecos, como cordões de sapato, lapiseiras, fotografias e latas vazias de fumo para cachimbo — sortimento considerável para um sujeito que vivera um ano sustentado pela irmã. Numa das gavetas de cima havia um maço de dezessete cartas nos envelopes, todas com selos italianos, presas com um elástico. Espalhados na mesma gaveta estavam recibos e contas pagas, um bloco, alguns recortes de jornais e revistas e uma coleira de cachorro. Sobre a cômoda, juntamente com um pente, uma escova e outros implementos, como diria Wolfe, havia meia dúzia de livros, todos em italiano, exceto um, cheio de fotos e desenhos, e uma grande pilha de revistas — uma coleção de três anos da *Metal Crafts*. Num dos cantos, perto da janela da direita, havia uma mesa de madeira tosca com o tampo todo riscado e cortado e sobre a mesa havia um pequeno torno, um esmeril e um polidor ligado a um fio elétrico suficientemente longo para chegar ao soquete da lâmpada, mais algumas ferramentas semelhantes às que estavam no saco de viagem. Eu estava dando uma olhada no esmeril para ver se fora usado recentemente quando Maria Maffei entrou com a garota.

"Esta é a Anna Fiore", disse ela.

Atravessei o quarto e apertei a mão dela. Era uma garota sem graça de uns vinte anos, cor de massa azeda, que parecia ter tomado um susto ainda no berço do qual jamais se recuperara. Eu disse a ela o meu nome e também que a srta. Maffei me contara que ela havia ouvido o sr. Maffei atender a um telefonema antes de sair, na segunda-feira à noite. Ela confirmou com um movimento da cabeça.

Virei-me para Maria: "Imagino que gostaria de voltar para casa, senhorita Maffei. Não se preocupe, Anna e eu vamos nos entender".

Ela fez que não com a cabeça. "Só preciso estar de volta na hora do jantar."

Aquilo me deixou aborrecido. Na verdade eu estava de acordo com Durkin: muito provavelmente aquele caso era uma fria, não íamos encontrar nada, era tempo perdido, mas insisti com Maria Maffei que podia me virar sem ela e que era melhor ela ir andando, que se houvesse alguma novidade o sr. Wolfe entraria em contato com ela. Com um olhar para a garota e um sorriso cheio de dentes na minha direção, ela nos deixou.

Posicionei duas cadeiras uma de frente para a outra, fiz a garota sentar numa delas e saquei meu bloco de anotações.

"Não precisa ficar com medo", eu disse a ela. "O pior que pode acontecer é você fazer um favor para a senhorita Maffei e o irmão dela, e ela retribuir com algum dinheiro. Você gosta da senhorita Maffei?"

Ela pareceu espantada, surpresa de alguém imaginar que valesse a pena saber do que ela gostava ou não gostava, mas a resposta passou por cima do susto e veio rápida. "Gosto, sim. Ela é simpática."

"E do senhor Maffei?"

"Gosto, claro, todo mundo gosta dele. Só não gosto quando ele bebe. Quando ele bebe é melhor uma garota não chegar perto."

"Como foi que você ouviu o telefonema na noite de segunda-feira? Estava sabendo que alguém ia ligar para ele?"

"Como é que eu ia saber?"

"Sei lá. Foi você quem atendeu o telefone?"

"Não, senhor. Quem atendeu foi a senhora Ricci. Ela me pediu para chamar o senhor Maffei e eu chamei. Depois eu estava tirando a mesa na sala de jantar, a porta estava aberta, e eu ouvi ele falando."

"Deu para ouvir o que ele falou?"

"Claro." O tom da voz dela era zombeteiro. "Sempre ouvimos tudo o que se fala naquele telefone. A senhora Ricci também ouviu, do mesmo jeito que eu."

"O que ele disse?"

"Primeiro falou *alô*. Depois disse *aqui é o Carlo Maffei o que você quer*. Depois disse *isso é assunto meu e quando a gente se encontrar eu lhe conto*. Depois disse *por que não aqui no meu quarto*. Depois *não não estou assustado não sou eu quem tem de ficar assustado*. A senhora Ricci diz que foi *não sou eu quem está assustado*, mas ela não se lembra muito bem. Depois disse *claro eu quero o dinheiro e muito mais*. Depois disse *tá certo sete e meia na esquina da*. Depois *cale a boca você que me importa*. E depois *tá certo sete e meia eu conheço o carro*."

Calou-se. "Com quem ele estava conversando?", perguntei.

Imaginei, logicamente, que ela fosse dizer que não sabia, já que Maria Maffei não sabia, mas ela respondeu na hora: "Com o homem que telefonou para ele antes".

"Antes, quando?"

"Várias vezes. Em maio. Um dia ele ligou duas vezes. A senhora Ricci diz que no total ele ligou nove vezes, antes da segunda-feira."

"Alguma vez você ouviu a voz dele?"

"Não, senhor. Quem atende o telefone é sempre a senhora Ricci."

"Alguma vez você ouviu o nome desse homem?"

"Não, senhor. Depois que a senhora Ricci ficou curiosa, ela perguntou, mas ele sempre dizia *não interessa, diga só que uma pessoa quer falar com ele no telefone*."

Comecei a achar que talvez a história fosse divertida, quem sabe até rendesse algum dinheiro. Não que o dinheiro me interessasse, essa parte ficava com Wolfe, mas a diversão me interessava. Quem sabe fosse alguma coisa mais do que um caso de assalto e presunto boiando no rio? Resolvi descobrir, e apertei a garota. Eu já vira Wolfe fazer aquilo muitas vezes, e ainda que quase sempre os bons resultados que ele obtinha resultassem de uma espécie de intuição que eu não possuía, boa parte do trabalho era simplesmente paciência e adivinhação. Apertei a garota. Fiquei nessa umas duas horas, reuni muitos fatos, mas nenhum que fizesse sentido. Em certo momento pensei que estava chegando perto de alguma coisa, foi quando descobri que Carlo Maffei tinha duas mulheres, com quem aparecia em público em ocasiões diferentes, uma delas casada. Mas abandonei a pista ao perceber que aquilo não ia me levar a nada. Maffei comentara sobre sua ida à Itália com Anna, mas não dera detalhes. Ele nunca recebia visitas, com exceção da irmã e de um amigo dos bons tempos de prosperidade, com quem de vez em quando saía para jantar. Apertei-a durante duas horas e não conseguia ver nem uma luzinha sequer, mas alguma coisa naquele telefonema me impedia de pegar o chapéu e dar o dia por encerrado. Finalmente, falei:

"Me espere aqui um instante, Anna, enquanto falo com a senhora Ricci."

A senhoria confirmou a versão da garota sobre o telefonema e disse que não fazia idéia de quem fosse o interlocutor, embora várias vezes tivesse tentado descobrir. Perguntei mais algumas coisas a ela, depois pedi licença para levar Anna comigo até a cidade. Ela respondeu que não, não poderia ficar sozinha com o jantar para ser servido, aí fiz aparecer uma nota de um dólar e ela perguntou até que horas a garota ia ficar fora, esclarecendo que ela não poderia chegar depois das nove. Isso depois de pegar o meu dólar! Falei a ela:

"Não posso prometer nada, senhora Ricci. Quando meu patrão começa a fazer perguntas, as noites e os dias perdem o significado. Mas ela vai voltar sã e salva assim que possível."

Subi para buscar Anna e alguns dos objetos da gaveta da cômoda, e quando saímos foi um alívio descobrir que o carro não perdera nem o pára-lama nem o estepe.

Fui andando bem devagar, para não chegar na rua 35 cedo demais. Das quatro às seis Wolfe sempre fica no andar de cima, com as plantas, e não é boa idéia perturbá-lo nesse período, a não ser que haja uma razão muito forte. Anna estava em estado de choque com o conversível: mantinha as pernas bem encolhidas, com os pés rentes ao assento, e as mãos firmemente cruzadas sobre o colo. Aquilo me encantou e me encheu de generosidade em relação a ela, de modo que lhe disse que talvez lhe desse um dólar se ela contasse ao meu chefe alguma coisa que pudesse ajudá-lo. Passavam uns dois minutos das seis quando estacionei na frente da velha casa, a menos de um quarteirão do rio Hudson, onde Wolfe morava havia vinte anos, um terço dos quais na minha companhia.

Anna não voltou para casa às nove daquela noite. Já eram mais de onze quando Wolfe me mandou buscar os jornais no prédio do *Times*, e mais de meia-noite quando finalmente ele localizou um ponto que Anna teve condições de reconhecer. Àquela altura a sra. Ricci já telefonara três vezes, e quando cheguei à rua Sullivan com a garota, um pouco antes da uma, a senhoria esperava na frente da casa, talvez com uma faca na meia, mas não abriu a boca, só me lançou um olhar de fúria. Eu dera um dólar a Anna, porque alguma coisa acontecera.

Eu fizera meu relatório a Wolfe na parte da frente da estufa, o solário, enquanto Anna nos esperava no escritório. Ele ficou sentado lá, numa enorme poltrona, com uma orquídea vermelha e marrom de uns vinte centímetros de largura roçando sua nuca, sem demonstrar o menor interesse. Não estava minimamente interessado. Mal olhou para os papéis e objetos que eu trouxera do quarto de Maffei. Admitiu que talvez houvesse algum potencial minúsculo no telefonema, mas nada que justificasse maior incômodo. Tentei convencê-lo de que já que a garota estava lá embaixo, bem que ele podia falar com ela para ver se conseguia alguma coisa. E acrescentei, com malícia:

"De todo modo ela custou um dólar. Tive de dar um dólar à senhoria."

"Seu dinheiro, Archie."

"Não, senhor, dinheiro das despesas operacionais. Já lancei no livro-caixa."

Acompanhei-o até o elevador. Se Wolfe tivesse de se encarregar sozinho das manobras de subida e descida, acho que nunca subiria para o andar superior, nem mesmo para ver as plantas.

Ele começou a interrogar Anna na mesma hora. Foi lindo. Há cinco anos eu não teria condições de apreciar aquilo. Foi lindo porque foi totalmente abrangente. Se houvesse alguma coisa naquela garota, um pedacinho de informação, um fragmento esquecido de reação ou sentimento, qualquer coisa capaz de nos fornecer um direcionamento ou uma dica, simplesmente não escaparia dele. Ele a interrogou durante cinco horas. Perguntou-lhe sobre a voz de Carlo Maffei, seus hábitos, suas roupas, suas refeições, sua índole, seus modos à mesa, sua relação com a irmã, com a sra. Ricci, com a própria Anna, com todas as pessoas com as quais Anna já o vira. Perguntou-lhe sobre a sra. Ricci, sobre todos os moradores da pensão nos últimos dois anos, sobre os vizinhos e sobre os comerciantes que entregavam encomendas na casa. Fez tudo isso com calma e naturalidade, tomando cuidado para não cansá-la — nada a ver com o interrogatório de Lon Graves: numa tarde Wolfe esgotara o sujeito, quase o deixara louco. Com Anna, achei que ele só tinha conseguido arrancar uma coisa de novo, uma besteira: somente a confissão de que ela retirara uma coisa do quarto de Maffei naquela mesma manhã de quarta-feira. Pedacinhos de papel, que estavam na gaveta da cômoda. Tinham goma arábica no verso e na frente as palavras *S. S. LUCIA* e *S. S. FIORENZA*. Obviamente, adesivos de bagagem de navio. No arquivo de jornais, descobri que o *Lucia* partira no dia 18 de maio e o *Fiorenza* no dia três de junho. Era evidente que Maffei decidira voltar para a Itália não uma, mas duas vezes, e que desistira em ambas. Anna alegou ter pegado os adesivos porque eram coloridos e queria grudá-los na caixa onde guardava suas roupas.

Durante o jantar, servido para nós três na sala de jantar, Wolfe deixou Anna em paz e conversou comigo, principalmente sobre cerveja; na hora do café, porém, voltamos com ele para o escritório e ele investiu novamente. Aumentou a velocidade do interrogatório e recuperou o tempo perdido; perguntava coisas aleatoriamente, coisas tão irrelevantes e inconseqüentes que todo aquele que jamais o tivesse visto tirar um coelho da cartola teria certeza absoluta de que ele era maluco. Aí pelas onze eu já estava acabado, bocejando, querendo desistir, e exasperado por ele não dar o menor sinal de impaciência ou desânimo.

Foi aí que, de repente, ele acertou na mosca.

"Quer dizer que o senhor Maffei nunca lhe deu nenhum presente?"

"Não, senhor. Só a caixa de giz de que lhe falei. E os jornais, se é que se pode chamar isso de presente."

"Certo. Você disse que ele sempre lhe dava o jornal da manhã. O *Times*."

"Isso mesmo, senhor. Uma vez ele me contou que comprava o *Times* para ler os classificados. Os anúncios de emprego, sabe."

"Ele lhe deu o jornal na segunda de manhã?"

"Ele sempre me dava o jornal à tarde. Segunda à tarde também, senhor."

"E o jornal não tinha nada de estranho naquela manhã, imagino..."

"Não, senhor."

Pelo jeito, Wolfe captou algum brilho no olhar da garota, algum movimento muito sutil que me passou desapercebido. Porque insistiu.

"Nada de estranho no jornal?"

"Não, senhor. A não ser... é claro... o recorte."

"Recorte?"

"Um pedaço recortado. Um recorte grande."

"Ele recortava o jornal muitas vezes?"

"Recortava, senhor. Anúncios, na maioria das vezes. Talvez recortasse só anúncios, todas as vezes. Eu usava os jornais para tirar o lixo, e tinha de tomar cuidado com os buracos."

"Mas era um recorte grande."

"Era, senhor."

"Não era classificado, então. Quer dizer que o que ele recortou do jornal de segunda-feira não era um classificado..."

"Não era mesmo. Estava na primeira página."

"Não me diga! Alguma vez ele já havia recortado a primeira página?"

"Não, senhor. Tenho certeza de que não."

"Ele nunca recortou nenhuma outra coisa antes, só classificados?"

"Bom, disso eu não posso ter certeza. Talvez ele só recortasse classificados. Acho que era isso mesmo."

Wolfe ficou um minuto sentado com o queixo apoiado no peito. Depois se virou para mim. "Archie, dê um pulo na rua 42 e compre vinte cópias do *Times* de segunda-feira."

Fiquei feliz por fazer alguma coisa que me despertasse. Não que não houvesse nada de estimulante por ali, pois eu podia ver que Wolfe estava conseguindo espiar pela única fenda por onde talvez entrasse alguma luz; mas minhas expectativas eram nulas, e acho que as dele também. Era uma bela noite de junho, fria mas agradável, e enchi os pulmões com o bom ar oferecido pela brisa que me acompanhou enquanto eu dirigia pela Broadway e virava para o norte. Na Times Square vi um tira meu conhecido, o Marve Doyle. Ele costumava circular pela rua 14 e me deixou estacionar o carro na Broadway enquanto ia ao escritório do *Times*, do outro lado da rua. A multidão que saía dos teatros e cinemas se derramava pelas calçadas, dividindo-se entre gastar dois dólares num bar ou dois centavos no Nedick's.

Quando voltei para o escritório, Wolfe estava dando um descanso à garota. Pedira a Fritz para trazer cerveja e ela estava bebericando um copo como se fosse chá quente, com um bigodinho de espuma seca no lábio superior. Wolfe entornara três garrafas, embora eu não tivesse ficado fora mais do que vinte minutos. Quando entrei, ele disse:

"Eu devia ter dito que era a edição local que eu queria."

"Claro, foi esse mesmo que eu comprei."

"Ótimo." Voltou-se para a garota. "Se não se importar, senhorita Fiore, seria melhor que não visse nossos preparativos. Vire a cadeira da menina, Archie, e pegue aquela mesinha para a cerveja dela. Agora, vejamos os jornais. Não, não vamos arrancar a primeira página, é melhor deixá-los inteiros, era assim que ela os via antes. Tire só o segundo caderno de todos eles, vão ser um achado para a senhorita Fiore. Imagine todo o lixo que ela vai poder recolher neles. Ponha aqui."

Abri o primeiro caderno sobre a escrivaninha, na frente dele, e ele se ergueu na cadeira para debruçar-se sobre o jornal. Era como ver um hipopótamo no zoológico levantando-se para comer. Tirei todos os segundos cadernos e os empilhei numa cadeira, depois peguei uma primeira página para mim e comecei a estudá-la. À primeira vista achei que não ia dar em nada; os mineiros estavam em greve na Pensilvânia, o Programa de Recuperação Nacional estava salvando o país sob três cabeçalhos diferentes, dois rapazes haviam cruzado o Atlântico num barco de dez metros, o reitor de uma universidade tivera um ataque cardíaco num campo de golfe, um gângster fora arrancado de dentro de um apartamento do Brooklyn com gás lacrimogêneo, um negro fora linchado no Alabama e alguém havia encontrado uma pintura antiga em algum lugar da Europa. Dei uma olhada na direção de Wolfe. Ele estava inteiramente imerso na página dele. A única coisa que me pareceu valer a pena era a pintura, encontrada na Suíça depois de supostamente roubada na Itália. Mas quando Wolfe finalmente tirou a tesoura da gaveta não foi essa a notícia que ele recortou, foi a do gângster. Depois largou o jornal a um lado e pediu outro exemplar. Dei a ele, e dessa vez sorri ao vê-lo recortar a notícia sobre a pintura; afinal de contas, um honroso segundo lugar. Quando pediu o terceiro jornal, fiquei curioso, e quando o vi passar a tesoura em torno do artigo sobre o reitor da universidade, olhei surpreso para ele. Ele percebeu minha expressão e disse, sem erguer os olhos:

"Reze por esta aqui, Archie. Se for esta, teremos uma *Angræcum Sesquipedale* no Natal."

Eu sabia escrever aquilo porque era eu quem mantinha os registros das orquídeas — e de todas as outras coisas também —, mas minha pronúncia para aquela palavra não era melhor do que minha imaginação, que não conseguia fazer a menor ligação entre um reitor e Carlo Maffei.

Wolfe disse: "Mostre um dos jornais a ela".

O último que ele havia recortado estava por cima, mas troquei-o pelo que vinha logo depois; a notícia sobre a pintura estava numa coluna grande, na parte inferior direita da página. Quando estendi o jornal na frente de Anna, Wolfe disse: "Olhe o jornal, senhorita Fiore. Era assim que o jornal do senhor Maffei estava recortado, na segunda-feira?".

Ela passou os olhos rapidamente pelo recorte. "Não, senhor. Era um recorte grande lá no alto, espere, deixe eu mostrar ao senhor..."

Puxei de volta o jornal antes que ela pudesse pegá-lo, joguei-o outra vez na mesa e peguei outro. Estendi-o para ela. Dessa vez ela olhou duas vezes, depois disse:

"Isso mesmo, senhor."

"Quer dizer que era assim?"

"O jornal estava recortado desse jeito, senhor."

Wolfe ficou um instante em silêncio, depois ouvi-o suspirar e dizer: "Vire-a para cá, Archie".

Peguei a cadeira pelo braço e girei-a. Wolfe olhou para a garota e disse: "Como pode ter certeza, senhorita Fiore, de que o jornal foi recortado dessa maneira?".

"Eu sei que foi, senhor. Tenho certeza."

"Você viu o pedaço que ele recortou? No quarto dele? No cesto de lixo, quem sabe, ou então na mão dele?"

"Não, não vi. E no cesto de lixo não podia estar, porque não tem nenhum cesto no quarto dele."

"Bom. É uma pena que todas as razões do mundo não tenham essa clareza. Pode ir para casa agora, senhorita Fiore. Você foi um amor, uma boa garota, paciente e compreensiva e, diferentemente da maioria das pessoas — que evito encontrar mantendo-me dentro de casa —, reservou sua língua para as finalidades adequadas. No entanto, será que poderia responder a só mais uma pergunta? Como um favor pessoal..."

A garota estava completamente esgotada, mas ainda havia vida suficiente nela para que a perplexidade surgisse em seus olhos. Ela encarou Wolfe, que disse:

"Só mais essa pergunta. Alguma vez você viu um taco de golfe no quarto de Carlo Maffei?"

Se ele estava buscando um clímax, conseguiu, porque pela primeira vez em todas aquelas horas a garota ficou calada diante dele. Foi engraçado, porque deu para ver direitinho tudo acontecer. Por um instante ela apenas ficou olhando para ele, depois, quando a pergunta já drenara o que lhe restava de cor no rosto, deixando-a de uma palidez mortal e boca entreaberta; ela ficou parecendo uma perfeita idiota e começou a tremer inteira.

Wolfe sondou-a, sem se alterar: "Quando você viu o taco?".

De repente ela cerrou os lábios com força e suas mãos sobre o colo fecharam-se em punhos. "Não, senhor." Sua voz não era mais do que um murmúrio. "Não, senhor, nunca vi."

Wolfe olhou para ela um segundo, depois disse: "Está bem. Tudo bem, senhorita Fiore". Em seguida virou-se para mim. "Leve-a para casa."

Ela não fez menção de levantar-se enquanto não me aproximei e toquei seu ombro. Depois apoiou as mãos nos braços da poltrona e se ergueu. De alguma forma ele a atingira, mas ela não parecia exatamente assustada, só abatida. Peguei seu casaco, que estava no encosto de uma cadeira, e ajudei-a a vesti-lo. Assim que ela começou a avançar para a porta, virei-me para dizer alguma coisa a Wolfe e não pude acreditar nos meus olhos. Ele estava se levantando da cadeira para ficar em pé! Com efeito. Uma vez eu o vira recusar-se a ter esse trabalho quando uma mulher que valia vinte milhões de dólares e que era casada com um duque inglês se retirara do recinto. Mas eu, de todo modo, acabei de dizer o que tinha começado:

"Eu disse a ela que lhe daria um dólar."

"Então vai ter de se encarregar disso." Ergueu um pouco a voz para que ela o ouvisse da porta. "Boa noite, senhorita Fiore."

Ela não respondeu. Acompanhei-a até o vestíbulo e saí com ela até o carro. Quando chegamos à rua Sullivan, a sra. Ricci estava esperando na porta com um olhar que fez com que eu decidisse não parar para amenidades.

3

Quando voltei, depois de guardar o carro na garagem e andar dois quarteirões até a rua 35, o escritório estava às escuras, mas subindo um lance da escada vi uma faixa de luz debaixo da porta do quarto de Wolfe. Eu sempre me perguntava como ele fazia para tirar a roupa, mas sei que Fritz nunca o ajudava. Fritz dormia em cima, na outra extremidade do corredor que dava para a estufa; meu quarto era no segundo andar, o mesmo de Wolfe, um quarto de bom tamanho, de frente para a rua, com banheiro próprio e duas janelas. Eu morava lá havia sete anos, e certamente era o que eu chamava de lar. E era provável que continuasse assim por mais sete ou mesmo vinte e sete anos, pois a única garota para quem eu tinha dito palavras doces de forma sincera encontrara produto melhor em oferta. Foi assim que conheci Wolfe — mas não sou eu quem vai contar essa história, pelo menos não agora. Há uns detalhes nela que algum dia ainda terão de ser melhor esclarecidos. Mas aquele quarto certamente era o meu lar. A cama era grande e boa, havia uma escrivaninha com muitas gavetas, três cadeiras espaçosas e confortáveis e um carpete de verdade, não aqueles malditos tapetinhos que fazem a gente escorregar como manteiga em fatia de pão quente. Os quadros nas paredes foram comprados por mim e acho que bem: um mostrava Mount

Vernon, o lar de George Washington; outro, em cores, era a cabeça de um leão; e um terceiro, também em cores, tinha florestas, campos e flores; além disso, havia uma fotografia grande e emoldurada de minha mãe e meu pai, que morreram quando eu era garoto. Fora esses havia outro quadro em cores, *Manhã de setembro*, em que se via uma jovem aparentemente despida, com o cabelo comprido cobrindo-lhe a frente — mas esse estava no banheiro. Não havia nada de especial no quarto, era apenas um bom quarto para se morar, a não ser pela enorme campainha de alarme que ficava na parede atrás da cama, fora do campo de visão. O alarme estava conectado a um interruptor no quarto de Wolfe; quando ele o acionava, o que fazia todas as noites, a campainha soava se alguém, entrando pelo corredor, ficasse a menos de dois metros da porta do quarto dele, ou se mexessem em alguma janela. Além disso, o alarme estava ligado a todos os acessos à estufa. Wolfe uma vez me contou — sem atribuir maior importância ao assunto — que na verdade não era covarde, mas que tinha intensa aversão a ser tocado por qualquer pessoa ou a ser forçado intempestivamente a fazer movimentos rápidos, e considerando-se o volume que teria de mover, achei muito justo. Por alguma razão, questões como essa da covardia jamais me interessaram com respeito a Wolfe, embora normalmente, sempre que tenho motivos para acreditar que um sujeito é frouxo, prefiro que ele vá cantar em outra freguesia.

Subi para o quarto levando um dos jornais que estavam no escritório; depois que me despi, vesti o pijama, calcei os chinelos e me acomodei numa poltrona com cigarros e cinzeiro ao alcance da mão, li três vezes o artigo sobre o reitor. A manchete era assim:

PETER OLIVER BARSTOW
SOFRE ATAQUE CARDÍACO FATAL

REITOR DA HOLLAND
FALECE EM CAMPO DE GOLFE

Amigos chegam ao local
no momento do último suspiro

Era uma matéria e tanto, com uma coluna inteira na primeira página, mais uma coluna e meia nas páginas internas e, em outro artigo, um longo obituário com comentários de diversas pessoas proeminentes. O caso em si não apresentava maior importância e nada continha de especial além do fato de que mais uma pessoa deixava de existir. Eu lia jornal diariamente; aquele datava de apenas dois dias antes, mas eu não me lembrava de ter reparado no artigo. Barstow, 58 anos, reitor da Universidade Holland, estava jogando golfe sábado à tarde no campo do Green Meadow Club, perto de Pleasantville, a uns cinqüenta quilômetros de Nova York, com seu filho Lawrence e dois amigos, E. D. Kimball e Manuel Kimball. A caminho do quarto buraco ele de repente se inclinara para diante e caíra de rosto no chão, depois se debatera durante alguns segundos e se imobilizara. O rapaz que carregava os tacos pulara sobre ele e lhe agarrara o braço, mas quando os outros chegaram ele já estava morto. Entre as pessoas que acorreram da sede do clube e os outros jogadores havia um médico, velho amigo de Barstow, e ele e o filho tinham usado o carro do próprio Barstow para transportar o corpo até a casa do reitor, a dez quilômetros do clube. O médico declarara que a causa da morte fora uma doença cardíaca.

O resto do artigo era uma coletânea de pequenas informações sobre a carreira e as realizações de Barstow, uma fotografia dele, mais isso e aquilo, e como a esposa desmaiara com a chegada do corpo, e como o filho e a filha estavam resignados. Li tudo três vezes, bocejei e desisti. A única ligação que eu conseguia perceber entre a morte de Barstow e Carlo Maffei era o fato de Wolfe ter perguntado a Anna Fiore se ela havia visto um taco de golfe. Joguei o jornal num canto e me levantei, dizendo em voz alta: "Senhor Goodwin, acho que este caso ainda não está pronto para a pasta de assuntos encerrados". Tomei um copo de água e fui dormir.

No dia seguinte já eram quase dez horas quando desci, pois sempre que possível necessito oito horas de sono. Wolfe, é claro, não desceria antes das onze. Ele sempre se levantava às oito, independentemente da hora em que tivesse ido dormir, tomava o café da manhã no quarto enquanto dava uma olhada nos jornais e, das nove às onze, permanecia na estufa. Às vezes, enquanto eu tomava banho ou me vestia, ouvia o velho Horstmann, que era quem cuidava das plantas, gritando com ele. Wolfe parecia ter o mesmo efeito sobre Horstmann que um árbitro sobre um jogador indisciplinado. Não que o velho realmente não gostasse de Wolfe, tenho certeza de que não era isso. Não me espantaria que Horstmann estivesse preocupado com a possibilidade de ver Wolfe — cujo peso já atingira o limite do equilíbrio — desabar sobre as orquídeas. Horstmann não se preocupava com aquelas plantas mais do que eu me preocupo com a unha do meu dedo mindinho. Dormia num quartinho separado da estufa por um tabique.

Depois que terminei meu desjejum — um prato de rins, waffles e um ou dois copos de leite — na cozinha, pois me recusava categoricamente a deixar Fritz arrumar a mesa da sala de jantar para o café da manhã, que eu sempre tomava sozinho, saí para uma caminhada de uns dez minutos até o píer e voltei. Acomodei-me em minha escrivaninha no canto do escritório com os livros, depois de tirar um pouco o pó do ambiente e guardar a caneta-tinteiro de Wolfe no cofre. Deixei a correspondência endereçada a ele sobre sua mesa sem abri-la, pois esse era o hábito; não havia nenhuma carta para mim. Preenchi dois ou três cheques, fiz os lançamentos em meu livro-caixa, nada de especial, estava tudo calmo, depois comecei a conferir os registros das plantas para me certificar de que Horstmann estava em dia com seu trabalho. No meio dessa tarefa ouvi a campainha; um minuto depois, Fritz apareceu na porta dizendo que um homem chamado O'Grady queria falar com o sr. Wolfe. Peguei o cartão do visitante e constatei que não sabia quem ele era. Conhecia muitos investigadores da Divisão de Homicídios, mas não aquele O'Grady. Disse a Fritz para fazê-lo entrar.

O'Grady era jovem e do tipo atlético, a julgar por sua constituição e pela maneira como andava. Tinha um olhar duro, consciencioso e truculento. Do jeito como me olhava, seria possível supor que eu estava com o bebê Lindbergh escondido em algum lugar da casa.

Ele disse: "Senhor Nero Wolfe?".

Apontei para uma cadeira. "Sente-se." Olhei para o relógio. "O senhor Nero Wolfe descerá daqui a dezenove minutos."

Ele franziu as sobrancelhas. "O assunto é importante. O senhor não pode chamá-lo? Acho que o senhor viu o meu cartão, sou da Divisão de Homicídios."

"Claro, eu sei, tudo bem. Por favor, sente-se. Se eu for chamá-lo agora, ele vai jogar alguma coisa em mim."

Ele se sentou e voltei para meus registros de plantas. Uma ou duas vezes pensei em sondá-lo, só para me distrair, mas uma olhada para o rosto dele foi suficiente para me fazer desistir. Ele era jovem e confiável demais para valer a pena. Ficou dezenove minutos sentado ali como se estivesse na igreja, sem dizer uma só palavra.

Quando Wolfe entrou no escritório, O'Grady se levantou. Enquanto se dirigia para sua mesa, Wolfe falou bom dia, pediu que eu abrisse a outra janela e deu uma olhada no visitante. Já sentado, viu o cartão que eu deixara sobre a mesa e passou os olhos pela correspondência, correndo os dedos rápido pelos cantos dos envelopes como um caixa de banco faz com as cédulas de um depósito. Em seguida afastou a correspondência para um lado e se voltou para o investigador.

"Senhor O'Grady?"

O'Grady deu um passo à frente. "Senhor Nero Wolfe?"

Wolfe confirmou com a cabeça.

"Bem, senhor Wolfe, quero os papéis e os outros objetos que o senhor tirou do quarto de Carlo Maffei ontem."

"Não!!" Wolfe ergueu o rosto para vê-lo melhor. "É mesmo? Que interessante, senhor O'Grady. Sente-se. Archie, traga uma cadeira para ele."

"Não, obrigado, tenho meu trabalho a fazer. Só vim buscar aqueles papéis e as... as coisas."

"Que coisas?"

"As coisas que o senhor pegou."

"Faça uma lista."

O investigador espetou o queixo para a frente. "Não venha com graça. Vamos logo, estou com pressa."

Wolfe apontou o dedo para ele. "Calma, senhor O'Grady." A voz de Wolfe estava clara e baixa, num tom que ele não usava com muita freqüência. Usara-o comigo uma única vez, quando nos conhecemos, e jamais a esqueci: percebera que se ele quisesse que minha cabeça fosse cortada, faria isso sem levantar um dedo. Wolfe continuou: "Vamos com calma, sente-se, estou falando sério, sente-se".

Eu havia posicionado uma cadeira atrás dos joelhos do investigador, e ele arriou lentamente na direção dela.

"O que o senhor vai receber é uma lição gratuita, mas valiosa", disse Wolfe. "O senhor é jovem e pode fazer bom uso dela. Desde o momento em que entrei nesta sala, o senhor não fez uma única coisa certa. Não demonstrou ter educação, o que foi ofensivo. Fez uma afirmação que não corresponde à verdade, o que foi insensato. Confundiu conjetura com conhecimento, o que é uma falsidade. O senhor gostaria que eu lhe explicasse o que o senhor devia ter feito? O impulso que me move é inteiramente amistoso."

O'Grady estava piscando. "Não vim aqui falar sobre os seus impulsos..."

"Ótimo. É claro que o senhor não tinha como saber a que ponto foi imprudente ao deduzir ter sido eu quem esteve no quarto de Carlo Maffei; desconhecendo meus hábitos, o senhor ignorava que eu não empreenderia essa jornada nem que uma Cattleya Dowiana Aurea estivesse lá esperando por mim. E com certeza não o faria para obter alguns papéis ou — como o senhor disse — coisas. Archie

Goodwin — um dedo apontou em minha direção — não se importa em fazer esse tipo de coisa. Eis o que o senhor devia ter feito. Em primeiro lugar, devia ter respondido quando lhe desejei bom-dia. Em segundo, devia ter manifestado seu pedido de maneira educada, completa e precisa quanto aos fatos. Em terceiro lugar — embora isso não seja tão importante —, poderia, por uma questão de cortesia profissional, ter me informado que o corpo de Carlo Maffei, assassinado, foi encontrado e identificado, e que esses papéis que procura podem ajudá-lo na tentativa de descobrir o assassino. O senhor não concorda que assim teria sido melhor, senhor O'Grady?"

O investigador olhou surpreso para ele. "Com os diabos...", começou a dizer, mas interrompeu a frase. Depois continuou. "Então já saiu nos jornais. Ainda não li os jornais. Mas o nome dele não pode ter saído! Eu mesmo só fiquei sabendo há umas duas horas! O senhor é um excelente adivinho, senhor Wolfe."

"Obrigado. Também não li os jornais. Mas já que o relato de Maria Maffei sobre o desaparecimento do irmão não provocou outra reação na polícia senão inspirações desvairadas, pareceu-me provável que seria preciso um assassinato para despertar os agentes da lei e levá-los ao frenesi de descobrir que Archie visitou o quarto, dele retirando alguns papéis. Certo? O senhor se incomodaria de me contar onde o corpo foi encontrado?"

O'Grady se ergueu. "O senhor poderá ler essa informação nos jornais da noite. O senhor é uma figura e tanto, senhor Wolfe. Agora, quero aqueles papéis."

"Claro." Wolfe não se mexeu. "Mas peço-lhe que considere o seguinte. Só lhe peço três minutos de seu tempo e informações que estarão disponíveis nos jornais dentro de poucas horas. Ao passo que hoje ou amanhã ou no ano que vem — quem sabe? —, em relação a esse ou àquele caso, posso vir a encontrar algum pequeno e curioso detalhe que, ao ser transmitido por mim ao senhor, venha a significar promoção, glória, aumento de salário... Repito, o senhor está cometendo um erro ao ignorar os requisitos da cortesia profissional. Por acaso o corpo foi encontrado na comarca de Westchester?"

"Que diabo", disse O'Grady. "Se eu não o tivesse visto e se não fosse tão evidente que o senhor precisaria de um caminhão para levá-lo até lá, diria que o assassino era o senhor. Muito bem. Sim, foi na comarca de Westchester. Num matagal, a uns trinta metros de uma estrada de terra, a cinco quilômetros de distância de Scarsdale. Foi encontrado ontem, às oito da noite, por dois garotos que procuravam ninhos."

"Por acaso ele foi morto com uma arma de fogo?"

"Foi esfaqueado. O médico disse que a faca ficou dentro dele por um tempo, uma hora ou mais, mas não estava mais lá e não foi encontrada. Os bolsos estavam vazios. Eram sete horas da manhã de hoje quando recebi uma etiqueta que estava na roupa dele, de uma loja na Grand Street, junto com outra etiqueta de lavanderia. Às nove eu já sabia o nome dele, aí revistei o quarto e falei com a senhoria e com a garota."

"Excelente", disse Wolfe. "Realmente excepcional."

O investigador franziu o cenho. "Aquela garota", disse. "Ou ela sabe de alguma coisa ou a cabeça dela é tão oca que ela não consegue se lembrar nem do que comeu no café da manhã. Ela esteve aqui na sua casa. O que acha de ela não conseguir se lembrar de nada sobre o tal telefonema que a senhoria disse que ela ouviu inteiro?"

Olhei para Wolfe, mas ele nem piscou. Apenas disse:

"A senhorita Anna Fiore não é exatamente brilhante, senhor O'Grady. Então o senhor achou que a memória dela é fraca?"

"Fraca? Ela havia esquecido o primeiro nome do Maffei!"

"É. Uma pena." Wolfe apoiou as mãos na borda da mesa e empurrou a cadeira para trás. Percebi que desejava erguer-se. "Agora vamos aos papéis. Os únicos outros objetos são uma lata de fumo e quatro fotografias. Preciso pedir-lhe um favor. O senhor se importaria de sair da sala por um instante? É uma de minhas idiossincrasias: tenho uma forte relutância em abrir o cofre na presença de outra pessoa. Nada pessoal, é claro. Faria a mesma coisa, talvez até com mais convicção, se o senhor fosse o gerente do meu banco."

Eu estava com Wolfe havia tanto tempo que em geral conseguia acompanhar seu pensamento, mas na ocasião fiquei perdido. Comecei a abrir a boca para dizer que as coisas estavam na gaveta, exatamente onde eu as guardara na noite anterior, na presença dele, mas seu olhar bastou para que eu me calasse. O investigador hesitou, e Wolfe insistiu: "Vamos, senhor. Ou melhor, vá. Não faria sentido o senhor achar que estou só tentando esconder alguma coisa porque, mesmo que isso fosse verdade, não haveria nada que o senhor pudesse fazer para evitar que eu o fizesse. Desconfianças desse tipo entre profissionais são inúteis".

Acompanhei o investigador até a sala da frente e fechei a porta. Imaginei que Wolfe fosse remexer a porta do cofre para que pudéssemos ouvir o barulho, mas, só para o caso de ele não se dar ao trabalho, comecei a conversar com O'Grady para que seus ouvidos não ficassem desapontados. Pouco depois fomos chamados de volta. Wolfe estava em pé perto da mesa, com a lata de fumo e o envelope onde eu guardara os papéis e as fotos. Estendeu-os para o investigador.

"Boa sorte, senhor O'Grady. E posso lhe garantir, e o senhor pode acreditar no que lhe digo: se em algum momento descobrirmos alguma coisa que acreditemos ser de importância ou que possa vir a ajudá-lo, entraremos em contato com o senhor imediatamente."

"Muito obrigado. Talvez o senhor esteja sendo sincero."

"Sim, estou. É como eu disse."

O investigador foi embora. Quando ouvi a porta da frente fechar, fui para a sala e consegui vê-lo pela janela, afastando-se a pé. Depois voltei para o escritório, aproximei-me da mesa de Wolfe, junto à qual ele estava novamente sentado, sorri e disse:

"Você é um salafrário."

As dobras de suas bochechas se afastaram um pouco dos cantos da boca; quando ele fazia isso, pensava que estava sorrindo. Perguntei: "O que você guardou?".

Do bolso do colete ele tirou um pedaço de papel de uns cinco centímetros de comprimento por dois de largura e passou-o para mim. Era um dos recortes que eu recolhera na gaveta da cômoda de Maffei, e era difícil acreditar que Wolfe soubesse de sua existência, pois mal olhara para aquilo na noite anterior. Contudo, dera-se ao trabalho de fazer O'Grady sair do escritório para guardá-lo.

> *ARTESÃO DE METAIS, exímio em projetos e execução, interessado em voltar à Europa para residência permanente. Possibilidade de comissão vantajosa. Times L467 Centro.*

Li o anúncio duas vezes, mas não vi nada além do que já vira antes, na tarde anterior, no quarto de Maffei. "Bem", falei, "se você está querendo me dizer que ele de fato pretendia dar um passeio de barco, posso ir até a rua Sullivan e arrancar aqueles adesivos de bagagem do guarda-roupa da Anna. De todo modo, supondo-se que isso signifique alguma coisa, quando você descobriu? Não me diga que agora pode ler as coisas sem olhar para elas. Porque posso jurar que você não..." Interrompi a frase no meio. Claro, óbvio. Sorri. "Você examinou o material enquanto fui levar Anna para casa ontem à noite."

Ele esperou um pouco antes de murmurar sarcasticamente: "Meus cumprimentos, Archie".

"Sei", respondi. Sentei-me à frente dele, do outro lado da mesa. "Posso fazer umas perguntas? Há três coisas que quero saber. Ou será que antes devo ir para um canto fazer o dever de casa?" Estava um pouco ofendido, claro; eu sempre ficava assim quando notava que ele havia feito um belo pacote bem na minha frente sem que eu chegasse a perceber o que estava dentro.

"Nada de dever de casa", disse ele. "Está na hora de você pegar o carro e ir até White Plains em boa velocidade. Se as perguntas forem breves..."

"São bastante breves, mas se tenho uma tarefa a cumprir, elas podem esperar. White Plains? Suponho que deva dar uma olhada na perfuração a faca de Carlo Maffei e em todos os outros detalhes que julgue sem importância."

"Não. Que diabo, Archie, pare de fazer suposições em voz alta na minha frente; se for inevitável você acabar sendo classificado na mesma categoria de, digamos, o senhor O'Grady, vamos tentar adiar isso ao máximo."

"O'Grady fez um bom trabalho esta manhã, apenas duas horas entre etiquetas e telefonema."

Wolfe balançou a cabeça. "Do ponto de vista do raciocínio, um retardado. Mas quais eram as perguntas?"

"Elas podem esperar. O que devo fazer em White Plains, se não tem nada a ver com Maffei?"

Wolfe me ofereceu outro de seus substitutos de sorriso, dessa vez incomumente prolongado. Por fim, disse: "Uma oportunidade de ganhar algum dinheiro. O nome Fletcher M. Anderson significa alguma coisa para você, sem que você consulte seus arquivos?".

"Creio que sim." Soltei um grunhido. "E considere-se dispensado de me fazer outro elogio. 1928. Assistente do promotor no caso Goldsmith. Um ano depois mudou-se para o interior e agora é promotor público na comarca de Westchester. É um sujeito que só admitiria que lhe deve alguma coisa se a porta estivesse fechada e ele falasse murmurando em seu ouvido. Deu o golpe do baú."

Wolfe concordou com um movimento da cabeça. "Correto. Você merece o elogio, Archie, e não me interessa o que você dispensa ou deixa de dispensar. Em White Plains você vai falar com o senhor Anderson e lhe entregar uma mensagem provocadora e, possivelmente, lucrativa. Pelo menos é o que esperamos; estou aguardando informações de um visitante que deve chegar a qualquer momento." Envolveu a própria rotundidade com o braço, tirou o grande relógio de platina do bolso do colete e deu uma olhada. "Percebo que os vendedores de artigos esportivos não são mais pontuais do que um cético poderia esperar. Telefonei às nove; a visita seria feita às onze em ponto; são onze e meia. A esta altura teria sido melhor eliminar perdas de tempo desnecessárias. Eu devia ter mandado você... Ah!"

Era a campainha. Fritz passou pelo vestíbulo, diante de nossa porta; ouviu-se o barulho da porta da frente se abrindo e em seguida uma outra voz e a de Fritz envolvidas em perguntas e respostas. Logo depois um som de passos pesados encobriu os de Fritz, e na porta apareceu um rapaz que parecia um jogador de futebol americano. Trazia nos ombros um pacote enorme, de quase um metro de comprimento e diâmetro semelhante ao de Wolfe. Inspirando profundamente, informou: "É da loja Corliss Holmes".

Wolfe me instruiu com um gesto a ajudar o rapaz. Depositamos o pacote no chão e o rapaz se ajoelhou e começou a desamarrá-lo, mas demorou tanto que fiquei impaciente e tirei o canivete do bolso. Wolfe murmurou de sua cadeira: "Não, Archie, poucos nós merecem isso". Guardei o canivete. Afinal o rapaz conseguiu soltar os nós e eu o ajudei a desfazer o embrulho. Levantei e olhei o que havia dentro. Olhei para Wolfe e novamente para a pilha no chão. Eram tacos de golfe, centenas deles, o bastante, pensei, para matar um milhão de cobras, pois nunca achei que servissem para grande coisa além de matar cobras.

Para Wolfe, eu disse: "O esporte vai lhe fazer bem".

Ainda em sua cadeira, Wolfe nos pediu que puséssemos os tacos na mesa, e o rapaz e eu apanhamos alguns. Comecei a espalhá-los numa fileira sobre a mesa; havia compridos e curtos, pesados e leves, de ferro, de madeira, de aço, de cromo, de todo tipo que se quisesse. Wolfe examinava cada um deles e, depois de verificar uma dúzia, me disse: "Tire esses com ponteira de ferro. Ponha de lado. Quero só os com ponteira de madeira". Para o rapaz, falou: "Vocês chamam isso de ponteira?".

O jovem pareceu surpreso e meio superior: "Essa é a cabeça".

"Queira me desculpar. Seu nome é?"

"Meu nome? Townsend."

"Queira me desculpar, senhor Townsend. Observei, certa vez, tacos de golfe na vitrine de uma loja enquanto consertavam um pneu furado de meu carro, mas as extremidades não tinham etiquetas elucidativas. Estes que aqui estão representam todas as variedades existentes de uma mesma espécie?"

"Hein? Sim, eles são todos diferentes."

"De fato. De fato, de fato. Faces lisas de madeira, faces com zona de impacto, osso, composto, marfim... Se aqui é a cabeça, imagino que aqui seja a face..."

"Claro, aí é a face."

"É claro. E qual a finalidade da zona de impacto? Tudo na vida tem uma finalidade, a não ser a cultura de orquidáceas."

"Finalidade?"

"Exatamente. Finalidade."

"Bem...", o rapaz hesitou. "Bom, é claro que é para o impacto. Isso significa acertar a bola, é a zona de impacto que acerta a bola, é isso o impacto."

"Entendo. Não precisa explicar mais nada. Já é mais do que suficiente. E as varetas? Algumas são de madeira, não? Muito boas, sensíveis... Há também as de aço... Suponho que as de aço sejam ocas."

"De aço oco, sim, senhor. Questão de gosto. Este é um *driver*, para lances longos. Este é um *brassie*. Vê o latão, aqui embaixo? Por isso chama *brassie*."

"Lógica irrepreensível", murmurou Wolfe. "Creio que isso é tudo, a lição está completa. Sabe, senhor Townsend, é uma sorte que os requisitos de classe social e estudo nos equipem a todos com boas oportunidades de praticar o esnobismo. Minha ignorância a respeito dessa nomenclatura especializada representou sua oportunidade; sua inocência em relação a processos mentais elementares proporcionou-me a minha. Quanto ao motivo de sua visita, temo que o senhor nada me venda; esses objetos continuarão a ser totalmente inúteis para mim. O senhor pode refazer seu pacote e levá-lo consigo. Mas, supondo-se que eu fosse comprar três desses tacos e que seu lucro em cada um deles fosse de um dólar... Três dólares? Se eu lhe der essa quantia, ela será de seu agrado?"

O jovem possuía dignidade, se não sua própria, pelo menos a da loja Corliss Holmes. "Não é obrigado a comprar, senhor."

"Não, mas ainda não terminei. Tenho de pedir-lhe um favor. Poderia pegar um desses tacos — este aqui — e ficar em pé ali, depois da cadeira, e girá-lo ao redor do corpo da maneira ortodoxa?"

"Girá-lo?"

"É; girá-lo, dar uma tacada, bater, acertar, seja lá como chame o gesto. Finja que está impactando uma bola."

O jovem teve dificuldade para esconder seu desprezo, que nada tinha a ver com esnobismo. Pegou o taco das mãos de Wolfe, afastou-se da mesa, empurrou uma cadeira para longe, olhou em torno, para trás e para cima, ergueu o taco sobre o ombro e em seguida o desceu com um tremendo zunido.

Wolfe estremeceu. "Uma fúria incontrolável", murmurou. "Pode fazer de novo, mais devagar?"

O rapaz obedeceu.

"Seria possível, senhor Townsend, mais devagar ainda?"

Dessa vez ele fez em câmara lenta, como se fosse um desenho, ridículo, mas Wolfe observou-o com atenção e certa ansiedade. Depois disse:

"Excelente. Muitíssimo obrigado, senhor Townsend. Archie, como não temos conta na Corliss Holmes, por favor, poderia dar três dólares ao senhor Townsend? Um pouco mais depressa, se não se importa. A viagem que mencionei é iminente e até urgente."

Depois das semanas tranqüilas que eu passara, ouvir Wolfe pedir mais velocidade fez meu coração acelerar. O rapaz e eu embrulhamos de novo o pacote com grande rapidez; fui com ele até a porta da frente e voltei para o escritório. Wolfe estava sentado com os lábios em posição de assobio, mas sem produzir som audível; só dava para perceber que o ar entrava e saía porque seu peito subia e descia. Houve vezes, comigo razoavelmente perto dele, em que tentei descobrir se ele realmente pensava estar produzindo alguma melodia, mas não consegui saber. Ele parou quando entrei e disse:

"Só vai demorar um minuto, Archie. Sente-se. Você não vai precisar de seu bloco de notas."

4

Quando estou dirigindo, não presto atenção em muita coisa além da estrada a minha frente, pois tenho o tipo de mente que se fixa numa tarefa e só a abandona quando existe outra a ser feita. Pisei fundo, também; por causa do tráfego, demorei um pouco a chegar a Woodlawn, mas dali até White Plains foram apenas vinte e um minutos. Apesar do meu tipo de mente e da pressa, consegui apreciar a Parkway com o rabo do olho. Muitos dos arbustos estavam cheios de flores, uma nova safra de folhas nas árvores balançava na brisa como se estivesse executando uma dança lenta, e a grama estava espessa e verde. Disse para mim mesmo que ninguém conseguiria fazer um tapete tão agradável de se andar como aquela grama, nem por 10 mil dólares.

A pressa de nada adiantou. Quando cheguei à sede da comarca, tudo o que consegui foi ter azar. Anderson estava fora e só voltaria na segunda-feira, dali a quatro dias. Disseram que estava na área das Adirondacks, mas não me deram o endereço; teria sido bem agradável embicar o carro na direção de Lake Placid e pisar na tábua. Um de seus assistentes, cujo nome, Derwin, eu nunca ouvira antes, saíra para almoçar e só voltaria dali a meia hora. Ninguém nas cercanias parecia inclinado a ser prestativo.

Voltei para a rua, encontrei uma cabine telefônica e falei com Wolfe em Nova York. Ele disse para eu esperar por Derwin e tentar falar com ele; e eu achei bom encontrar tempo para comer uns sanduíches e tomar um copo de leite antes que ele chegasse. Quando voltei, Derwin estava em seu escritório, mas tive de esperar vinte minutos para falar com ele, tempo que ele levou, imaginei, para terminar de palitar os dentes. O lugar estava completamente morto.

Quando penso em quantos advogados diferentes já conheci, parece bobagem dizer isso, mas, de alguma forma, para mim todos os advogados se parecem um pouco. É a mistura de um olhar assustado com um olhar satisfeito, como se eles estivessem atravessando uma rua com muito tráfego, sabendo que podem ser atropelados a qualquer momento, mas seguros sobre que tipo de papel entregariam ao motorista caso o acidente os matasse, e era o tipo de papel que eles tinham prontinho no bolso. O tal Derwin tinha essa aparência; por outro lado, parecia bastante respeitável, bem vestido e bem alimentado, com uns quarenta anos de idade, talvez menos, cabelo preto penteado para trás e rosto feliz e satisfeito. Coloquei meu panamá num dos cantos de sua escrivaninha, peguei uma cadeira e disse:

"Lamento não encontrar o senhor Anderson. Não sei se o senhor vai estar interessado no recado que eu trouxe para ele, mas tenho absoluta certeza de que ele estaria."

Derwin estava recostado em sua cadeira com um sorriso de político estampado no rosto. "Se tiver relação com as obrigações de meu ofício, senhor Goodwin, certamente estarei."

"Tem a ver, sim. Mas existe a desvantagem de o senhor não conhecer meu empregador, Nero Wolfe. O senhor Anderson o conhece."

"Nero Wolfe?", Derwin enrugou a testa. "Já ouvi falar. Claro, o detetive particular. Veja bem, estamos em White Plains, a província fica um pouco mais ao norte."

"Sim, senhor. Mas eu não chamaria Nero Wolfe de detetive particular. Como descrição... bem, é um tanto dinâmica demais. Mas, com efeito, é para ele que eu trabalho."

"O senhor traz uma mensagem dele?"

"Sim, senhor. Como eu disse: a mensagem era para o senhor Anderson, mas telefonei para Wolfe há meia hora e ele disse para passá-la ao senhor. Pode ser que não dê o mesmo resultado, pois sei que o senhor Anderson é um homem rico e não sei grande coisa sobre o senhor. Talvez o senhor seja como eu, talvez seu salário seja o único motivo para agüentar as pontas até o fim de semana."

Derwin riu, um riso dissimulado, pois num segundo seu rosto já estava sério e compenetrado. "Talvez seja. Mas vamos à mensagem. Embora eu não esteja especialmente atarefado esta tarde, ainda estou esperando por ela."

"Sim, senhor. É o seguinte. Domingo passado à tarde, quatro dias atrás, Peter Oliver Barstow, reitor da Universidade Holland, morreu repentinamente quando jogava golfe no campo do Green Meadow Club perto de Pleasantville. O senhor ficou sabendo disso?"

"Claro que sim. Foi uma grande perda para a comunidade. Para o país todo, na verdade. Claro."

Concordei com um movimento da cabeça. "O enterro dele foi na terça-feira, no cemitério Agawalk. O senhor Nero Wolfe quer apostar com o senhor — na verdade, ele preferia apostar com o senhor Anderson, mas o senhor serve — que, se conseguir que o corpo seja exumado e que se faça uma autópsia, os senhores encontrarão sinais de envenenamento. Ele aposta 10 mil dólares nisso, e depositará um cheque visado nesse valor no nome de qualquer pessoa que o senhor indicar."

Apenas sorri, quando Derwin olhou espantado para mim. Ficou me olhando espantado por um bom tempo, depois disse: "O senhor Nero Wolfe é louco".

"Não", respondi. "Aposte no que quiser, mas não *nisso*. Mas ainda não terminei de expor a aposta de Nero Wolfe. O resto dela é que, em algum lugar da barriga de Barstow, provavelmente um pouco abaixo do estômago, a uma profundidade de entre dois e sete centímetros abaixo da pele, será encontrada uma agulha curta, aguda e fina, provavelmente de aço, mas talvez de madeira bem dura. Ela estará apontada para cima, num ângulo aproximado de 45 graus, se não tiver sido desviada por um osso."

Derwin continuou olhando espantado para mim. Quando parei de falar, ele ensaiou outra vez seu riso maroto, só que não funcionou muito bem. "Esse é o maior monte de besteiras que já ouvi", disse. "Suponho que haja algum nexo nessa história, se é que o senhor também não é louco."

"Há um nexo, sim." Enfiei a mão no bolso e tirei o cheque que Wolfe havia me dado. "Poucas pessoas no mundo arriscariam 10 mil dólares num monte de besteiras, e pode acreditar em mim quando digo que Nero Wolfe não é uma delas. Peter Oliver Barstow foi assassinado e está com aquela agulha dentro dele. Eu estou dizendo isso, Nero Wolfe está dizendo isso e estes 10 mil dólares estão dizendo isso. Um testemunho e tanto, senhor Derwin."

O advogado estava começando a parecer muito menos feliz e satisfeito. Levantou-se da cadeira e sentou-se novamente. Esperei. Ele disse: "Isso é absurdo. Totalmente absurdo".

"Não é o que Wolfe está apostando." Sorri para ele. "Ele está apostando que a história é verdadeira."

"Mas não pode ser. É simplesmente absurdo e... e monstruoso. Seja qual for a jogada em que o senhor está metido, escolheu o homem errado. Acontece que sou conhecido de um membro da família Barstow e, portanto, conheço os fatos. Não vou decliná-los para o senhor. Que idiotice. O senhor sabe quem assinou o atestado de óbito? Acho que não..."

"Claro que sei", interrompi. "Foi o doutor Nathaniel Bradford. Trombose coronária. Mas mesmo que todos os médicos do mundo fossem tão bons quanto ele, e que todos eles dissessem que foi trombose coronária, ainda assim o dinheiro de Nero Wolfe estaria aqui, pronto para falar."

Percebi a mudança na expressão de Derwin. Ele havia superado o choque inicial e agora estava a ponto de tornar-se inteligente. Sua voz saiu forte: "Escute aqui, qual é a sua jogada?".

"Não há nenhuma jogada. Zero, zerinho. A não ser ganhar 10 mil dólares."

"Deixe ver o cheque."

Deixei. Ele o examinou minuciosamente. Depois pegou o telefone e num minuto falou: "Senhorita Ritter, por favor, ligue-me com a filial da rua 34 da Metropolitan Trust Company". Sentou-se e olhou para o cheque, e eu cruzei os braços e exercitei minha paciência. Quando o telefone voltou a tocar, ele atendeu e começou a fazer perguntas, muitas perguntas. Sem dúvida se certificou de tudo o que havia para certificar-se. Quando desligou, comentei, em tom de satisfação:

"Agora que o senhor sabe que são dólares de verdade, acho que podemos começar a nos entender."

Ele não prestou atenção, mas continuou sentado, franzindo a testa para o cheque. Por fim disse, num tom esperto: "Você afirma que está realmente autorizado a apostar esse dinheiro na veracidade daquela proposição, na forma como a apresentou?".

"Sim, senhor. Este cheque foi feito em meu nome e está visado. Posso endossá-lo num piscar de olhos. Se quiser ligar para Wolfe, o número é Bryant, nove, dois, oito, dois, oito. A fim de evitar mal-entendidos, sugiro que o senhor peça a seu estenógrafo que datilografe um memorando com os detalhes da transação, para ser assinado por nós dois. Devo alertá-lo para o fato de que Wolfe não está disposto a fornecer razões, sugestões ou dicas, não pretende discutir o assunto. Trata-se de uma aposta, só isso."

"Aposta coisa nenhuma. O senhor não está querendo fazer uma aposta. Com quem espera apostar, com a comarca de Westchester?"

Sorri com sarcasmo. "Esperávamos que fosse o senhor Anderson, mas já que ele está ausente, não temos preferências. Qualquer indivíduo que possua 10 mil dólares convém a Wolfe. Um chefe de polícia, um proprietário de jornal, quem sabe um democrata proeminente com um forte senso de dever cívico."

"Não diga!"

"Sim, senhor, é o que eu digo. Minhas instruções são para fazer de tudo para concretizar a aposta antes do anoitecer."

Derwin levantou-se, chutando a cadeira para trás. "Bah! Aposta! Isso é um blefe."

"O senhor acha? Experimente. Cubra o valor."

Era evidente que ele já estava decidido, pois quase junto com minhas últimas palavras ele atravessou a sala. Na porta, virou-se para perguntar: "Pode esperar aqui por uns dez minutos? Acho que sim, pois estou com seu cheque no meu bolso".

O cheque não estava endossado e ele sumiu antes que eu pudesse concordar. Acomodei-me para esperar. Perguntei-me como as coisas estariam indo. Eu teria deixado de mencionar alguma vantagem? Teria sido melhor adiar a última ameaça para o caso de ele demonstrar mais teimosia? Como forçá-lo a agir com rapidez? E, afinal, será que aquele sujeitinho de quinta categoria tinha a autoridade ou a coragem de topar um negócio como aquele na ausência do chefe? O que Wolfe queria era ação rápida; é claro que eu sabia que ele tinha tanta esperança de concretizar uma aposta quanto eu de ganhar aqueles 10 mil de presente de aniversário; o que ele queria mesmo era a autópsia e aquela agulha. Agora eu já sabia como ele adivinhara a existência da agulha, mas como relacionara as coisas a Carlo Maffei, isso... Interrompi meu devaneio para entregar-me a tarefa mais imediata. Se o tal Derwin desse para trás ou se fingisse de morto, o que eu faria? Entre quatro e seis da tarde teria de usar meu próprio discernimento; não ousaria interromper Wolfe com um telefonema na hora em que ele permanecia no andar de cima com suas malditas plantas. Faltavam dez minutos para as três horas. Derwin saíra dez minutos antes. Comecei a me sentir um trouxa. E se ele me deixasse lá sozinho a tarde toda, e ainda por cima sem o cheque? Se eu permitisse que um advogadozinho desclassificado fizesse isso, nunca mais poderia encarar o rosto gordo de Wolfe. Eu não devia tê-lo deixado sair da minha vista, certamente não sem antes recolher o cheque. Pulei da cadeira e atravessei a sala, mas ao chegar à porta respirei fundo para me acalmar; virei a maçaneta lentamente, abri a porta e espichei a cabeça para fora. Um pequeno corredor levava até outra sala; ouvi a garota falando ao telefone:

"Não, telefonista, pessoa a pessoa. Só serve o senhor Anderson."

Esperei até ela desligar, saí e fui até a mesa dela. "Seria muito incômodo dizer-me aonde foi o senhor Derwin?"

Ela pareceu interessada em mim; deu uma boa olhada. Mas respondeu sem subterfúgios. "Está na sala do senhor Anderson, telefonando."

"Você não mentiria para mim só assim, para não perder a prática?"

"Não há risco de eu perder a prática, obrigada."

"Certo. Se não se importa, vou me sentar numa dessas poltronas. Eu estava me sentindo muito sozinho lá dentro."

Sentei-me a um metro da porta de entrada; mal me acomodara, a porta se abriu e um homem entrou, um sujeito robusto com expressão de atarefado vestindo terno azul e sapatos pretos, de chapéu de palha. Do lugar onde eu estava, ficou fácil ver que ele tinha uma arma na cintura quando avançou na direção da garota com as costas voltadas para mim. A garota disse: "Como vai, senhor Cook? O senhor Derwin está na sala do senhor Anderson". Depois que o homem desapareceu por uma das portas, perguntei à garota: "Ben Cook?". Ela fez que sim com a cabeça sem olhar para mim, e eu sorri. E continuei sentado, e esperei.

Passados mais quinze minutos a porta da sala de Anderson se abriu novamente e Derwin apareceu e me chamou: "Venha até aqui, Goodwin".

Fui. Quando entrei e percebi o que eles tinham armado para mim, foi engraçado demais para não rir. Ben Cook ocupava uma cadeira posicionada ao lado da cadeira da escrivaninha — reservada, é claro, para Derwin —, e outra cadeira fora reservada para mim, bem próxima, de frente para eles e para a luz.

"Engraçado, é?", resmungou o sujeito robusto. Derwin esperou que eu fosse para minha cadeira para informar: "Esse é o chefe de polícia".

Fingi que a luz estava me incomodando. "Não diga", respondi. "O senhor acha que a reputação de Ben Cook vai só até o Parque do Bronx?"

Derwin fez cara feia para mim, mas, puxa, aquilo era engraçado. Ele chegou ao ponto de me apontar um dedo. "Goodwin, estive muito ocupado na última meia hora, e agora já posso lhe dizer o que vai acontecer em seguida. Você nos conta o que sabe, se é que sabe alguma coisa, enquanto esperamos a chegada de Wolfe. Que motivos vocês têm para..."

Detestei interromper o show, mas não pude evitar. Foi involuntário. "Esperamos a chegada de Wolfe?! Aqui?!"

"Lógico, aqui. Se ele sabe o que é bom para ele, e acho que deixei isso bem claro pelo telefone..."

Não achei graça. Simplesmente falei: "Escute, senhor Derwin. Este não é um de seus melhores dias. Nunca na sua vida o senhor teve uma oportunidade como aquela aposta. E agora a probabilidade de Nero Wolfe vir até aqui é tão grande quanto a de eu lhe contar quem matou Barstow".

"É mesmo?" Quem falava era Ben Cook. "Você vai nos contar tudo. Tudo."

"Talvez. Mas não vou lhes contar quem matou Barstow porque não sei. Agora, se quiserem perguntar sobre as condições das estradas, por exemplo..."

"Pare com isso." A cara de Derwin ficou mais feia ainda. "Goodwin, você fez a acusação mais surpreendente, da maneira mais sensacional possível. Não vou fingir que tenho um monte de perguntas prontas, porque, obviamente, não tenho. Tenho apenas uma, e quero uma resposta imediata e completa. Por que razão, e com que finalidade, seu empregador o mandou vir até aqui hoje?"

Suspirei e assumi um ar solene. "Já lhe disse, senhor Derwin, para fazer uma aposta."

"Vamos, faça de conta que tem algum juízo. Você não pode dizer isso assim, simplesmente, sabe muitíssimo bem que não pode. Vamos. Conte."

Ben Cook interveio: "Não tente bancar o espertinho. Você ficaria surpreso de saber como às vezes tratamos os espertinhos por aqui".

Acho que, se quisesse, poderia manter aquele teatro a noite inteira, mas o tempo estava passando e eles estavam me enchendo. Eu disse: "Escutem, cavalheiros. É óbvio que os senhores estão irados, o que é pena, mas não há nada que eu possa fazer. Digamos que eu lhes diga para irem para o inferno, levante-me e saia daqui. O que vocês vão fazer? É, delegado, eu sei que a delegacia fica aqui pertinho, mas não é para lá que eu vou. Sinceramente, vocês estão agindo como uma dupla de tiras paspalhões.

Estou surpreso consigo, senhor Derwin. Nero Wolfe lhe faz uma oferta que poderia render uma bolada e a primeira coisa que o senhor faz é dar o serviço para Ben Cook. Depois disso, a única coisa que me resta é retirar a oferta feita a vocês dois e atirá-la aos lobos. Vocês não podem fazer nada contra mim, não sejam tolos. Nero Wolfe adoraria um processo por prisão ilegal, e nunca vou a delegacias voluntariamente, a não ser para visitar amigos. A menos que vocês tenham um mandado... E pensem como tudo isso seria engraçado, depois que os repórteres ouvirem a minha história e depois que surgirem as provas do assassinato de Barstow. Na verdade estou começando a ficar um pouco amargurado. Na verdade, estou inclinado a exigir aquele cheque de volta e ir embora. Entendam o seguinte: não vou lhes contar absolutamente nada. Será que entenderam? Agora escolham: ou me devolvem aquele cheque ou fazem uma forcinha para entender as coisas."

Derwin continuou sentado de braços cruzados, olhando para mim sem o menor indício de que ia abrir a boca. Ben Cook disse: "Quer dizer que você veio aqui para ensinar os caipiras a fazer as coisas direito. Filho, tenho força suficiente para levar você para a delegacia pela única razão de que me deu na telha. Não é preciso mais nada".

"O senhor dá uma de poderoso porque pode", falei. "Derwin lhe passou uma bomba que era para ele mesmo ter aproveitado, e o senhor sabe disso." Virei-me para Derwin. "Para quem o senhor telefonou, em Nova York? Para o quartel-general?"

"Não. Para o promotor público."

"Conseguiu falar com ele?"

Derwin descruzou os braços, recostou-se na cadeira e olhou para mim, desamparado. "Falei com Morley."

Balancei a cabeça. "Dick Morley. O que ele disse?"

"Disse que se Nero Wolfe estava fazendo uma aposta de 10 mil dólares fosse no que fosse, ele gostaria de participar com mais mil dólares, e que me daria um *handicap* de dez para um."

Eu ainda estava magoado demais para rir. Disse: "E mesmo assim o senhor me convida para tomar chá, em vez de pegar uma pá e correr para o cemitério Agawalk? Repito que não vou lhe contar nada e que Wolfe não vai lhe contar nada, mas se alguma vez na vida já teve uma barbada na mão, essa vez é agora. Por enquanto, trate de me devolver aquele cheque. Depois, se vire!".

Derwin soltou um suspiro e pigarreou, mas teve de pigarrear novamente logo em seguida. "Goodwin", disse ele, "vou ser sincero com você. Estou desnorteado. Não espalhe, Ben, mas é fato. Estou completamente desnorteado. Meu Deus, você sabe o que isso significa — exumação e autópsia de Peter Oliver Barstow?"

"Bobagem", respondi. "Qualquer desculpa serve."

"Bom, talvez eu não seja muito bom em achar desculpas. De todo modo, conheço aquela família. Não posso fazer isso. Telefonei para Anderson em Lake Placid, mas não consegui falar com ele. Acho que só vou conseguir lá pelas seis, certamente antes das sete. Ele pode pegar um trem-leito e estar aqui amanhã de manhã. Aí ele resolve."

"Isso mata o dia de hoje."

"É. Sem dúvida. Eu é que não vou tomar essa decisão."

"Tudo bem." Levantei-me. "Vou até a esquina telefonar para Wolfe e ver se ele aceita esperar tanto tempo.

Se ele disser que está tudo bem, tomo a direção sul e deixo os caipiras por aqui. Está na hora de me devolver o cheque."

Derwin tirou o cheque do bolso e me entregou.

Sorri para Ben Cook. "Posso lhe dar uma carona até a delegacia, chefe?"

"Vá andando, filho, vá andando."

5

Naquela noite, Wolfe estava macio como um pudim. Cheguei em casa a tempo de jantar com ele. Não quis que eu falasse nada sobre White Plains até que tivéssemos terminado a refeição; na verdade, não quis falar sobre absolutamente nada porque estava com o rádio ligado. Ele costumava dizer que este era o século perfeito para os sedentários; antigamente, esse tipo de indivíduo podia satisfazer sua curiosidade a respeito dos tempos passados lendo Gibbon, Ranke, Tácito ou Greene, mas se quisesse encontrar seus contemporâneos teria de ir para as ruas, ao passo que o homem de hoje, ao cansar-se temporariamente de Galba ou Vitélio, só precisa ligar o rádio e voltar para sua poltrona. Um programa que Wolfe raramente perdia era o Joy Boys. Eu nunca soube o porquê disso. Ele ficava sentado com os dedos entrelaçados sobre a barriga, de olhos semicerrados e boca contorcida como se houvesse alguma coisa dentro dela que cuspiria a qualquer momento. Muitas vezes eu saía naquela hora para dar uma caminhada, mas, é claro, quando o jantar era servido um pouco mais cedo e me pegava em casa, eu ficava imobilizado. Também tenho meus programas de rádio favoritos, mas os Joy Boys me pareciam um bocado vulgares.

No escritório, após o jantar, não gastei muito tempo apresentando meu relatório. Eu odiava ter de me desculpar com Wolfe, porque ele invariavelmente me tratava com condescendência. Ele sempre partia do princípio que eu tinha feito todo o possível e que não havia nada a criticar a não ser, como costumava dizer, algum antagonismo fortuito do ambiente. Dessa vez não fez qualquer comentário nem pareceu muito interessado no relatório nem em meu pedido de desculpas. Tentei fazê-lo falar, tentei, por exemplo, descobrir se ele realmente alimentara a idéia maluca de que eu seria capaz de fazer com que um promotor público cobrisse uma aposta de 10 mil dólares de uma hora para outra, mas ele permaneceu afável e em silêncio. Perguntei se ele achava que eu poderia ter dito alguma coisa, qualquer coisa, capaz de convencer Derwin a fazer a exumação naquela mesma tarde. Ele respondeu que provavelmente não.

"Quem nasce para sapo não chega a passarinho." Estava sentado atrás de sua mesa, examinando com uma lupa o rostelo de uma *Cymbidium Alexanderi* que Horstmann trouxera para baixo e que estava com a haste ressecada. "Ele teria de ter um leve toque de imaginação, só um toque, mas, a julgar por sua descrição, não tem nenhuma. Peço-lhe que não seja severo demais consigo mesmo. Afinal de contas, esse caso pode revelar-se improfícuo. Com Fletcher M. Anderson talvez fosse diferente. Ele é um homem rico, com ambições profissionais, e não é tolo. Ele talvez pudesse pensar que, caso uma autópsia discreta e sem alardes provasse que eu estava errado, teria ganhado 10 mil dólares; caso eu estivesse certo ele teria de me pagar, mas em compensação estaria com um caso notável e sensacional nas mãos. E também poderia inferir que, eu tendo embolsado seu dinheiro, poderia me dispor a dar-lhe outras informações. Sua breve viagem a White Plains foi essencialmente um empreendimento comercial primitivo: uma oferta para trocar uma coisa por alguma outra. Se o senhor Anderson estivesse lá, provavelmente teria tido essa mesma visão. Mesmo assim, ainda pode dar certo; ainda vale algum esforço. Mas acho que em breve vai chover."

"Que conversa é essa? Está mudando de assunto?" Permaneci sentado na cadeira perto da mesa dele, mesmo percebendo que passara a ser visto como medianamente entediante pelo fato de ter algumas perguntas a fazer. "Estava ficando nublado quando cheguei. Será que vai chover em cima de todas as suas pistas?"

Ele estava sereno, ainda curvado sobre a lupa. "Algum dia, Archie, quando eu decidir que não vale mais a pena tolerá-lo, você terá de se casar com uma mulher de capacidade mental bastante modesta para poder ter um público adequado a suas lamentáveis ironias. Quando mencionei a chuva, tinha em mente sua conveniência e conforto. Esta tarde julguei que seria desejável você ir à rua Sullivan, mas pode ser amanhã também."

Era difícil de acreditar, a menos que se estivesse tão familiarizado com ele como eu estava, mas eu sabia que ele realmente estava falando sério. Achava que sair de casa a qualquer hora era uma aventura desagradável, mas sair na chuva era quase uma imprudência. "O que você acha que eu sou, o exército chinês? É claro que posso ir. Essa era uma de minhas perguntas. Por que você acha que Anna Fiore se fechou em copas para o O'Grady? Pelo fato de ele não ter sido encantador e charmoso como nós fomos?"

"É provável. Excelente conjetura, Archie. Mais ainda porque, quando mandei Saul Panzer falar com ela esta tarde, ela só disse como se chamava com bastante relutância, depois mais nada. Assim, seu charme e seu encanto serão necessários. Seria conveniente trazê-la aqui às onze da manhã. Não é importante, mas, para passar o tempo, mal não fará, e a teimosia dela merece nossa atenção."

"Vou buscá-la agora."

"Não. De verdade. Amanhã. Sente-se. Prefiro ter você por aqui, ocioso e inútil, enquanto examino sem a menor finalidade esta fútil flor. Fútil e estéril, ao que parece. Como já afirmei antes, ter você assim por perto é sempre muito agradável porque me lembra constantemente como seria desagradável ter uma outra pessoa — uma esposa, por exemplo — que eu não pudesse dispensar ao meu bel-prazer."

"Sim, senhor." Sorri. "Pode ir em frente."

"Agora não. Não com essa chuva. Não me agrada."

"Está certo, então me conte algumas coisas. Como você sabia que Carlo Maffei havia sido assassinado? Como sabe que Barstow foi envenenado? Como sabe que ele tem uma agulha no corpo? É claro que entendo como ela foi parar lá, depois que o rapaz da Corliss Holmes nos mostrou, mas como você fez para ir tão longe?"

Wolfe abaixou a lupa e suspirou. Eu sabia que minhas perguntas o constrangiam, mas, além da curiosidade, havia uma questão profissional. Ele nunca parecia perceber que, embora eu não tivesse nenhuma dificuldade para acreditar piamente que ele nunca nos induziria a erro, poderia fazer minha parte com um pouco mais de inteligência se soubesse como as coisas estavam funcionando. Não acredito que ele alguma vez tomasse a iniciativa de se abrir, fosse o caso grande ou pequeno, se eu não o cutucasse com certa insistência.

Ele suspirou. "Archie, será que preciso lembrá-lo novamente da reação provável de Velasquez se você lhe pedisse para explicar por que a mão de Esopo estava oculta dentro da túnica, e não pendente ao longo de seu corpo? Será que preciso demonstrar mais uma vez que, embora seja aceitável pedir ao cientista que o conduza, passo a passo, ao ponto de partida de suas descobertas, um pedido semelhante ao artista não faz sentido, visto que ele, assim como a cotovia ou a águia, não percorreu caminho nenhum? Será que você precisa ser mais uma vez informado de que eu sou um artista?"

"Não, senhor. A única coisa que preciso saber é: como você sabia que Barstow tinha sido envenenado?"

Ele ergueu a lupa. Acendi outro cigarro e fiquei sentado, esperando. Depois que terminei o cigarro, quando já havia quase me decidido a ir até a sala da frente buscar um livro ou uma revista, ele falou.

"Carlo Maffei sumiu. Nada de incomum. Bateram nele, provavelmente foi roubado... Até que soubemos do telefonema e do classificado. O telefonema em si é de interesse, mas é a ameaça *não sou eu quem tem de ficar assustado* que é relevante. O classificado acrescenta uma especificidade. Até aquele momento, Maffei era isso ou aquilo, mas ali ele se tornou também um homem que talvez tivesse feito alguma coisa complexa e difícil que iria *funcionar*. A palavra *mecanismo* deixou isso bem claro, além de apresentar magníficas sugestões a uma mente indagativa. Depois, de modo bastante acidental, assim como a criação da vida foi um acidente, Maffei se torna ainda uma outra coisa: um homem que recortou do jornal a notícia sobre Barstow na manhã do dia em que desapareceu. Assim sendo, leia a notícia sobre Barstow novamente e encontre nela o detalhe que diz respeito a Carlo Maffei. Um obscuro imigrante italiano, artesão de metais; e um famoso reitor universitário, rico e culto. Ainda assim, deve haver uma conexão, e a incongruência dos elementos é que a torna clara, mais ainda do que se a conexão estivesse visível. Ali está o artigo; encontre a conexão, fique atento para cada palavra e só permita que ela passe por você se sua inocência for comprovada. Mas não é preciso muito esforço; a conexão é tão óbvia que imediatamente salta aos olhos. No momento de seu colapso, e no período imediatamente anterior, Barstow tinha nas mãos e estava usando não só um, mas vários instrumentos que, se não eram mecanismos complexos e difíceis, eram admiravelmente bem adaptados para seu uso. A composição do quadro era perfeita. Mas, embora toda e qualquer justificativa fosse desnecessária, tal como uma obra de arte só necessita de contemplação, para atribuir-lhe utilidades práticas seria útil contar com um pouco de verniz, um fixador. Assim sendo, perguntei à senhorita Fiore se ela alguma vez vira um taco de golfe no quarto de Maffei. O resultado foi satisfatório."

"Está certo", falei. "Mas e se a garota simplesmente tivesse respondido que não, que nunca havia visto um taco de golfe por lá?"

"Eu já lhe disse, Archie, que mesmo que seja para sua exclusiva diversão, não vou ficar inventando respostas para perguntas hipotéticas."

"Ah, sim, eis uma saída muito fácil."

Wolfe balançou a cabeça, desapontado. "Responder significa reconhecer a validade da baboseira que você disse, mas já aprendi a não esperar nada melhor de você. Como diabos vou saber o que teria feito *se* isso ou aquilo? Provavelmente teria me despedido dela com um boa-noite. Se iria procurar verniz para meu quadro em algum outro lugar? Talvez sim, talvez não. Será que tenho de lhe perguntar como você faria para comer, se sua cabeça estivesse virada ao contrário?"

Sorri para ele. "Eu não morreria de fome. Muito menos você, disso eu tenho absoluta certeza. Mas como você sabia que Maffei tinha sido assassinado?"

"Eu não sabia, até O'Grady aparecer. Você ouviu o que eu disse a ele. A polícia revistou o quarto de Maffei. Isso só poderia acontecer se ele tivesse feito um ato criminoso ou fosse vítima de outro, sendo que a primeira hipótese era improvável à luz dos outros fatos."

"Certo. Mas guardei o melhor para o fim. Quem matou Barstow?"

"Ah", murmurou Wolfe suavemente. "Esse já é um outro quadro, Archie, e espero que seja bem caro. Caro para o comprador e lucrativo para o artista. Além disso, um de seus personagens seria um digno súdito. Retomando minha desgastada metáfora, não vamos armar nosso cavalete até termos certeza quanto à incumbência que nos aguarda. Mas isso não é de todo verdade. Vamos começar já, ficando num bom ponto de observação amanhã de manhã, se você puder trazer a senhorita Fiore até aqui."

"Deixe-me ir buscá-la agora. Não passa muito das nove."

"Não... está ouvindo a chuva? Amanhã está bom."

Eu sabia que não adiantava insistir; por isso, depois de me entediar com algumas revistas, vesti uma capa de chuva e fui para o cinema. Eu não teria admitido para ninguém, mas admiti para mim mesmo: eu não estava exatamente à vontade naquela situação. Já passara por experiências semelhantes muitas vezes, o que não melhorava nada o modo como eu me sentia. Eu tinha absoluta confiança de que Wolfe nunca nos faria cair num buraco sem uma escada para a saída, mas, apesar disso, às vezes tinha dúvidas terríveis. Enquanto eu viver, não vou esquecer a vez em que ele encurralou o presidente de um banco, ou melhor, eu o encurralei, sem o menor tipo de evidência concreta, a não ser o fato de que a caneta-tinteiro na escrivaninha dele estava vazia. Foi um alívio inigualável saber que uma hora depois o cara se matara com um tiro. Mas não adiantava eu tentar fazer Wolfe abrir o jogo, mesmo só um pouquinho; eu já não perdia mais tempo com isso. Se me empenhasse em explicar a ele que havia forte possibilidade de ele estar errado, ele simplesmente diria: "Você consegue ver fatos, Archie, mas não tem intuição para fenômenos". Depois de procurar o significado de fenômeno no dicionário, vi que ele não dissera absolutamente nada, mas era inútil discutir.

Portanto ali estava eu, novamente constrangido. Queria pensar um pouco sobre tudo aquilo, por isso peguei a capa e fui para o cinema, onde podia ficar sentado no escuro com alguma coisa para ver mas com a mente solta para trabalhar. Não era difícil entender como Wolfe percebera tudo. Alguém queria matar Barstow, alguém que vou chamar de X. Essa pessoa pôs um anúncio no jornal procurando um especialista que fizesse certa coisa para ele, e que aceitasse sair do país para sempre, para não haver problema caso aparecessem curiosos mais adiante. Maffei respondeu ao anúncio e conseguiu o trabalho, que consistia em construir um dispositivo no interior de um taco de golfe de forma a acionar, quando a inserção na cabeça do taco acertasse uma bola, um gatilho que disparasse uma agulha pelo cabo, na outra extremidade. Provavelmente X apresentou aquilo como um teste de competência a ser julgado pelos empregadores europeus, mas deu tanto dinheiro ao italiano que Maffei decidiu não voltar mais para a Itália. O fato deve ter gerado alguma tensão, e talvez Maffei tenha concordado em ir embora num próximo navio. Seja como for, X usou o taco com o fim para o qual ele fora criado, colocando-o na sacola de Barstow (obviamente, o taco com o dispositivo era idêntico ao *driver* de Barstow). Ocorre que Maffei leu o *Times* de segunda-feira e somou dois e dois, o que não é de estranhar, considerando-se a estranheza da encomenda que lhe fora feita. X telefonou; Maffei foi ao seu encontro, expôs suas suspeitas e tentou chantageá-lo. Dessa vez X não esperou por mecanismos feitos por especialistas, simplesmente usou uma faca, deixando-a cravada nas costas de Maffei para não manchar o estofamento do carro. Depois percorreu as colinas de Westchester até encontrar um lugar ermo, depositou o corpo num matagal, retirou a faca do cadáver e mais tarde a jogou num córrego ou numa represa. Voltou para casa numa hora decente, tomou um ou dois drinques antes de ir para a cama e, na manhã seguinte, ao acordar, vestiu roupa escura para ir ao enterro de seu amigo Barstow.

Esse era o cenário montado por Wolfe, evidentemente, um cenário perfeitamente encaixado. Mas o que pensei sentado no cinema foi o seguinte: esse cenário continha todos os fatos sem forçar coisa nenhuma, qualquer um poderia montá-lo, mesmo um sujeito de mil anos atrás, da época em que se acreditava que o Sol girava em torno da Terra. Era um cenário que não forçava coisa nenhuma em relação aos fatos conhecidos, certo. Mas — e os fatos que não eram conhecidos? E Wolfe arriscando 10 mil dólares e sua reputação para conseguir que Barstow fosse exumado. Certa vez um dos clientes de Wolfe lhe dissera que ele era intoleravelmente jovial. Gostei dessa; Wolfe também tinha gostado. Mas isso não me impedia de pensar que, se abrissem o Barstow e só encontrassem trombose coronária em suas veias e nenhuma esquisitice em sua barriga, dentro de uma semana todo mundo, do escritório da promotoria até o tira mais apagado de Bath Beach, estaria economizando vinte centavos para ficar em casa rindo de nós, em vez de ir ao cinema ver um filme do Mickey Mouse. Não sou idiota e sei que qualquer um pode cometer um erro, mas sei também que quando um homem assume uma posição dogmática como a de Wolfe, ele tem de estar certo *sempre.*

Mas de certa forma fui um idiota. Todo o tempo que fiquei matutando, sabia muito bem que Wolfe *estava* certo. Quando cheguei em casa, depois do cinema, e constatei que Wolfe já se recolhera, fui dormir com isso na cabeça.

Na manhã seguinte acordei um pouco depois das sete, mas fiquei enrolando na cama, pois sabia que se me levantasse e me vestisse teria de ficar enrolando do mesmo jeito, já que não fazia o menor sentido ir buscar Anna Fiore antes que Wolfe descesse da estufa. Fiquei deitado, bocejando, olhando para o quadro dos bosques com grama e flores e para a fotografia de meus pais, depois fechei os olhos, não para tirar uma soneca, pois já dormira o suficiente, mas para ver quantos sons diferentes vindos da rua era capaz de reconhecer. Estava nessa quando bateram à porta e, atendendo a minha instrução, Fritz entrou.

"Bom dia", falei. "Quero um suco de laranja e uma xícara pequena de chocolate."

Fritz sorriu. Tinha um adorável sorriso distante. Sabia aceitar uma brincadeira, mas nunca tentava revidar. "Bom dia. Há um cavalheiro lá embaixo querendo ver o senhor Wolfe."

Sentei-me na cama. "Qual é o nome dele?"

"Disse que é Anderson. Não tem cartão."

"O quê?!" Sentei na beira da cama. "Ora, ora, ora. Não é um cavalheiro, Fritz, é um novo-rico. O senhor Wolfe espera que em breve esse senhor fique menos rico. Diga-lhe... não, não precisa se incomodar. Já vou descer."

Joguei um pouco de água fria no rosto, vesti-me o suficiente para a emergência e dei uma desembaraçada no cabelo com uma escovada rápida. Depois desci.

Anderson não se levantou da poltrona quando entrei no escritório. Estava tão bronzeado que se eu topasse com ele na rua precisaria olhar duas vezes para reconhecê-lo. Parecia sonolento e irritado, e seu cabelo estava tão mal penteado quanto o meu.

Falei: "Meu nome é Archie Goodwin, não creio que o senhor se lembre de mim".

Ele permaneceu sentado. "Acho que não, desculpe. Vim falar com Wolfe."

"Certo, senhor. Receio que terá de aguardar um pouco. O senhor Wolfe ainda não acordou."

"Não muito tempo, espero."

"Não sei dizer. Vou verificar. Com licença."

Saí para o vestíbulo e fiquei lá, parado ao pé da escada. Tinha de decidir se aquela era uma situação em que

Wolfe estaria disposto a infringir uma regra. Faltavam quinze para as oito. Por fim, subi a escada e percorri o corredor até uns três metros da porta dele, onde havia um botão na parede. Apertei-o e imediatamente ouvi a voz dele, fraca:

"O que há?"

"Desligue o alarme. Vou entrar."

Ouvi um barulhinho e em seguida: "Entre".

Ninguém acreditaria que exista no mundo uma coisa como Wolfe na cama, a menos que tivesse visto. Eu já vira muitas vezes, mas ainda era um deleite. Por cima de tudo havia uma colcha de seda preta, que ele sempre usava, inverno e verão. Partindo do grande monte no meio da cama, essa colcha despencava para todos os lados, de modo que se você quisesse ver o rosto de Wolfe teria de ficar em pé bem perto e depois se encolher um pouco para poder olhar por baixo do dossel suspenso sobre a cabeceira da cama. O dossel também era de seda preta e avançava até uns trinta centímetros além do queixo de Wolfe, descendo bastante nas três laterais. Lá dentro, sobre o travesseiro branco, repousava o rosto grande e gordo como uma imagem num templo.

A mão dele saiu de debaixo da colcha para puxar uma cordinha que estava a sua direita, e o dossel se recolheu de encontro à cabeceira da cama. Ele piscou. Contei-lhe que Fletcher M. Anderson estava embaixo e queria falar com ele.

Ele praguejou. Eu detestava ouvi-lo praguejar. Me dava nos nervos. O motivo de me dar nos nervos, segundo ele, era que enquanto na maioria dos casos praguejar era uma simples explosão vocal, com ele tratava-se da expressão de um desejo profundo. Ele raramente praguejava. Naquela manhã, praguejou com empenho. Por fim, disse: "Vá embora, saia, me deixe".

Eu também detestava gaguejar. "Mas... mas... Anderson..."

"Se o senhor Anderson quer falar comigo, poderá fazê-lo às onze horas. Mas não é necessário. Para que lhe pago um salário?"

"Muito bem, senhor. Você tem razão, claro. Infrinjo uma regra e levo uma espinafrada. Mas agora que já infringi, será que posso sugerir que seria uma boa idéia falar com o Anderson..."

"Não, não pode."

"Valendo 10 mil dólares?"

"Não."

"Mas por quê, pode me explicar?"

"Diacho, você está me importunando!" A cabeça de Wolfe virou-se no travesseiro e surgiu uma mão para me apontar um dedo. "Isso mesmo, você está me importunando. Mas às vezes isso pode ser considerado uma qualidade valiosa, e não vou contestá-la. Em vez disso, vou responder a sua pergunta. Não vou falar com o senhor Anderson por três motivos: primeiro, como ainda estou na cama, não estou vestido adequadamente e estou de péssimo humor. Segundo, você pode tratar dos nossos negócios com ele tão bem quanto eu. Terceiro, domino a técnica da excentricidade: seria inútil um homem se esforçar para manter uma reputação de exótico se, diante da menor provocação, mostrar-se disposto a reverter à normalidade. Vá. Agora."

Saí do quarto, desci para o escritório e disse a Anderson que, se quisesse esperar, poderia falar com o sr. Wolfe às onze horas.

É claro que ele não acreditou no que ouviu. Assim que conseguiu entender que a mensagem era aquela mesmo e que estava sendo endereçada à pessoa certa, explodiu. Parecia particularmente indignado com o fato de ter vindo direto até a casa de Wolfe, depois de viajar num tremleito que o deixara na Grand Central, embora eu não percebesse o nexo da coisa. Expliquei-lhe diversas vezes a realidade dos fatos, disse-lhe que quanto a excentricidade não havia nada a fazer. Contei-lhe ainda que fora a White Plains na véspera e que estava a par da situação. Isso pareceu acalmá-lo um pouco e ele começou a fazer perguntas. Respondi com fragmentos de informação, e tive o prazer de ver sua expressão quando lhe contei que Derwin chamara Ben Cook. Depois de ouvir a história toda ele se recostou, coçou o nariz e olhou por cima da minha cabeça.

Por fim, seu olhar fixou-se em mim. "Wolfe chegou a uma conclusão surpreendente. Não é mesmo?"

"Sim, senhor. É mesmo."

"Isso significa que deve ter informações surpreendentes."

Sorri. "Senhor Anderson, é um prazer conversar com o senhor, mas não adianta perder tempo. No que diz respeito a informações surpreendentes, Wolfe e eu somos como duas múmias num museu, enquanto aquele túmulo não for aberto e Barstow também. Sem chance."

"Bem, é pena. Eu poderia oferecer a Wolfe uma remuneração como investigador especial, uma coisa do tipo investigação e relatório."

"Remuneração? Palavra vaga, essa."

"Digamos, quinhentos dólares."

Fiz que não com a cabeça. "Receio que ele esteja muito ocupado. Eu também estou ocupado, tenho de correr até White Plains ainda esta manhã."

"Ah." Anderson mordeu o lábio e olhou para mim. "Sabe, Goodwin, raramente saio da linha para ser desagradável com alguém, mas não lhe ocorre que isso tudo é um bocado asqueroso? Ou, melhor dizendo, antiético?"

Aquilo me deixou mordido. Devolvi o olhar dele e disse: "Veja bem, senhor Anderson. O senhor disse que não se lembrava de mim. Eu me lembro do senhor. O senhor não esqueceu o caso Goldsmith, há cinco anos... Não teria feito a menor diferença para o senhor deixar que as pessoas soubessem da participação de Wolfe no caso. Mas vamos esquecer esse detalhe, digamos que era importante para o senhor manter o fato em segredo. Não teríamos nos importado. Mas foi ético de sua parte distorcer tudo de forma a que Wolfe ganhasse um belo olho roxo, em vez do que realmente deveria receber? Talvez o senhor adote sua própria ética".

"Não sei do que você está falando."

"Tudo bem. Mas se eu for a White Plains hoje, alguém vai saber do que estou falando. E, seja o que for que o senhor consiga por nosso intermédio, desta vez vai ter de pagar."

Anderson sorriu e se levantou. "Não se preocupe, Goodwin. Não será necessário você ir a White Plains hoje. Informações que recebi me fizeram decidir favoravelmente pela exumação do corpo de Barstow. Você vai ficar aqui o dia todo, ou talvez Wolfe? Posso querer entrar em contato com ele mais tarde."

"Wolfe está sempre aqui, mas o senhor não consegue falar com ele entre nove e onze nem entre quatro e seis."

"Ora, ele é mesmo um excêntrico!"

"É, senhor. Seu chapéu está no vestíbulo".

Fui até a janela da sala da frente e vi quando ele foi embora de táxi. Depois voltei para o escritório para dar um telefonema. Hesitei mas dei, sabia que Wolfe tinha razão e, se não tivesse, um pouco de publicidade não iria piorar as coisas para o nosso lado. Telefonei para o escritório da *Gazette* e pedi para falar com Henry Foster. Por sorte, ele estava lá.

"Harry? Archie Goodwin. Tenho uma coisa para você, mas não espalhe. Na manhã de hoje, em White Plains, o promotor público Anderson vai obter uma ordem judicial para exumar e autopsiar Peter Oliver Barstow. Provavelmente vai tentar manter a coisa em sigilo, mas achei que você poderia estimulá-lo em sua tarefa. E tem mais. Um dia desses, quando chegar a hora, vou adorar contar a você o que despertou essa curiosidade súbita em Anderson. Ora, não precisa agradecer."

Subi, fiz a barba e acabei de me vestir. Quando terminei o café da manhã e o papo na cozinha com Fritz a respeito de peixes, já eram nove e meia. Fui buscar o carro, abasteci com gasolina e óleo e parti para a rua Sullivan.

Pelo fato de ser horário escolar, a rua não estava tão suja e barulhenta quanto da outra vez e, além disso, estava diferente. Eu devia estar preparado para a decoração, mas não tinha me ocorrido. Havia uma enorme roseta negra com compridas fitas negras pendurada na porta e, em cima, uma grande coroa de folhas e flores. Algumas pessoas estavam agrupadas por ali, a maioria do outro lado da rua. A uma certa distância havia um policial em pé na calçada com ar desinteressado, mas quando estacionei o carro a alguns metros da porta percebi seu olhar enviesado para o meu lado. Saí do carro, me aproximei dele e o cumprimentei.

Dei-lhe um de meus cartões. "Sou Archie Goodwin, do escritório de Nero Wolfe. Fomos contratados pela irmã de Maffei para procurá-lo um dia antes de o corpo ser encontrado. Vim falar com a senhoria e verificar umas coisinhas."

"É?" O policial guardou meu cartão no bolso. "Não sei de nada, só que estou em pé aqui. Archie Goodwin? Muito prazer."

Trocamos um aperto de mãos e lhe pedi que desse uma olhada no carro enquanto eu estivesse lá dentro.

A senhora Ricci não pareceu muito feliz de me ver, mas eu podia entender isso muito bem. Provavelmente aquele investigador, O'Grady, lhe dera uma bronca por ter me deixado tirar coisas do quarto de Maffei; não que ele tivesse razão, claro, mas não ter razão não deteria O'Grady. Sorri ao ver os lábios da senhoria se fecharem firmemente, preparando-se para as perguntas que pensou que eu faria. Não é muito agradável ter um homem assassinado no andar de cima, mesmo quando é só um inquilino. Assim sendo, apresentei-lhe minhas condolências um pouco antes de dizer que gostaria de falar com Anna Fiore.

"Ela está ocupada."

"Claro. Mas é importante; meu patrão gostaria de falar com ela. Só vai levar mais ou menos uma hora. Tome, aqui estão alguns dólares..."

"Não! Pelo amor de Deus, o senhor não pode nos deixar em paz? Não pode deixar a pobre mulher enterrar o irmão sem ficar cacarejando no ouvido dela até ela ficar maluca? Quem é o senhor para..."

É claro que eu havia sido o escolhido para o desabafo. Vi que era inútil tentar obter qualquer tipo de cooperação da parte dela, por isso retirei-me e voltei para o vestíbulo. A porta para a sala de jantar estava aberta, mas não havia ninguém por lá. Logo depois de entrar, ouvi passos no corredor e, espiando pela fresta da porta, vi a senhora Ricci indo para a escada. Ela começou a subir e pude ouvi-la passar para o segundo lance de degraus. Fiquei atrás da porta, esperando, e a sorte veio ao meu encontro. Não mais do que dez minutos haviam se passado quando ouvi passos na escada novamente e, usando a fresta mais uma vez, vi Anna. Chamei-a em voz baixa. Ela parou e olhou em volta. Falei baixinho: "Na sala de jantar". Ela se aproximou da porta e fiz com que ela me visse.

"Oi, Anna. A senhora Ricci pediu para eu esperar aqui até você descer."

"Ah, senhor Archie."

"Isso mesmo. Vim buscar você para um passeio. A senhora Ricci ficou zangada porque vim buscar você, mas lembra que na quarta-feira dei um dólar a ela? Hoje dei dois dólares, aí ela disse que tudo bem. Mas vamos logo; eu disse a ela que voltaríamos antes do meio-dia."

Segurei a mão de Anna, mas ela a puxou. "Naquele carro, como no outro dia?"

"Claro. Vamos."

"Meu casaco está lá em cima, e olhe o meu vestido!"

"Está quente, você não vai precisar do casaco. Vamos logo! E se a senhora Ricci mudar de idéia? Podemos comprar um... vamos..."

Conduzi-a pelo braço até a porta da entrada, mas não quis demonstrar que estava ansioso; era difícil dizer o quanto aquele policial se achava importante, e qualquer interrupção podia estragar tudo. Por isso abri a porta de um só golpe e disse: "Vá entrando no carro, vou me despedir da senhora Ricci". Esperei só alguns segundos e fui atrás de Anna, que já estava abrindo a porta do carro. Fiz a volta, entrei, dei a partida, acenei para o policial e saí pela rua Sullivan em segunda, fazendo o motor rugir de modo a que nenhum grito ou chamado vindo de alguma janela do andar superior da casa pudesse magoar os ouvidos de Anna.

Ela estava mesmo que era um espantalho. E o vestido era um horror. Mas eu não estava envergonhado por ela estar sentada a meu lado quando circundei a Washington Square e entrei na Quinta Avenida. Nem um pouco. O relógio no painel marcava dez e vinte.

Anna perguntou: "Aonde estamos indo, senhor Archie?"

Eu disse: "Está vendo o que acontece com seu vestido no assento baixo deste carro? As pessoas só conseguem ver seu rosto, e não há nada de errado com ele. Que tal darmos a volta no Central Park? A manhã está linda".

"Está legal."

Eu não disse mais nada, e ela também ficou quieta por uns dez quarteirões, depois repetiu: "Está legal".

Ela estava se divertindo bastante, quanto a isso não há dúvida. Subi a avenida e entrei no parque na rua 60. Fomos para oeste até a rua 110, depois até o Riverside Drive, por onde seguimos até o memorial de Grant, onde fiz a volta e rumei novamente para o centro. Não creio que ela tenha olhado nem sequer uma vez para as árvores, os gramados ou mesmo o rio; ficava olhando para as pessoas nos outros carros. Faltavam cinco para as onze quando estacionei na frente da casa de Wolfe.

A senhora Ricci já havia telefonado duas vezes. Fritz estava com uma expressão engraçada no rosto quando me contou. Resolvi a situação no ato, ligando para ela e fazendo-lhe um sermão sobre obstrução da justiça. Não sei o quanto ela ouviu, de tanto que gritava, mas parece que funcionou; não soubemos mais dela até antes do meio-dia, quando saí para levar Anna para casa.

Wolfe entrou no momento em que eu estava telefonando para a senhora Ricci. Vi-o parar, a caminho da mesa, para cumprimentar a garota. Ele era elegante com as mulheres. Alimentava algum tipo de conceito torto sobre elas, algo que nunca consegui entender, mas todas as vezes em que o vira com uma mulher, era elegante. Eu não saberia descrever como ele fazia aquilo porque não saberia imitá-lo; parece difícil imaginar como aquele monstruoso monte de carne e pregas pode ser considerado elegante, mas era. Mesmo quando estava apenas provocando, como naquela vez em que interrogou Nyura Pronn até conseguir arrancar o que queria sobre o caso do Clube Diplomacia. Foi a melhor demonstração sobre como apertar uma esponja até ela ficar bem seca.

Ele começou manso com Anna Fiore. Depois de dar uma olhada rápida na correspondência, voltou-se, olhou para ela por um minuto e disse: "Não precisamos mais fazer conjeturas sobre o paradeiro de seu amigo Carlo Maffei. Aceite minhas condolências. Chegou a ver o corpo?".

"Sim, senhor."

"É uma pena, uma pena mesmo, pois ele não estava atrás de violência. Encontrou-a em seu caminho por acidente. É curioso como o destino de um homem pode depender de um fio tão tênue. Por exemplo, o do assassino de Carlo Maffei pode estar ligado ao seguinte, senhorita Fiore: quando, e em quais circunstâncias, a senhorita viu um taco de golfe no quarto de Maffei?"

"Sim, senhor."

"É. Vai ser mais fácil contar-nos agora. Provavelmente a pergunta que lhe fiz no outro dia fez com que se lembrasse da ocasião."

"Sim, senhor."

"Fez?"

Ela abriu a boca, mas não disse nada. Eu a observava, e ela me pareceu estranha. Wolfe repetiu a pergunta: "Fez?".

Ela ficou em silêncio. Não consegui perceber nela nem um pouco de nervosismo ou medo, ela simplesmente estava calada.

"Quando lhe perguntei sobre isso no outro dia, senhorita Fiore, a senhorita me pareceu um pouco aborrecida. Lamento. Pode me dizer por que estava aborrecida?"

"Sim, senhor."

"Será que foi devido à lembrança de alguma coisa desagradável que aconteceu no dia em que viu o taco de golfe?"

Mais uma vez, silêncio. Percebi que alguma coisa estava errada. Wolfe havia feito a última pergunta como se ela não fosse importante. Eu conhecia as variações do tom de sua voz e sabia que ele não estava interessado, pelo menos não naquela pergunta. Alguma coisa estava fazendo com que ele estivesse indo em outra direção. Quase em seguida ele fez outra pergunta, e seu tom de voz tinha mudado:

"Posso lhe perguntar em que momento a senhorita decidiu dizer *sim, senhor* para qualquer coisa?"

Não houve resposta, mas Wolfe prosseguiu sem esperar: "Senhorita Fiore, eu gostaria de que entendesse o seguinte: minha última pergunta não teve nada a ver com um taco de golfe ou com Carlo Maffei. Percebe isso? Assim, se a senhorita decidiu responder *sim, senhor* a todas as minhas perguntas sobre Carlo Maffei, está tudo bem. A senhorita tem todo o direito de fazer isso porque foi o que decidiu fazer. Mas se eu lhe pergunto sobre outras coisas, a senhorita não tem o direito de responder *sim, senhor*, porque não foi isso o que decidiu fazer. Quando se tratar de outros assuntos, a senhorita deveria conversar como qualquer pessoa. Assim, quando decidiu dizer somente *sim, senhor* para mim, isso ocorreu em função de alguma coisa que Carlo Maffei fez?".

Anna estava olhando séria para ele, bem nos olhos. Era óbvio que não estava desconfiando dele nem se opondo a ele, estava simplesmente tentando entender o que ele dizia. Ela olhava para ele e ele para ela. Depois de um minuto, ela disse:

"Não, senhor."

"Ah! Ótimo. Não foi em função de algo que ele fez. Então não tem nada a ver com ele e, portanto, não há problema em a senhorita me contar tudo o que eu queira saber a esse respeito. A senhorita entende isso, é claro. Se decidiu não me contar nada a respeito de Carlo Maffei, não vou lhe perguntar nada sobre ele, só sobre essa outra questão. A senhorita decidiu dizer *sim, senhor* para o senhor O'Grady, o homem que apareceu em sua casa ontem de manhã fazendo perguntas?"

"Sim, senhor."

"Por que fez isso?"

Ela franziu a testa, mas disse: "Porque aconteceu uma coisa".

"Ótimo. O que aconteceu?"

Ela balançou a cabeça.

"Vamos, senhorita Fiore." Wolfe falava num tom de voz baixo. "Não há motivo para não me responder."

Ela virou a cabeça para olhar para mim e depois olhou para ele novamente. Passado um momento, disse: "Eu conto para o senhor Archie".

"Ótimo. Conte ao senhor Archie."

Ela falou para mim: "Recebi uma carta".

Wolfe me olhou e assumi a direção dos trabalhos. "Você recebeu uma carta ontem?"

Ela balançou a cabeça afirmativamente. "Ontem de manhã."

"Quem mandou?"

"Não sei. Não tinha nome. Foi escrita à máquina, e no envelope só estava escrito Anna e o endereço, mas não o resto do meu nome. A senhora Ricci tirou a correspondência da caixa de cartas e me entregou, mas eu não quis abrir na frente dela porque nunca recebo cartas. Fui para o meu quarto e abri lá."

"O que estava escrito?"

Ela ficou me olhando um momento sem responder e de repente sorriu, um sorriso engraçado que me fez sentir uma coisa esquisita. Não estava fácil olhar para ela. Mas mantive os olhos nos dela. Aí ela disse: "Vou lhe mostrar o que estava escrito, senhor Archie". Puxou o vestido acima do joelho, enfiou a mão dentro de uma das meias e retirou alguma coisa de lá. Fiquei surpreso quando ela desenrolou cinco notas de vinte dólares e as estendeu para que eu visse.

"Quer dizer que isso estava na carta?"

Ela confirmou com um movimento da cabeça. "Cem dólares."

"Isso eu estou vendo. Mas havia alguma coisa datilografada."

"É. Dizia que se eu nunca contasse nada a ninguém sobre o senhor Maffei ou sobre qualquer coisa que ele tivesse feito, podia ficar com o dinheiro. Mas se eu não fizesse isso, se contasse alguma coisa, teria de queimar o dinheiro. Queimei a carta mas não vou queimar o dinheiro. Vou ficar com ele."

"Você queimou a carta?"

"Queimei."

"E o envelope?"

"Também."

"E não vai contar nada a ninguém sobre o senhor Maffei ou sobre aquele taco de golfe?"

"Nunca."

Olhei para ela. O queixo de Wolfe repousava sobre seu peito, mas ele também estava olhando para a garota. Levantei da cadeira. "Ora, mas que diabo de conto de fadas você..."

"Archie! Peça desculpas."

"Mas que diabo..."

"Peça desculpas."

Virei-me para a garota. "Desculpe-me, mas quando penso em toda a gasolina que queimei levando você para passear pelo parque..." Sentei-me de novo.

Wolfe disse: "Senhorita Fiore, por acaso reparou no carimbo do correio? Aquela coisinha redonda no envelope que diz de onde a carta foi mandada?"

"Não, senhor."

"Claro que não. A propósito, esse dinheiro não pertence ao homem que o enviou. Ele o tirou do bolso de Carlo Maffei."

"Vou ficar com ele, senhor."

"Não tenho dúvida. A senhorita pode não ter consciência de que se a polícia tivesse sabido disso, teria tirado esse dinheiro da senhorita sem piedade. Mas não precisa ficar assustada; sua confiança no senhor Archie é plenamente justificada." Voltou-se para mim. "Graça e encanto são sempre qualidades admiráveis e, às vezes, úteis. Leve a senhorita Fiore para casa."

Protestei. "Mas por que não..."

"Não. Pedir a ela que queime aquelas notas, substituindo-as por outras iguais, do dinheiro de nossas despesas? Não. Ela não faria isso; mas, mesmo que fizesse, eu não permitiria que dinheiro fosse queimado, nem que fosse para salvar a própria beleza do túmulo a que se destina. A destruição de dinheiro é o único sacrilégio autêntico e abominável que nos restou. Possivelmente você não perceba o que cem dólares significam para a senhorita Fiore. Para ela, esse dinheiro representa uma recompensa inimaginável por um ato seu, heróico e desesperado. Agora que ela já o guardou novamente, leve-a para casa." Ele começou a sair de sua cadeira. "Tenha um bom dia, senhorita Fiore. Eu lhe fiz um raro elogio: considerei verdadeira sua declaração de que pretende cumprir com sua palavra. Bom dia."

Eu já estava na porta dizendo a ela que se apressasse.

No caminho de volta, deixei-a em paz. Estava chateado, pois depois de raptá-la e levá-la para passear em grande estilo, ela havia bancado a sonsa para cima da gente, mas não adiantava gastar mais saliva. Quando chegamos à rua Sullivan simplesmente deixei-a na calçada, satisfeito com o fato de Wolfe ter sido elegante o suficiente para nós dois.

Ela ficou parada lá. Quando engatei a marcha para ir embora, ela disse: "Obrigada, senhor Archie".

Ela estava sendo elegante! Deve ter se contagiado com Wolfe. Falei: "Obrigada é que você não foi, Anna, mas até logo assim mesmo". E fui embora.

6

Foi durante a meia hora que saí para levar Anna Fiore para casa que Wolfe teve sua recaída. Uma daquelas: durou três dias. Quando voltei para a rua 35 ele estava sentado na cozinha, ao lado da mesinha onde eu sempre tomava café, bebendo cerveja, já com três garrafas vazias, e discutindo com Fritz se era adequado usar cebolinhas nas receitas de torta de tomates. Fiquei por ali ouvindo a conversa durante alguns minutos sem dizer nada, depois fui para o quarto, tirei uma garrafa de destilado de centeio do armário e tomei uma dose.

Na verdade nunca entendi as recaídas de Wolfe. Às vezes parecia bem óbvio que eram apenas desânimo e temor, como naquela vez em que o motorista de táxi nos deixou na mão no caso da rua Pine, mas às vezes não havia explicação. Tudo estava caminhando bem, eu tinha a impressão de que estávamos prestes a fechar um belo caso e entregar o pacote mediante pagamento à vista quando, sem nenhum motivo, ele perdia o interesse. Se desligava e não havia nada a fazer. Nada que eu dissesse teria o menor efeito. Aquilo podia durar uma tarde ou várias semanas; também podia acontecer de ficar desligado para sempre sem se recuperar, até surgir alguma novidade. Enquanto a coisa durava, ele agia de duas maneiras diferentes: ou ia para a cama e ficava lá, alimentando-se de pão e sopa de cebola, recusando-se a falar com qualquer pessoa menos comigo e me proibindo de externar o que me passasse pela cabeça; ou sentava-se na cozinha dizendo a Fritz como cozinhar as coisas e comendo-as em minha mesinha. Certa vez ele comeu meio carneiro em dois dias, diferentes partes do animal preparadas de vinte maneiras diferentes. Nessas ocasiões eu geralmente ficava exausto de tanto correr pela cidade, da Battery até o parque do Bronx, tentando encontrar alguma erva, alguma raiz ou algum licor de que eles precisariam para preparar o prato seguinte. A única vez em que pedi as contas ocorreu numa dessas ocasiões, quando Wolfe me mandou a um cais do Brooklyn, onde um cargueiro a vapor chinês estava atracado, para tentar comprar um punhado de raízes exóticas do capitão. O capitão devia estar com uma carga de ópio ou qualquer outra coisa que o tornava muito desconfiado; seja como for, ele concluiu que eu estava procurando encrenca e atendeu a meu pedido mandando meia dúzia de selvagens magricelas produzirem ataduras enroladas em meu crânio. Pedi as contas na tarde seguinte, telefonando do hospital, mas um dia depois Wolfe apareceu e me levou para casa, e fiquei tão surpreso com o fato de ele ter ido pessoalmente que me esqueci de que havia pedido as contas. E o fato acabou sendo o fim daquela recaída.

Naquele dia eu soube que se tratava de uma recaída assim que o vi sentado na cozinha discutindo com Fritz, e fiquei tão aborrecido que, depois de ter subido e tomado alguns drinques, desci de novo e saí. Comecei a andar, mas, depois de alguns quarteirões, meu apetite, estimulado pelos drinques, estava bastante ativo e parei num restaurante para comer alguma coisa. Nenhuma refeição de restaurante poderia ter maior interesse depois de sete anos comendo os pratos de Fritz, mas em casa é que eu não ia comer. Em primeiro lugar, estava aborrecido; em segundo, não dava para confiar nos cardápios dos períodos de recaída — às vezes era um banquete para um epicurista, às vezes um prato feito de oitenta centavos do Schrafft's. Outras vezes era simplesmente uma mistureba.

Mas depois da refeição me senti melhor. Andei de volta para a rua 35 e contei a Wolfe o que Anderson dissera naquela manhã, acrescentando que achava que alguma coisa ia acontecer antes da lua cheia.

Wolfe ainda estava sentado à mesinha, observando Fritz mexer alguma coisa numa panela. Ele olhou para mim como se tentasse recordar se já havia me visto antes. Depois disse: "Nunca mais mencione o nome daquele chicaneiro".

Tentando irritá-lo, falei: "Hoje de manhã telefonei para Harry Foster na *Gazette* e contei a ele o que está acontecendo. Sabia que você ia querer um monte de publicidade".

Wolfe não me ouviu. Disse a Fritz: "Mantenha um pouco de água fervendo à mão para o caso de começar a desandar".

Subi para dizer a Horstmann que ele teria de cuidar das plantas sozinho naquela tarde e talvez durante a semana inteira. Ele ficaria triste. Era sempre engraçado como ele fingia se aborrecer quando Wolfe estava por perto, mas, se acontecia alguma coisa e Wolfe não estava lá pontualmente às nove ou às quatro, ficava tão preocupado e ansioso que até parecia que um enxame de pulgões havia pulado em suas costas. Sendo assim, fui até lá em cima para deixá-lo triste.

Isso aconteceu às duas da tarde de quinta-feira, e o primeiro olhar mentalmente são que recebi de Wolfe só veio às onze da manhã de segunda-feira, 69 horas depois.

Nesse ínterim, algumas coisinhas aconteceram. Primeiro, o telefonema de Harry Foster na sexta-feira, por volta das quatro. Eu já o esperava. Ele contou que haviam desenterrado Barstow e feito a autópsia, mas que não havia declarações oficiais sobre o assunto. A história já não era propriedade dele: outras pessoas haviam ficado sabendo e se amontoavam na sala do legista.

Um pouco depois das seis veio o segundo telefonema. Dessa vez era Anderson. Sorri quando ouvi sua voz, e olhei para o relógio. Quase podia vê-lo furioso, esperando as seis horas. Disse que queria falar com Wolfe.

"Lamento, o senhor Wolfe está ocupado. Aqui é Goodwin."

Ele disse que queria que Wolfe fosse até White Plains. Dei risada. Ele desligou na minha cara. Não gostei daquilo, ele me tratou como se eu fosse um dos bandidos. Depois de pensar um pouco, telefonei para o apartamento de Henry H. Barber e consegui todas as informações de que precisava sobre assuntos como cúmplices e prisão de testemunhas. Depois fui até a cozinha e contei a Wolfe sobre os dois telefonemas. Ele apontou uma colher para mim.

"Archie. Esse Anderson é uma doença. Limpe o telefone. Não lhe proibi de mencionar o nome dele?"

Respondi: "Desculpe, tem razão. Você conhece minha opinião. Um doido é sempre um doido, mesmo quando é o senhor. Quero falar com Fritz".

Wolfe não estava ouvindo. Eu disse a Fritz que para o jantar viria buscar sanduíches e os levaria para o escritório, depois lhe disse que quando a campainha tocasse, até ordem em contrário, não deveria atender. Que deixasse comigo. Em nenhuma circunstância ele deveria abrir a porta.

Sei que aquilo provavelmente era uma precaução desnecessária, mas eu não ia me arriscar a ter alguém entrando na casa com Wolfe naquele estado. Fiquei contente por ele não me mandar buscar alguma coisa na rua, e esperava que não o fizesse, porque eu não iria. Se aquele caso ficasse sem solução, tudo bem, mas eu não ia deixar o pessoal de Anderson nos fazer de idiotas se pudesse evitar. Naquela noite, nada aconteceu. Na manhã seguinte não encontrei Wolfe, e fiquei quase todo o tempo na sala da frente, abrindo a porta para o homem do gás, um mensageiro e um jovenzinho que queria auxílio para permanecer na faculdade. Ajudei-o só com os degraus que levavam à porta da rua. Eram quase onze horas quando atendi de novo a campainha, e abri a porta para dar de cara com um grandalhão apoiado no batente, que começou a tentar entrar estendendo o pé para a frente. Empurrei-o para trás com o braço, saí e fechei a porta atrás de mim.

Falei: "Bom dia. Quem o convidou a entrar?".

Ele respondeu: "Você é que não foi. Quero falar com Nero Wolfe".

"Não dá. Ele está doente. O que você quer?"

Ele sorriu, amansando, e me entregou um cartão. Peguei-o e li.

"Claro. Do escritório de Anderson. O braço direito dele? O que você quer?"

"Você sabe o que eu quero", ele sorriu. "Vamos entrar e conversar sobre isso."

Não vi sentido em ser tímido. De toda forma, eu não tinha a menor idéia de quando Wolfe ia voltar ao normal, e isso me deixava mal. De modo que resumi tudo no menor número possível de palavras. Contei-lhe que Wolfe não sabia de nada que eles já não soubessem, pelo menos nada que se aplicasse a Barstow, e o que ele sabia lhe aparecera miraculosamente num sonho. Contei-lhe que, se quisessem Wolfe no caso, teriam de se manifestar e dizer o preço que pagariam, e que ele pegaria ou não o serviço. Contei-lhe que, se quisessem vir para cima dele com algum tipo esquisito de mandado, eles é que ficariam esquisitos quando Wolfe acabasse com eles. Depois disse que estava percebendo que ele pesava uns dez quilos mais do que eu e que, portanto, não ia abrir aquela porta e voltar para o interior da casa enquanto ele não tivesse ido embora, e que apreciaria que isso acontecesse logo porque estava lendo um livro muito interessante. Às vezes ele me interrompia com alguma observação, mas quando terminei, tudo o que disse foi:

"Diga a Wolfe que ele não vai se safar dessa."

"Claro. Alguma outra coisa?"

"Só mais uma, esta para você: vá se danar."

Sorri e fiquei no degrau observando enquanto ele se afastava. Nunca tinha ouvido falar nele antes, mas não conhecia Westchester muito bem. O nome no cartão era H. R. Corbett. Voltei para a sala da frente e fiquei lá sentado, fumando.

Depois do almoço, por volta das quatro horas, ouvi um jornaleiro na rua anunciando uma edição extra. Saí, chamei-o e comprei o jornal. Estava lá, ocupando a metade da primeira página: BARSTOW ENVENENADO — DARDO ENCONTRADO NO CORPO. Li a notícia toda. Se alguma vez na vida fiquei realmente chateado, foi naquela vez. É claro que Wolfe e eu não éramos citados, eu não esperava isso. Mas pensar em tudo o que uma coisa como aquela podia significar para nós! Bati na cabeça por ter estragado as coisas com Derwin, e depois outra vez pelo Anderson, pois tinha certeza de que de alguma forma poderíamos ter dado um jeito de entrar naquilo, embora fosse difícil perceber como. E esmurrei Wolfe por conta de sua maldita recaída. Pelo menos fiquei com vontade. Li a notícia outra vez. Não era dardo coisa nenhuma, era uma agulha curta de aço, como dissera Wolfe, e fora encontrada abaixo do estômago. Apesar de estar chateado com Wolfe, tive de tirar o chapéu. Lá estava o cenário dele.

Fui para a cozinha e larguei o jornal na mesa, na frente de Wolfe, sem dizer uma só palavra, e saí novamente. Ele me chamou: "Archie! Pegue o carro, tenho uma lista de compras para você".

Fingi que não ouvi. Mais tarde Fritz fez as compras.

No dia seguinte, os jornais de domingo não deram descanso. Mandaram suas matilhas farejar por toda a comarca de Westchester, mas não encontraram nada. Li todos os artigos e descobri um monte de detalhes sobre o Green Meadow Club, sobre a família Barstow, sobre os Kimball que haviam participado da partida de golfe, sobre o médico que cometera um erro crasso, e sobre muito mais, mas na verdade ninguém sabia nada além do que Wolfe já sabia na noite de quarta-feira, quando perguntara a Anna Fiore se alguma vez vira um taco de golfe no quarto de Carlo Maffei. Sabiam menos ainda, porque não havia nenhuma teoria aceita sobre o modo como a agulha fora parar na barriga de Barstow. Todos os jornais traziam textos de especialistas sobre os venenos e seus efeitos nas pessoas.

Domingo à noite fui ao cinema, recomendando a Fritz que não abrisse a porta para ninguém. Não que esperasse alguma coisa; pelo jeito Anderson estava levando as coisas do jeito dele. Era possível que, por algum motivo, por alguma descoberta que tivesse feito, estivesse realmente puxando a brasa para sua sardinha. Se não fosse domingo, naquela noite eu teria me embriagado. Quando voltei do cinema, Wolfe já se recolhera, mas Fritz estava acordado na cozinha, lavando os pratos. Fritei um pedaço de presunto para fazer um sanduíche e tomei um copo de leite, pois quase não tinha jantado. Reparei que o *Times* que eu levara para Wolfe de manhã ainda estava ali, no mesmo lugar em que eu o deixara. Eu apostaria dez contra um como ele não chegara nem perto do jornal.

Li em meu quarto até depois da meia-noite e tive dificuldade para pegar no sono porque minha mente não parava de trabalhar. Mas parece que não tive mais problemas depois que adormeci, pois, na manhã seguinte, quando entreabri os olhos o suficiente para olhar o relógio no criado-mudo, já passava das nove. Estava sentado na beira da cama bocejando quando um barulho acima de minha cabeça me acordou de verdade. Ou aqueles sons eram produzidos por passos que eu conhecia muito bem, ou ainda estava dormindo. Saí para o corredor e fiquei ouvindo por um instante, depois desci as escadas correndo. Fritz estava na cozinha, tomando café.

"O senhor Wolfe está com Horstmann?"

"Na mosca." Aquela era a única expressão coloquial utilizada por Fritz, e ele aproveitava todas as oportunidades de usá-la. Sorriu para mim, feliz por me ver feliz e animado. "Então vou comer uma perna de carneiro, e carregue no alho."

"Carrego até no sumagre venenoso, se você quiser." Subi para me vestir.

A recaída estava encerrada! Eu estava animado mesmo. Fiz a barba com duplo capricho e assobiei na banheira. Com Wolfe de volta ao normal, tudo podia acontecer. Quando desci de novo para a cozinha encontrei um prato de figos e uma omelete caprichada à minha espera, e o jornal do dia apoiado na cafeteira. Comecei pelas manchetes e pelos figos ao mesmo tempo, mas no meio de um figo parei de mastigar. Corri os parágrafos, engolindo o resto do figo de uma vez só para me ver livre dele. Tudo muito claro, o jornal dava como fato estabelecido. Mesmo não precisando de confirmação, virei as páginas, correndo os olhos por toda a extensão das colunas. Estava na página oito, mais ou menos na parte de baixo, um lindo anúncio num lindo box:

PAGO 50 MIL DÓLARES DE RECOMPENSA A QUALQUER PESSOA OU PESSOAS QUE FORNEÇA(M) INFORMAÇÕES QUE RESULTEM NA DESCOBERTA E PUNIÇÃO DO ASSASSINO DE MEU MARIDO, PETER OLIVER BARSTOW.

ELLEN BARSTOW

Li aquilo três vezes, joguei o jornal longe e tratei de ficar calmo. Acabei de comer as frutas e a omelete, acompanhadas de três torradas e três xícaras de café. Cinqüenta mil, com o saldo bancário de Wolfe mais para lá do que para cá! E não era só isso. Também seria uma oportunidade de mantermos nosso lugar no palco do maior show da temporada. Eu estava tranqüilo e sereno, mas eram apenas dez e vinte. Fui até o escritório, abri o cofre, tirei o pó e esperei.

Quando Wolfe desceu, às onze, parecia renovado, mas não especialmente de bom humor. Me deu bom-dia com um movimento de cabeça e não pareceu dar muita importância ao fato de eu estar presente ao sentar-se em sua cadeira para examinar a correspondência. Continuei esperando, convencido de que devia mostrar a ele que outras pessoas podem ser tão duronas quanto ele, mas quando ele começou a verificar a conta mensal da Harvey's, não agüentei e investi com tudo.

"Espero que tenha tido um bom fim de semana, senhor."

Ele não olhou para mim, mas vi suas bochechas se dobrarem. "Obrigado, Archie. Foi delicioso, mas ao acordar esta manhã eu estava me sentindo tão completamente mole que, se fosse pensar apenas em mim mesmo, teria ficado na cama esperando a desintegração. Mas nomes começaram a me bombardear: Archie Goodwin, Fritz Brenner, Theodore Horstmann; responsabilidades! Foi então que resolvi me levantar para reassumir meu pesado fardo. Não que eu esteja reclamando; somos todos igualmente responsáveis, mas minha parte só pode ser feita por mim."

"Desculpe-me, mas você é um tremendo mentiroso, o que aconteceu na verdade foi que você deu uma olhada no jornal."

Ele estava assinalando itens na conta. "Você não vai me irritar, Archie, hoje não. Jornal? Não olhei nada esta manhã, a não ser para a vida, e não foi através das páginas de um jornal."

"Então não sabe que a senhora Barstow ofereceu 50 mil dólares a quem lhe der informações que levem ao assassino do marido?"

O lápis parou de assinalar. Ele não olhou para mim, mas o lápis ficou imóvel entre seus dedos por alguns segundos. Depois ele pôs a conta debaixo de um peso de papéis, pousou o lápis ao lado e ergueu a cabeça.

"Deixe eu ver."

Mostrei a ele primeiro o anúncio, depois o artigo da primeira página. Do anúncio, ele leu cada palavra; o artigo, leu de relance.

"Ora", disse. "Ora. O senhor Anderson não teria necessidade desse dinheiro, mesmo considerando-se a possibilidade remota de ele vir a ganhá-lo — e há não mais de um minuto eu estava aqui falando de responsabilidades. Archie, sabe o que pensei, na cama, esta manhã? Pensei em como seria horrível e ao mesmo tempo divertido mandar Theodore embora e deixar todas aquelas plantas encantadoras e arrogantes morrerem de sede e murcharem."

"Puxa vida."

"É. Apenas uma fantasia matinal; não tenho a coragem necessária para tal gesto. Seria mais provável eu leiloá-las — caso decidisse abandonar as responsabilidades — e comprar uma passagem para o Egito. Você sabe, claro, que tenho uma casa no Egito que nunca vi. O homem de quem ganhei a casa, há pouco mais de dez anos... Pois não, Fritz, o que é?"

Fritz estava um pouco desajeitado, depois de vestir a jaqueta às pressas para atender a porta.

"Uma moça quer falar com o senhor."

"Nome?"

"Ela não me deu seu cartão, senhor."

Wolfe fez um gesto com a cabeça e Fritz se retirou. Pouco depois estava de volta, inclinando-se para deixar passar uma jovem. Eu estava em pé. Ela começou a vir na minha direção, mas mostrei Wolfe com a cabeça. Ela olhou para ele, parou e disse:

"Senhor Nero Wolfe? Meu nome é Sarah Barstow."

"Sente-se", disse Wolfe. "Queira perdoar-me. Por razões logísticas, só me levanto em caso de emergência."

"Isto é uma emergência", ela disse.

7

Graças aos jornais, eu estava bem informado sobre Sarah Barstow. Popular entre os amigos, vinte e cinco anos de idade, formada em Smith e figura de destaque tanto no meio universitário de Holland como nos vários grupos que veraneiam em Westchester. E, naturalmente, linda — segundo a imprensa. Quando ela se acomodou na cadeira fronteira a Wolfe e se sentou de olhos fixos nele, pensei comigo mesmo que por uma vez esse detalhe se confirmava. Usava um vestido de linho castanho-amarelado, um casaco combinando e um chapeuzinho preto enviesado na cabeça. Pelas luvas, via-se que viera dirigindo. Seu rosto era um pouco pequeno, mas tudo estava bem distribuído e no lugar certo; os olhos tinham pupilas muito brilhantes e contorno muito marcado, resultado do cansaço e talvez das lágrimas, e a palidez da pele não chegava a ocultar sua saúde e suavidade. Tinha uma voz grave, sensata. Gostei da moça.

Ela começou a se explicar, mas Wolfe agitou o indicador em sua direção. "Isso é desnecessário e provavelmente doloroso, senhorita Barstow, eu sei. Você é a única filha de Peter Oliver Barstow. Tudo o que precisa me dizer é a razão pela qual me procurou."

"Está bem." Ela hesitou. "É claro que o senhor sabe de tudo isso, senhor Wolfe. É que é um pouco difícil... talvez eu precise de um preâmbulo." Tentou sorrir. "Venho pedir um favor, mas não sei que dimensão ele pode ter para o senhor."

"Isso só eu posso lhe dizer."

"Claro. Antes preciso perguntar-lhe se o senhor sabe que minha mãe mandou publicar um anúncio no jornal esta manhã."

Wolfe confirmou. "Li no jornal."

"Bem, senhor Wolfe, eu... isto é, nós, a família... temos de lhe pedir que desconsidere aquele anúncio."

Wolfe respirou fundo e afundou o queixo. "Um pedido incomum, senhorita Barstow. Será que eu deveria ter uma atitude igualmente incomum e atendê-lo, ou posso antes saber por quê?"

"Há razões, é claro." Ela hesitou. "Não se trata de segredo familiar, todos sabem que minha mãe é... em certa medida e em diversas ocasiões... irresponsável." Os olhos que ela voltava para Wolfe manifestavam ansiedade. "O senhor não deve considerar minha afirmação ofensiva, ou relacionada a dinheiro. Temos muito dinheiro, e meu irmão e eu não somos avarentos. O senhor também não deve concluir que minha mãe não é uma pessoa incapacitada... quer dizer, no sentido jurídico do termo. Só que várias vezes, ao longo dos anos, ela teve necessidade de nossa atenção, de nosso amor, e esse... essa coisa terrível aconteceu bem no meio de um desses momentos. Ela normalmente não é uma pessoa vingativa, mas aquele anúncio... meu irmão o qualificou de exigência sanguinária. É claro que nossos amigos mais íntimos vão entender, mas tem o resto do mundo; e meu pai... o mundo de meu pai era muito amplo... ficamos satisfeitos se as pessoas que fazem parte desse mundo nos ajudam a chorar sua perda, mas não queremos que elas... papai não ia querer que elas... não ia querer que soltássemos os cachorros..."

Ela se interrompeu com um pequeno engasgo, e olhou para mim e outra vez para Wolfe. Wolfe disse: "Entendo, senhorita Barstow. Estou sendo chamado de cachorro. Não me ofendi. Prossiga".

"Desculpe. Sou uma tola desastrada. Teria sido melhor que o doutor Bradford tivesse vindo, e não eu."

"O doutor Bradford estava pensando em fazer isso?"

"Estava. Quer dizer, ele achou que algo assim deveria ser feito."

"E seu irmão?"

"Bom... é. Meu irmão lamenta muito que isso tenha acontecido, quer dizer, o anúncio. Não posso dizer que ele tenha aprovado minha vinda. Achou que seria... inútil."

"Sabendo, sem dúvida, que é muito difícil controlar um cachorro. Provavelmente ele entende de cães. Já terminou, senhorita Barstow? Tem mais alguma razão a apresentar?"

Ela balançou a cabeça. "Tenho certeza, senhor Wolfe, de que as razões que lhe expus são suficientes."

"Então, pelo que entendi, seu desejo é de que não se faça nenhum esforço para descobrir e punir as pessoas que assassinaram seu pai?"

Ela olhou surpresa para ele. "Por que... não. Eu não disse isso."

"O favor que me pede é que eu não empreenda esforços nesse sentido?"

Os lábios dela se fecharam. Tornou a abri-los apenas o suficiente para dizer: "Entendo. O senhor está interpretando as coisas da pior maneira possível".

"De jeito nenhum. Da maneira mais clara possível, não da pior. É compreensível que sua mente esteja confusa; a minha está lúcida. Sua atitude, tal como a expressou até agora, simplesmente não é inteligente. A senhorita pode me fazer diversos pedidos, mas não pode fazê-los todos ao mesmo tempo, pois são mutuamente excludentes. Pode, por exemplo, dizer-me que, embora esteja querendo que eu descubra o assassino, gostaria de me pedir que não conte com o pagamento na forma que sua mãe ofereceu. É esse o seu pedido?"

"Não, não é. O senhor sabe que não."

"Então talvez esteja me pedindo para não realizar nenhum esforço no sentido de encontrar o assassino, de forma que a exigência sanguinária de sua mãe não surta efeito. Seria isso?"

"Já disse que não."

"Ou pode me dizer que encontre o assassino se puder, e que receba o dinheiro da recompensa se quiser me beneficiar do compromisso legal, mas que a família desaprova a oferta da recompensa por razões morais. É isso?"

"É." Seu lábio tremeu de leve, mas em seguida ela se controlou e fechou a boca com firmeza. Depois, de repente, ela se levantou e disparou. "Não! Lamento ter vindo até aqui. O professor Gottlieb estava errado; o senhor pode ser inteligente, mas... até logo, senhor Wolfe."

"Até logo, senhorita Barstow." Wolfe estava imóvel. "Considerações logísticas não permitem que eu me levante."

Ela foi saindo. A meio caminho da porta, porém, vacilou, estacou por um instante, depois se voltou para ele. "O senhor *é* um cachorro. É, sim. Não tem coração."

"Muito provavelmente." Wolfe apontou um dedo. "Volte para sua cadeira, senhorita. Vamos, volte; sua missão é importante demais para que um ressentimento momentâneo ponha tudo a perder. Assim é melhor; o autocontrole é uma qualidade admirável. Agora, senhorita Barstow, das duas uma: ou recuso categórica e elegantemente seu pedido, nos termos em que a senhorita o fez, e nos despedimos num estado de espírito pouco cordial, ou a senhorita responde às perguntas que eu gostaria de lhe fazer e em seguida decidimos como agir. O que fazemos?"

Ela estava atordoada, mas cooperativa. Voltou para a cadeira e olhou desconfiada para ele. Disse: "Respondi a muitas perguntas nos dois últimos dias".

"Não duvido. Posso imaginar o teor e a imbecilidade delas. Não pretendo desperdiçar seu tempo ou insultar sua inteligência. Como descobriu que eu sabia alguma coisa sobre o assunto?"

Ela pareceu ficar surpresa. "Como descobri? Ora, o senhor é o responsável, não? Quer dizer, foi o senhor que descobriu tudo. Todo mundo sabe disso. Estava no jornal — não no de Nova York, mas no jornal de White Plains."

Sorri quando ela disse isso. Queria ver o Derwin telefonar agora para o Ben Cook pedindo-lhe que me recolhesse à delegacia.

Wolfe confirmou. "A senhorita fez ao senhor Anderson o mesmo pedido que me fez?"

"Não."

"Por que não?"

Ela hesitou. "Bem... não me pareceu necessário. Não me pareceu... não sei como dizer."

"Use sua inteligência, senhorita Barstow. Foi porque lhe pareceu improvável que ele fizesse alguma descoberta que valesse a pena?"

Ela estava se segurando. Suas mãos — mãos de primeira, com dedos fortes e nós bem definidos — eram pequenos punhos sobre seu colo. "Não!", disse ela.

"Muito bem. Mas o que a fez pensar que seria provável, ou no mínimo possível, que minhas descobertas fossem mais precisas?"

Ela começou a dizer: "Não imaginei...", mas ele a interrompeu.

"Vamos, controle-se. A pergunta é direta e clara. Pareceu-lhe que eu seria mais competente para descobrir coisas do que o senhor Anderson, não foi? Seria pelo fato de eu ter feito a descoberta inicial?"

"É."

"Ou seja, pelo fato de eu, de alguma forma, ter descoberto que seu pai foi morto por uma agulha envenenada disparada do cabo de um taco de golfe?"

"Eu... não... sei. Não sei, senhor Wolfe."

"Coragem. Já estamos acabando. A pergunta seguinte não passa de curiosidade minha. O que lhe inspirou a estranha idéia de que eu pudesse ser uma pessoa excepcional a ponto de responder favoravelmente ao pedido idiota que a senhorita quis me fazer?"

"Não sei. Não sei o que pensei. Mas queria tentar, e ouvira um professor da universidade — Gottlieb, o psicólogo — mencionar seu nome. Ele escreveu um livro chamado *Investigação criminal moderna*..."

"Sei. Um livro que o criminoso inteligente devia mandar de presente a todos os detetives que conhecesse."

"Talvez. A opinião dele sobre o senhor é mais elogiosa do que a do senhor sobre ele. Quando telefonei ao professor Gottlieb, ele disse que o senhor não era passível de análise porque tinha uma intuição do diabo, e que o senhor era um artista sensível, além de um homem íntegro. Isso me pareceu — bem, resolvi vir falar com o senhor. Senhor Wolfe, eu lhe imploro... eu lhe imploro..."

Tive certeza de que ela ia chorar, e não queria que isso acontecesse. Mas Wolfe, num movimento brusco, fez com que ela recuperasse o autocontrole.

"Isso é tudo, senhorita Barstow. Isso é tudo o que eu preciso saber por enquanto. Agora vou lhe pedir um favor: será que a senhorita permitiria que o senhor Goodwin a levasse para o andar de cima e lhe mostrasse minhas plantas?"

Ela olhou para ele surpresa; ele continuou: "Não se trata de subterfúgio. Simplesmente desejo ficar sozinho com aquele meu diabo. Meia hora, talvez. E preciso dar um telefonema. Quando a senhorita voltar, já terei uma proposta a lhe fazer". Ele se virou para mim. "Fritz irá chamá-los."

Ela se levantou e me acompanhou sem dizer palavra. Gostei, ela estava trêmula e completamente desconfiada. Em vez de pedir-lhe que subisse dois lances de escada, levei-a até o fim do corredor e usei o elevador de Wolfe. Quando chegamos ao último andar ela me deteve, segurando-me pelo braço.

"Senhor Goodwin, por que o senhor Wolfe me mandou vir até aqui em cima?"

Balancei a cabeça. "Não adianta, senhorita Barstow. Mesmo que eu soubesse, não lhe diria e, já que não sei, é melhor darmos uma olhada nas flores." Quando abri a porta que dava para a estufa, Hortsmann apareceu vindo da área dos vasos. "Tudo bem, Hortsmann. Podemos dar uma olhada por aqui?" Ele concordou e voltou para os vasos.

Não importa o número de vezes que eu já fora à estufa, sempre ficava sem fôlego. Havia outras situações semelhantes. Por exemplo, não importa o número de vezes que eu já vira Snyder pular no ar e fazer aquela sua jogada de uma mão só, como um relâmpago interrompendo outro relâmpago: sempre que o via, meu coração quase parava. Era a mesma coisa na estufa.

Wolfe optara por bancadas de concreto e andaimes fixos com cantoneiras de ferro, com um sistema de aspersão inventado por Horstmann para fornecer a umidade. Havia três áreas, uma para as catléias, laélias e híbridas, uma para as *Odontoglossums*, *Oncidiums* e híbridas de *Miltonia*, e a área tropical. Seguindo em frente havia a saleta de semeadura, o cubículo de Horstmann e um recanto para a multiplicação. Os acessórios — vasos, areia, musgo, folhas decompostas para adubagem, terra preta, osmundáceos, carvão vegetal, potes de barro — eram mantidos numa peça sem aquecimento e sem vidraças, ao fundo, ao lado do poço do elevador.

Por ser junho, as treliças estavam posicionadas e as listras de sombra e luz solar criavam desenhos por toda parte — nas folhas largas, nas flores, nos corredores estreitos, nos 10 mil vasos. Eu gostava quando o ambiente estava assim, com ar festivo.

Foi uma lição ver as flores conquistarem a senhorita Barstow. É claro que, ao entrar, ela estava tão propensa a apreciar flores quanto eu a desconsiderar o anúncio da mãe dela; quando passamos pelas primeiras alas de catléias ela ainda estava tentando ser educada, fingindo que tudo ali era muito interessante. A primeira bancada que realmente despertou sua atenção foi uma pequena, lateral, com umas vinte *Laeliocattleya Lustre*. Gostei, porque era uma das minhas favoritas. Parei atrás dela.

"Que coisa", comentou ela. "Nunca vi nada assim. As cores... são espantosas."

"São mesmo. Este é um híbrido de dupla linha genética, não ocorre na natureza desta forma."

Ela ficou interessada. No corredor seguinte havia algumas *Brassocattlaelias Truffautianas*: colhi algumas e lhe ofereci. Falei um pouco sobre hibridização, sobre plantas criadas a partir de sementes e outras coisas, mas é provável que ela não tenha me ouvido. Depois, na área seguinte, tive uma decepção. Ela gostou mais das *Odontoglossums* do que das catléias e híbridos. De início desconfiei que fosse porque eram mais caras e mais difíceis, só que ela não estava a par disso. Bom, gosto não se discute. E, para piorar, mesmo depois de passarmos pela área tropical, ela foi gostar de uma coisinha para a qual eu nunca havia olhado duas vezes, uma *Miltonia Bluenaeximina*. Fez comentários sobre a delicadeza e a forma da planta. Concordei com ela e em seguida comecei a perder o interesse. Eu queria mesmo era saber qual seria o plano de Wolfe. Até que, por fim, Fritz apareceu. Avançou pelo corredor até o lugar onde estávamos, curvou-se e disse que o sr. Wolfe estava a nossa espera. Sorri e, ao passar por ele, fiquei com muita vontade de aplicar-lhe uma cotovelada nas costelas, mas sei que ele jamais me perdoaria.

Wolfe continuava em sua cadeira e não havia o menor indício de que tivesse saído dela. Indicou com a cabeça a cadeira da srta. Barstow e a minha, e esperou que nos instalássemos para indagar:

"Gostou das flores?"

"São maravilhosas." Eu podia ver que agora ela o fitava com outros olhos. "De uma beleza única."

Wolfe concordou. "Só no início. Um tempo longo de intimidade nos liberta desta ilusão e também nos apresenta a limitação de caráter de que elas sofrem. O efeito que produziram em você é apenas um blefe. Não existe isso, de beleza única."

"Talvez." Ela se desinteressara pelas orquídeas. "É, talvez."

"Seja como for, deve ter sido bom para passar o seu tempo. E, é claro, você gostaria de saber como passei o meu. Primeiro, telefonei para o meu banco e pedi-lhes que me fornecessem imediatamente um relatório sobre a situação financeira de Ellen Barstow, sua mãe, e os detalhes do testamento de Peter Oliver Barstow, seu pai. Em seguida, telefonei para o dr. Bradford e tentei convencê-lo a vir até aqui esta tarde ou hoje à noite, mas ele vai estar ocupado. Depois fiquei à espera. Há cinco minutos o banco me telefonou com as informações que eu havia solicitado. Em seguida mandei Fritz chamar vocês. Essas foram as minhas atividades."

Ela estava começando a se sentir provocada de novo. Seus lábios estavam apertados. E, aparentemente, não pretendia abri-los tão cedo.

Wolfe prosseguiu. "Eu disse que lhe faria uma proposta. Aqui está ela. Pegue seu caderno, Archie. Anote, por favor: 'Comprometo-me a dar o melhor de mim para descobrir o assassino de Peter Oliver Barstow. Revelarei os resultados de meus esforços a você, Sarah Barstow, e, se não tiver objeções, pretendo também revelá-los às autoridades públicas pertinentes. Na ocasião propícia, aguardarei o envio de um cheque no valor oferecido por sua mãe como recompensa. Contudo, se minhas investigações me levarem a concluir que o assassino é realmente a pessoa que você teme que seja, pessoa essa que agora está procurando abrigar da justiça, não haverá revelação. O senhor Goodwin e eu saberemos; e ninguém mais.' Espere um instante! Isto é um discurso, senhorita Barstow; por favor, ouça-o inteiro. Duas questões mais. A senhorita deve entender que posso propor o que estou propondo sem problemas porque não sou funcionário público, não sou nem mesmo membro da Ordem dos Advogados, e não jurei defender lei alguma. Quanto ao perigo de que encobrir fatos seja considerado cumplicidade no crime, isso não me impressiona. Então: se seus temores se justificarem e se, além disso, eu mantiver meu sigilo, como ficamos com relação à recompensa? Acho que sou por demais sentimental e romântico para incluir nesta proposta a exigência de que a recompensa seja paga nessas condições. E, na verdade, a palavra chantagem me parece extremamente desagradável. Contudo, ainda que eu esteja limitado por meu romantismo, meu sentimentalismo, não tenho nenhuma modalidade de orgulho a me atrapalhar a vida, de modo que se você quiser me fazer um presente, ele será aceito. Leia em voz alta, Archie, para ter certeza de que tudo foi entendido."

A voz da srta. Barstow foi ouvida antes: "Mas isso... isso é um absurdo! É...".

Wolfe apontou um dedo para ela. "Não faça isso. Por favor. A senhorita pretende negar que chegou aqui com aquela proposta absurda com a intenção de proteger alguém? Ora essa, senhorita Barstow! Vamos manter as coisas num nível decente de inteligência. Leia, Archie."

Li todas as minhas anotações. Quando terminei, Wolfe disse: "Aconselho-a a aceitar, senhorita Barstow. De todo modo vou levar minha investigação adiante e, se o resultado for aquele que teme, ser-lhe-ia conveniente ter a proteção que estou oferecendo. A propósito, minha oferta é puramente egoísta. Espero ter, com esse acordo, seu interesse e cooperação; e convém a você, independentemente do resultado, que minha investigação acabe o mais depressa possível; sem isso, temo enfrentar obstáculos consideráveis. Não sou um altruísta nem um *bon-enfant*, apenas um homem interessado em ganhar algum dinheiro. Você disse que a beleza lá na estufa era única; não, não é, mas os gastos para mantê-la são muitos. A senhorita tem idéia de quanto custa criar orquídeas como aquelas?".

Sarah Barstow apenas olhava para ele, com expressão de espanto no rosto.

"Vamos", disse Wolfe. "É claro que não assinaremos nenhum papel. Podemos dizer jocosamente que se trata de um acordo de cavalheiros. O primeiro passo no cumprimento desse acordo será dado pelo senhor Goodwin, que irá a sua casa amanhã de manhã — podemos esperar até lá — para, com sua permissão, conversar novamente com a senhorita, com sua mãe, com seu irmão, e com quem mais..."

"Não!", explodiu ela, e depois ficou em silêncio.

"Sim. Lamento, mas é fundamental. O senhor Goodwin é um homem de grande discrição e decência — e de valor incomensurável. Realmente, será fundamental. Vou lhe dizer uma coisa, senhorita Barstow." Ele apoiou as mãos na borda da mesa, empurrou a cadeira para trás, firmou as mãos nos braços da cadeira, ergueu-se e ficou em pé na frente dela. "Vá para casa, vá cuidar de seus assuntos, sejam lá quais forem. As pessoas geralmente têm dificuldade para pensar na minha presença, não deixo muito espaço. Sei que está sofrendo, suas emoções a atormentam com insuportável fragor, mas é preciso que você liberte sua mente se quiser que ela funcione. Vá. Compre chapéus, ou encontre-se com alguém, ou dê atenção a sua mãe, qualquer coisa. Telefone-me hoje à noite entre seis e sete horas para me dizer em que horário o senhor Goodwin poderá se apresentar amanhã de manhã, ou para dizer que não é para ele ir e que somos inimigos. Vá."

Ela se levantou. "Bem... não sei... meu Deus, não sei..."

"Por favor! Entenda que não é seu lado racional que está se manifestando, e sim a espuma proveniente da agitação de seus sentimentos, o que não faz nenhum sentido. Não quero ser seu inimigo."

Ela estava bem na frente dele, encarando-o, com o queixo inclinado para cima de forma que seus olhos ficassem acima dos dele. "Acredito no senhor", afirmou. "Realmente acredito que não quer ser meu inimigo."

"De fato, não quero. Até logo, senhorita Barstow."

"Até logo, senhor Wolfe."

Levei-a até a porta da frente. Ocorreu-me que ela bem que podia ter me dito até logo também, mas não disse. Não disse nada. Quando saí, vi seu carro estacionado. Um cupê azul-escuro.

Quando voltei ao escritório, Wolfe estava novamente em sua cadeira. Fiquei em pé do outro lado da mesa, olhando para ele.

"Bem", disse eu. "O que você sabe?"

As bochechas dele se dobraram. "Sei que estou com fome, Archie. É ótimo estar novamente com apetite. Passei semanas sem nenhum."

Naturalmente, eu só podia ficar indignado; olhei para ele perplexo. "Acho que você pode dizer isso depois da sexta, do sábado, do domingo..."

"Mas foi sem apetite. Aquilo era uma busca desesperada por apetite. Agora estou com fome. O almoço sai em vinte minutos. Enquanto isso: descobri que há um tipo de funcionário ligado aos clubes de golfe denominado *profissional*. Descubra quem preenche esse posto no Green Meadow Club; verifique se temos em nossa lista de clientes alguém que, agradecido, possa nos apresentar; convide essa pessoa urgentemente para vir jantar conosco esta noite. Sobrou ganso do sábado. Depois do almoço você vai fazer uma visita ao escritório do doutor Nathaniel Bradford e passar na biblioteca para pegar alguns livros de que preciso."

"Sim, senhor. Quem você acha que a senhorita Barstow está..."

"Agora não, Archie. Prefiro ficar por aqui, em silêncio e com fome. Depois do almoço."

8

Às dez horas da manhã de terça-feira, 13 de junho, entrei com o carro pelo portão principal da propriedade de Barstow, depois de ele ter sido aberto para mim por um policial que estava de guarda. Um outro grandalhão estava lá, segurança particular dos Barstow, e tive de apresentar um monte de provas de que eu era de fato o Archie Goodwin que Sarah Barstow estava esperando. Provavelmente um monte de jornalistas havia se pendurado em árvores ali por perto nos últimos três dias.

A casa ficava no ponto mais baixo de uma depressão entre duas colinas, uns dez quilômetros a nordeste de Pleasantville. Era uma casa de pedra, bastante grande, calculei que devia ter mais de vinte quartos, e havia outras construções externas. Depois de passar por uns trezentos metros de árvores e arbustos, o caminho contornava um imenso gramado em declive e continuava ao abrigo de um telhado; a essa altura, dois degraus levavam até um terraço lajeado. Essa área era, na verdade, a lateral da casa; a entrada principal ficava do outro lado, de frente para o gramado que descia da colina. Havia jardins perto da entrada e mais jardins do outro lado do gramado, com pedras enormes e uma piscina. Ao diminuir a velocidade do carro para entrar, pensei comigo que 50 mil dólares não eram, afinal, grande coisa. Eu vestia um terno azul-escuro, camisa azul e gravata bege e, é claro, meu panamá, que mandara limpar havia pouco tempo. Sabia que era sempre uma boa idéia ver para que tipo de lugar se estava indo e usar a roupa apropriada.

Sarah Barstow me esperava às dez, e fui pontual. Estacionei o carro numa área de cascalho, do lado oposto à entrada principal e, no terraço, apertei a campainha. A porta estava aberta, mas uma porta dupla com tela me impedia de ver grande coisa do interior da casa. Pouco depois ouvi passos e uma das portas com tela se abriu em minha direção, revelando um sujeito alto e magro de terno preto.

Era muito educado. "Pois não, senhor? É o senhor Goodwin?"

"A senhorita Barstow está me esperando."

"Certo. Por favor, venha por aqui. A senhorita Barstow vai recebê-lo no jardim."

Segui-o pelo terraço, depois por um caminho que levava ao outro lado da casa, depois por um arvoredo e um monte de arbustos, até chegarmos a uma área cheia de flores. A srta. Barstow estava num banco sombreado.

"Tudo bem", disse eu. "Já vi onde ela está."

Ele parou, inclinou a cabeça, deu a volta e se retirou.

Ela parecia estar mal, pior do que no dia anterior. Provavelmente não dormira muito. Por esquecimento ou desconsideração às instruções de Wolfe, telefonara antes das seis. Atendi a chamada, e a voz dela soava como a de alguém que estivesse passando por um mau bocado. Foi direta e profissional; simplesmente disse que me esperaria às dez horas e desligou.

Convidou-me a sentar a seu lado no banco.

Na noite anterior, antes de dormir, Wolfe não me dera nenhuma instrução. Dizendo que preferia me deixar à vontade, simplesmente repetira sua frase favorita: *todos os caminhos levam a formiga ao centro do formigueiro*. E me lembrou de que nossa grande vantagem residia no fato de que ninguém estava a par de o quanto sabíamos e que, por conta de nossa jogada inicial, suspeitavam que fôssemos oniscientes. E concluiu, depois de um bocejo que teria abrigado uma bola de tênis: "Volte com essa nossa vantagem incólume".

Eu disse à srta. Barstow: "Embora não haja orquídeas por aqui, não há como negar que você tem uma florzinha ou outra!".

Ela respondeu: "É, acho que sim. Pedi a Small que o trouxesse para cá para não sermos interrompidos. Espero que não se importe".

"Não, claro. Está agradável, aqui. Lamento ter de incomodá-la, mas não há outra maneira de reunir os fatos. Wolfe diz que ele sente os fenômenos e eu reúno os fatos. Não creio que isso signifique grande coisa, mesmo tendo procurado a palavra fenômeno no dicionário, mas repito a frase mesmo assim." Tirei do bolso o caderno de anotações. "Em primeiro lugar, conte-me algumas coisas. Você sabe: família, idade, com quem vai se casar, essas coisas."

Ela estava sentada com as mãos unidas no colo, e começou a falar. Um pouco do que ela disse eu já havia lido nos jornais e no *Quem é quem*, mas não interrompi. Agora a família compunha-se apenas de sua mãe, seu irmão e ela. Lawrence, o irmão, tinha 27 anos e era dois anos mais velho do que ela; formara-se em Holland aos 21 e logo em seguida se dedicara a jogar cinco anos de sua vida fora (e, pelo que entendi nas entrelinhas, boa parte do tempo e da paciência do pai). Um ano antes ele repentinamente descobrira um talento para desenho mecânico e agora se dedicava a isso, especialmente na área da aviação. A mãe e o pai viveram um para o outro durante trinta anos. Ela não conseguia se lembrar do início dos problemas da mãe, pois isso acontecera muitos anos antes, quando Sarah ainda era criança; a família nunca considerara aquilo algo de que se envergonhar nem tentara esconder o problema: tratava-se simplesmente de um infortúnio com um ente querido em relação ao qual era preciso demonstrar solidariedade e, na medida do possível, tentar uma cura. O dr. Bradford e dois especialistas haviam descrito o problema em termos neurológicos, o que não significava muita coisa para Sarah; para ela os termos eram mortos e frios, e a mãe estava viva e calorosa.

A mansão em Westchester era o patrimônio original da família Barstow, mas eles ficavam lá menos de três meses por ano, pois de setembro a junho havia a universidade. Vinham todo verão, com os empregados, e ficavam dez ou onze semanas; fechavam o lugar no outono, quando iam embora. Conheciam muitas pessoas nas redondezas; o círculo de conhecidos do pai de Sarah fora amplo, é claro que não só em Westchester, mas alguns de seus melhores e mais antigos amigos moravam a pouca distância da propriedade. Forneceu os nomes desses amigos e eu os anotei. Também listei os nomes dos empregados e detalhes relacionados a eles. Estava fazendo isso quando de repente a srta. Barstow se levantou do banco e saiu da sombra das árvores, indo para o sol. Acima de nossas cabeças, o som de um avião estava tão próximo que fomos obrigados a falar mais alto. Continuei escrevendo, "... finlandês, 6 anos, agenc. NY, solt.", depois olhei para ela. A cabeça estava completamente jogada para trás, mostrando toda a extensão da garganta, e seu olhar se voltava diretamente para cima; um dos braços erguidos acenava com um lenço. Saí depressa do banco e ergui os olhos para o avião. Estava bem acima de nós, voando baixo, e dava para ver dois braços estendidos, um de cada lado, acenando para ela. O avião mergulhou um pouco, fez a volta e foi na direção oposta; pouco depois já estava fora de nosso campo de visão, atrás das árvores. Ela voltou ao banco e eu a acompanhei. Ela dizia:

"Era meu irmão. Esta é a primeira vez que ele voa desde que meu pai..."

"Ele deve ser bem descuidado, e sem dúvida tem os braços bem compridos."

"Ele não pilota; pelo menos não sozinho. Era Manuel Kimball quem estava com ele, aquele avião pertence ao senhor Kimball."

"Ah, um dos jogadores de golfe."

"É."

Balancei a cabeça afirmativamente e voltei para meus fatos. Estava pronto para entrar no assunto golfe. Peter Oliver Barstow não era um fanático do esporte, disse ela. Raramente jogava na universidade e, durante o verão, não passava de um jogo por semana, às vezes dois. Quase sempre ia ao Green Meadow, de onde era sócio; ele, é claro, mantinha um armário lá, onde guardava sua parafernália. Era muito bom, considerando-se sua falta de assiduidade com o esporte: sua média ficava entre 95 e cem. Geralmente jogava com amigos de sua idade, mas às vezes com o filho ou a filha. A esposa nunca tentara jogar. Os jogadores presentes no domingo fatal, E. D. Kimball e seu filho Manuel, e Barstow e seu filho, Lawrence, nunca haviam jogado juntos, ela achava. Provavelmente haviam se reunido por acaso; o irmão não mencionara se teria havido alguma combinação prévia, mas ela sabia que ele às vezes jogava com Manuel. Sarah tinha uma razão especial para achar que o grupo não fora composto com antecedência: era a primeira vez que o pai aparecia no Green Meadow naquela temporada; os Barstow haviam chegado em Westchester três semanas antes do que costumavam fazer, em virtude do estado da sra. Barstow, e Barstow contava voltar para a universidade no domingo à noite.

Quando disse isso, Sarah Barstow parou de falar. Ergui os olhos de meu caderno. Seus dedos estavam entrelaçados e torcidos e ela olhava para a frente, para o nada. Disse, mas não para mim: "Agora ele não vai mais voltar para lá. Todas as coisas que ele queria fazer... tudo o que teria feito... não vai mais...".

Esperei um pouco e tirei-a do transe perguntando: "Seu pai deixava a sacola de tacos no Green Meadow o ano todo?".

Ela se voltou para mim. "Não. Porque... é claro que não, porque às vezes os usava na universidade."

"Ele possuía apenas uma sacola de tacos?"

"É!" O tom foi categórico.

"Então ele os trouxe consigo? Vocês só chegaram aqui no sábado ao meio-dia. Vieram da universidade de carro e a bagagem veio num caminhão. A sacola estava no carro ou no caminhão?"

Foi fácil perceber que eu estava tocando em alguma coisa incômoda. Os músculos de sua garganta se retesaram e seus braços se colaram de leve ao corpo; ela estava ficando tensa. Fingi não notar, e aguardei a resposta com o lápis a postos. Ela disse: "Não sei. Realmente não me lembro".

"Provavelmente no caminhão", disse eu. "Visto que ele não era exatamente um entusiasta, não iria dar-se ao trabalho de trazê-la no carro. Onde ela está agora?"

Eu esperava que a pergunta fosse deixá-la um pouco mais tensa, mas isso não aconteceu. Ela estava calma, mas um pouco determinada. "Também não sei. Achei que você estava sabendo que não a encontraram."

"Ah!", exclamei. "A sacola de tacos não foi encontrada?"

"Não. Os homens de White Plains e Pleasantville procuraram em todos os lugares, na casa toda, no clube, até mesmo perto dos buracos, no campo; não encontraram."

Sei, pensei comigo mesmo, e você, mocinha, está bem contente que isso não tenha acontecido! Disse: "Você está querendo me dizer que ninguém se lembra de nada sobre a sacola?".

"É. Isso mesmo", ela hesitou. "Que eu saiba, o garoto que estava carregando os tacos para o meu pai disse que havia guardado a sacola no carro, na frente, ao lado do banco do motorista, quando eles... quando Larry e o doutor Bradford trouxeram papai para casa. Larry e o doutor Bradford não se lembram de tê-la visto."

"Que estranho. Sei que não estou aqui para colher opiniões, mas, senhorita Barstow, se me permite, isso não lhe parece estranho?"

"De jeito nenhum. Não acho provável que fossem reparar numa sacola de tacos naquela hora."

"Mas depois que chegaram aqui... ela deve ter sido retirada em algum momento... algum empregado, o motorista..."

"Nenhum deles se lembra da sacola."

"Posso falar com eles?"

"Claro que sim." O tom era de zombaria. Não sei que tipo de carreira ela planejara para sua vida, mas gostaria de aconselhá-la a evitar artes dramáticas.

Pronto. Era como se não houvesse mais nada a dizer. Mudei o rumo da conversa.

"Que tipo de primeiro taco seu pai usava? Aço ou madeira?"

"Madeira. Ele não gostava de aço."

"Face lisa ou com inserção?"

"Lisa, eu acho. Acho que sim. Não tenho muita certeza. O de Larry tem uma inserção, o meu também."

"Parece que você se lembra bem do tipo que seu irmão usa."

"É." Os olhos dela estavam na altura dos meus. "Creio, senhor Goodwin, que isso não é um inquérito."

"Desculpe." Sorri para ela. "Queira desculpar, por favor, mas fiquei aborrecido, talvez até amargurado. Não há nada na comarca de Westchester que eu mais gostasse de ver do que aquela sacola de tacos, especialmente o primeiro taco."

"Sinto muito."

"Ah, não sente, não... São muitas as perguntas. Quem tirou a sacola do carro? Se foi um empregado, qual deles, e quão leal e incorruptível ele é? Passados cinco dias, quando todos ficaram sabendo que um dos tacos, especialmente projetado, foi o instrumento de execução do assassinato, quem pegou a sacola, escondendo-a ou destruindo-a? Você, seu irmão ou o doutor Bradford? Percebe as questões que tenho de resolver? E onde ela foi escondida, ou como foi destruída? Não é fácil dar sumiço numa coisa tão volumosa."

Ela se erguera enquanto eu falava e estava muito calma e digna. Sua voz também estava calma. "Chega. Não constava do acordo que eu teria de ouvir insinuações idiotas."

"Parabéns, senhorita Barstow." Levantei-me também. "Está absolutamente certa, mas não pretendi ofendê-la, estou apenas perturbado. Agora, será que eu poderia falar com sua mãe por um momento? Prometo não ficar perturbado."

"Não. Não pode falar com ela."

"Isto *estava* no acordo."

"Você o rompeu."

"Bobagem." Sorri. "É o acordo que garante sua segurança quando eu o infringir. E não vou infringi-lo com sua mãe. Embora possa ser um casca-grossa, sei quais são os meus limites."

Ela olhou para mim. "Cinco minutos bastam?"

"Não sei. Farei com que seja o mais breve possível."

Ela se virou e começou a andar pelo caminho que levava à casa e eu fui atrás. No caminho havia um monte de pedregulhos que tive vontade de chutar. A sacola de tacos desaparecida era uma bomba quente. É claro que eu não achava que teria a satisfação de levar aquele taco para Wolfe naquela noite, já que de todo modo Anderson o teria surripiado. Dei um crédito a Anderson por ter conseguido somar dois e dois, mesmo que isso tivesse acontecido só depois que os números já estavam a sua frente. Eu contara com uma intervenção de Sarah Barstow para convencer Anderson a me deixar dar uma olhada no taco, mas — e isso, agora! — a maldita sacola desaparecera! Fosse quem fosse o responsável, me encheu a paciência, além de me parecer uma coisa bastante idiota. Sumir só com o taco ainda faria sentido, mas por que a sacola inteira?

A casa, por dentro, era formidável. Quer dizer, era o tipo de casa que a maioria das pessoas só vê em filmes. Embora houvesse muitas janelas, a luz não ofuscava em nenhum lado, entrando suavemente, e os tapetes e a mobília pareciam muito limpos, bem cuidados e caros. Havia flores em vários lugares e o aroma era bom, e o ambiente me pareceu fresco e agradável, pois lá fora o sol estava começando a esquentar demais. Sarah Barstow me levou por um corredor amplo e por uma sala enorme até um outro corredor com uma porta no final. Entramos numa espécie de solário com um dos lados inteiramente envidraçado, embora a maioria das persianas estivesse abaixada quase até o chão e não entrasse muita luz solar. Havia algumas plantas e diversas cadeiras de vime e espreguiçadeiras. Numa das cadeiras próximas a uma mesa, uma mulher separava peças de um quebra-cabeça. A senhorita Barstow foi até ela.

"Mamãe, este é o senhor Goodwin. Eu lhe disse que ele viria." Voltou-se para mim e apontou uma cadeira. Sentei. A senhora Barstow deixou as peças do quebra-cabeça escaparem por entre os dedos e se virou para me olhar.

Era muito bonita. A filha me dissera que tinha 56 anos, mas parecia ter mais de sessenta. Os olhos eram acinzentados, fundos e afastados, o cabelo era quase todo branco e embora o rosto, de traços delicados, fosse bastante sereno, tive a impressão de que nada era brando ou natural nela, tudo vinha da força de uma vontade pessoal férrea. Ela ficou olhando para mim sem dizer nada até que comecei a achar que alguma coisa em mim não estava bem.

Sarah Barstow sentara-se numa cadeira um pouco afastada. Eu estava prestes a abrir a boca quando, de repente, a senhora Barstow falou:

"Conheço sua atividade, senhor Goodwin."

"Na verdade, a atividade não é minha, mas de meu empregador, o senhor Nero Wolfe. Ele me pediu para lhe agradecer por permitir que eu viesse."

"Não há de quê." Os olhos acinzentados e fundos não se afastavam de mim. "Na verdade, sou grata que alguém — mesmo um estranho a quem nunca mais verei — reconheça minha autoridade dentro das paredes desta casa."

"Mamãe!"

"É, Sarah. Não se ofenda, querida; eu sei — e não importa se o senhor Goodwin sabe ou não — que a autoridade não foi usurpada. Não foi você quem me forçou a renunciar a ela, nem mesmo seu pai. Segundo Than, foi Deus; provavelmente as mãos Dele estavam ociosas e Satã fez o mal."

"Mamãe, por favor!" Sarah Barstow se levantara e se aproximara da mesa. "Se tem alguma coisa para perguntar, senhor Goodwin..."

Eu disse: "Tenho duas perguntas. Posso fazê-las, senhora Barstow?"

"Claro. É sua atividade."

"Ótimo. A primeira é fácil de ser feita, mas pode ser difícil de ser respondida. Isto é, pode exigir alguma reflexão e boa memória. A senhora provavelmente é a pessoa que tem melhores condições de responder. Quem quis, ou quem poderia querer, matar Peter Oliver Barstow? Quem tinha um ressentimento contra ele, atual ou muito antigo? Quem eram seus inimigos? Quem o odiava?"

"Isso não é uma pergunta, mas quatro."

"Bem... talvez eu consiga amarrá-las num só pacote."

"Não é necessário." A força de vontade mantinha a serenidade presente. "Elas podem ser respondidas todas de uma só vez. Eu."

Olhei surpreso para ela. A filha estava a seu lado, com uma das mãos no ombro da mãe.

"Mamãe! Você me prometeu..."

"Chega, Sarah." A senhora Barstow estendeu a mão e deu uma palmada de leve na mão da filha. "Você não permitiu que aqueles outros homens falassem comigo, e lhe agradeço por isso. Mas se o senhor Goodwin vai me fazer perguntas, precisa ter as respostas. Lembra-se do que seu pai costumava dizer? *Nunca tente enganar uma verdade.*"

A senhorita Barstow se dirigiu a mim. "Senhor Goodwin! Por favor!"

"Bobagem." Os olhos acinzentados estavam brilhando. "Eu conto com minha segurança interna, minha filha, e ela é tão boa quanto qualquer outra que você possa arranjar para mim. Senhor Goodwin, respondi a sua primeira pergunta. Qual é a segunda?"

"Não me apresse, senhora Barstow." Percebi que se eu simplesmente fingisse que Sarah Barstow não estava ali, os Velhos Olhos Cinzentos continuariam comigo. "Ainda não concluí a primeira. Pode haver outras pessoas, talvez a senhora não seja a única."

"Outras pessoas que pudessem querer matar meu marido?" Pela primeira vez a vontade férrea relaxou um pouco para deixar transparecer um esboço de sorriso nos lábios. "Não. Impossível. Meu marido era um homem bom, justo, generoso e amado. Entendo o que pretende, senhor Goodwin: quer que eu analise anos a fio, os felizes e os infelizes, e arranque da minha memória algum mal sem controle, alguma ameaça sinistra. Asseguro-lhe que não há. Não há um único homem vivo contra quem meu marido tenha feito algum mal, ele não tinha inimigos. Nenhuma mulher também. Ele não me fez nenhum mal. Minha resposta a sua pergunta foi direta, sincera e um alívio para mim, mas como você é muito jovem, pouco mais do que um rapazinho, ela provavelmente o deixou chocado, assim como a minha filha. Eu explicaria a resposta se pudesse. Não desejo enganá-lo e não desejo trazer sofrimento para minha filha. Quando Deus me compeliu a renunciar a minha autoridade, Ele não fez só isso. Se por acaso você O entende, também entende minha resposta."

"Está certo, senhora Barstow. Então, a segunda pergunta: por que ofereceu uma recompensa?"

"Não!" Sarah Barstow se interpôs entre nós dois. "Não! Chega..."

"Sarah!" A voz começou estridente, depois abaixou um pouco. "Sarah, querida. Eu *vou* responder. É o que me cabe fazer, você tentará impedir, Sarah?"

Sarah Barstow foi para o lado da mãe, pousou o braço nos seus ombros e abaixou a testa sobre seu cabelo grisalho.

A força de vontade tornou a criar serenidade. "Sim, senhor Goodwin, a recompensa. Não sou louca, apenas excêntrica. Lamento muito que a recompensa tenha sido oferecida, pois percebo agora sua sordidez. Foi num momento de excentricidade que concebi a idéia de uma vingança ímpar. Ninguém poderia ter matado meu marido, uma vez que ninguém queria fazê-lo. Tenho certeza de que a morte dele nunca pareceu algo desejável a alguém, exceto a mim mesma, e a mim somente durante tormentos que Deus não imporia ao mais culpado dos mortais. Ocorreu-me que em algum lugar poderia haver alguém inteligente o bastante para submeter o próprio Deus à justiça. Duvido que seja você, senhor Goodwin; não conheço seu empregador. Agora lamento ter oferecido a recompensa, mas se for merecida, será paga."

"Obrigado, senhora Barstow. Quem é Than?"

"Como?"

"Than. A senhora disse que Than foi quem lhe disse que Deus a forçou a renunciar a sua autoridade."

"Ah. Claro. É o doutor Nathaniel Bradford."

"Obrigado." Fechei o caderno e me levantei. "O senhor Wolfe pediu-me para lhe agradecer por sua paciência; acho que ele sabia que a senhoria precisaria de um pouco de paciência quando eu começasse a escrever neste caderno."

"Diga ao senhor Wolfe que não há o que agradecer."

Virei-me e saí, pensando que a srta. Barstow poderia muito bem ocupar meu lugar na casa de Wolfe por uns tempos.

9

Na saída a srta. Barstow me convidou para almoçar.

Eu gostava cada vez mais dela. Por dez minutos ou mais esperei por ela no vestíbulo que ligava o solário às outras dependências. Quando ela apareceu, já não estava irritada, e eu sabia por que: eu não pegara no pé da sra. Barstow para obter as informações que ela simplesmente me entregara de bandeja, não por culpa minha. Mas quem, no lugar de Sarah Barstow, teria parado para levar isso em consideração? Nem uma em mil. Qualquer um teria se irritado, mesmo sabendo que eu não merecia, mesmo que tentasse disfarçar. Mas ela simplesmente não estava irritada. Fizera um acordo e estava honrando esse acordo, mesmo que isso lhe custasse muitas noites de sono e que lhe trouxesse azar. Agora há pouco ela certamente tivera um belo quinhão de azar. Dava para perceber que dez minutos antes ou dez minutos depois a sra. Barstow talvez tivesse idéias diferentes na cabeça e nossa conversa não rendesse mais do que uma troca cortês de comentários sem importância. Eu não sabia por que ela se sentira inclinada a se abrir comigo, mas caso minha camisa azul e minha gravata bege tivessem alguma participação nisso, era dinheiro bem gasto.

Como diria Saul Panzer, beleza!

A srta. Barstow me convidou para almoçar e disse que o irmão se reuniria a nós, e já que de todo jeito eu ia querer falar com ele, a notícia caiu bem. Agradeci e disse: "Você é gente fina, senhorita Barstow. É mesmo. Graças a Deus, Nero Wolfe é o homem mais inteligente do mundo e bolou o tal acordo com você, porque se você estiver metida em alguma encrenca, essa será a única maneira de ajudá-la a se safar".

"Se eu estiver metida em alguma encrenca...", disse ela.

Confirmei com a cabeça. "Claro, eu sei que você já tem muitos problemas, mas o que mais a incomoda é o medo de que o pior esteja por vir. Bom, eu só queria dizer que você é gente fina."

Acontece que não foi só o irmão dela que conheci no almoço, mas também Manuel Kimball. Achei bom, porque o que eu ficara sabendo naquela manhã tornava os parceiros de jogo de Barstow mais importantes do que estava parecendo antes. Na tarde anterior, depois de duas horas no telefone, eu finalmente entrara em contato com o profissional de golfe do Green Meadow e ele aceitara o convite de Wolfe para jantar. O homem disse que pouco sabia de Barstow, que só o conhecia de vista, mas Wolfe extraiu dele uns setecentos quilos de fatos relacionados ao cenário do clube como um todo e à disposição do campo de golfe e proximidades. Quando o profissional foi embora, aí pela meia-noite, havia entornado uma garrafa inteira do melhor vinho do Porto de Wolfe e Wolfe virara especialista em clubes de golfe. Entre outras coisas, descobriu que os sócios guardavam suas sacolas de tacos em armários individuais, que alguns deles deixavam seus armários destrancados, e que um sujeito engenhoso e determinado seria capaz de abrir mesmo os armários trancados, pois era relativamente fácil conseguir cópias das chaves. É claro que com a chave na mão teria sido fácil esperar o momento propício, abrir o armário, tirar o taco da sacola e substituí-lo por outro. Assim sendo, os companheiros de Barstow no jogo daquele domingo eram tão importantes quanto quaisquer sócios, funcionários ou visitantes que tivessem acesso aos vestiários.

Mas agora isso estava fora de questão, pois a sacola de Barstow estava fora de seu armário desde setembro anterior. Ele a trouxera consigo da universidade. Aquilo mudava o quadro e tornava os participantes do jogo um pouco mais interessantes do que as outras pessoas.

O lugar em que almoçamos certamente não era a sala de jantar, porque não era grande o suficiente para isso, mas havia mesa e cadeiras, e janelas pelas quais não dava para ver muita coisa devido às moitas de arbustos junto à parede externa. O sujeito alto e magricela de terno preto — também conhecido como Small, o mordomo, como sabia perfeitamente bem um convidado de carteirinha como eu — foi quem nos serviu, e embora a comida me parecesse um pouco leve, não era nada de que Fritz pudesse se envergonhar. Trouxeram umas coisas dentro de conchas que estavam uma delícia. A mesa era pequena. Sentei-me na frente da srta. Barstow, com seu irmão à direita e Manuel Kimball à esquerda.

Lawrence Barstow não se parecia em nada com a irmã, mas identifiquei alguns traços da mãe. Era bem-apessoado e demonstrava o tipo de segurança condizente com seu estilo de vida; tinha traços regulares, agradáveis, sem nada de incomum. Já vi centenas de jovens iguais a ele nos restaurantes da Wall Street e arredores. Tinha o cacoete de apertar os olhos quando resolvia olhar para alguém, mas achei que aquilo talvez se devesse ao excesso de vento nos olhos durante o passeio de avião. Os olhos eram acinzentados como os da mãe, mas não tinham por trás a disciplina dos dela.

Manuel Kimball era bem diferente: moreno, muito elegante e compacto, com o cabelo preto penteado para trás e olhos negros inquietos que dardejavam sobre nós e que pareciam só encontrar alguma satisfação ou tranqüilidade quando se fixavam em Sarah Barstow. Ele me deixava nervoso, e parecia que também deixava Sarah Barstow um pouco nervosa, mas provavelmente isso se devia apenas ao fato de ele não saber onde eu me encaixava na crise familiar, e não estar previsto que soubesse. Naquela manhã ela me contara que os Kimball e os Barstow não eram íntimos; os únicos pontos de contato eram a proximidade de suas residências de verão e o fato de Manuel ser um piloto amador habilidoso, o que tornara muito conveniente seu oferecimento de ensinar Larry Barstow a pilotar, visto que Larry agora se interessava por projetos aeronáuticos. Ela mesma voara uma ou duas vezes com Manuel Kimball no verão anterior, mas fora isso raramente estivera com ele — só o via na companhia do irmão. Os Kimball eram recém-chegados, tendo comprado sua propriedade, uns três quilômetros ao sul, apenas três anos antes. E. D. Kimball, pai de Manuel, era conhecido apenas superficialmente pelos Barstow, mediante encontros casuais e pouco freqüentes em eventos públicos e sociais de grande amplitude. A mãe de Manuel morrera havia muito tempo, pelo que Sarah pudera entender. Que ela se lembrasse, seu pai e Manuel Kimball jamais haviam trocado mais do que umas poucas palavras, exceto numa tarde do verão anterior, quando Larry trouxera Manuel à propriedade dos Barstow para uma disputa de tênis em que ela e o pai haviam atuado como árbitro e juiz de linha.

Apesar disso, eu estava interessado em Manuel Kimball. De todo modo ele fazia parte do quarteto e tinha cara de estrangeiro e seu nome tinha uma combinação engraçada e ele me deixava nervoso.

Durante o almoço a conversa versou principalmente sobre aviões. Sarah Barstow voltava ao tema sempre que o assunto declinava, e nas raras vezes em que o irmão enveredou por assuntos mais caros ao seu coração, ela o interrompeu bruscamente. Quanto a mim, limitei-me a comer. Quando a srta. Barstow finalmente recuou sua cadeira, atingindo com ela a barriga de Small, todos nos levantamos. Larry Barstow se dirigiu diretamente a mim praticamente pela primeira vez: eu percebera indícios claros de que, por ele, eu bem que poderia estar almoçando com os serviçais.

"Você está querendo falar comigo?"

Confirmei com a cabeça. "Se puder me dedicar uns quinze minutos do seu tempo..."

Ele se voltou para Manuel Kimball. "Você se incomoda de esperar, Manny? Prometi à mana que falaria com esse homem."

"Espero, claro!" Os olhos do outro se cravaram em Sarah Barstow. "Talvez a senhorita Barstow possa me fazer companhia."

Ela concordou sem entusiasmo, mas eu interferi: "Lamento, mas..." e, dirigindo-me à srta. Barstow, continuei: "Posso lembrá-la de que concordou em estar presente à conversa com seu irmão?". Na realidade esse ponto não fora mencionado, mas eu o dava por certo.

Queria que Sarah participasse. "Ah." Ela pareceu aliviada. "É, lamento, senhor Kimball. Quer que eu peça para lhe servirem café aqui?"

"Não, obrigado." Ele fez uma reverência para ela e se voltou para Larry. "Vou andando, quero dar uma olhada naquele gasoduto. Será que algum de seus carros pode me levar? Obrigado. Passe no hangar qualquer dia destes. Obrigado pelo agradável almoço, senhorita Barstow."

Uma coisa que me surpreendeu nele foi a voz. Quando o vi, achei que tivesse voz de tenor, mas o efeito que produzia assemelhava-se mais a um touro murmurante. A voz era profunda e havia um certo ronco nela, mas ele a mantinha baixa e agradável. Larry Barstow saiu com o amigo para instruir alguém a levá-lo em casa. Sua irmã e eu esperamos que voltasse, depois fomos os três para o jardim, para o mesmo banco onde eu estivera antes, ao chegar. Larry sentou-se na grama e eu e a srta. Barstow no banco.

Expliquei que fazia questão de que a srta. Barstow estivesse presente porque ela havia feito um acordo com Nero Wolfe, e eu queria que ela tivesse certeza de que nada seria dito ou feito fora dos limites desse acordo. Havia algumas coisas que eu queria perguntar a Lawrence Barstow, e se houvesse alguma dúvida quanto ao fato de eu ter direito às respostas, ela decidiria.

Ela disse: "Muito bem, cá estou". Parecia exausta. Pela manhã estava sentada de ombros eretos, agora estava encurvada.

O irmão disse: "Que eu saiba, seu nome é Goodwin, não é?".

"Isso mesmo."

"Bem, pelo que fui informado, seu acordo, como você o chamou, não passa de uma amostra de insolência barata."

"Mais alguma coisa, senhor Barstow?"

"Sim, já que perguntou. Chantagem."

Restava uma centelha à irmã: "Larry! O que foi que eu lhe disse?".

"Espere um instante, senhorita Barstow." Eu estava virando as páginas de meu caderno. "Talvez seu irmão deva ouvir o que combinamos. Vou encontrar já, já." Encontrei a página. "Aqui está." Li palavra por palavra o que Wolfe me ditara, não muito depressa. Depois fechei o caderno. "É este o acordo, senhor Barstow. Eu gostaria de lhe dizer ainda que meu empregador, o senhor Nero Wolfe, é bastante controlado; quanto a mim, sou dado a explosões ocasionais. Se o senhor o chamar novamente de chantagista, o resultado de sua atitude provavelmente será péssimo em todos os sentidos. Se o senhor não é capaz de reconhecer um favor quando ele lhe é oferecido, suponho que possa achar que murro no queixo é elogio."

Ele disse: "Mana, é melhor você entrar".

"Daqui a pouco ela poderá entrar", falei. "Se o acordo naufragar, é melhor que ela o veja afundando. Se o acordo não é do seu agrado, por que mandou sua irmã sozinha ao escritório de Wolfe para negociá-lo? Wolfe teria ficado contente em falar consigo. Como ele disse a sua irmã, de todo modo vamos prosseguir com a investigação. Essa é nossa atividade, e não há nada errado com ela, como podem atestar algumas pessoas que já trataram conosco. Digo-lhe a mesma coisa: com ou sem acordo, vamos descobrir quem assassinou Peter Oliver Barstow. Se quer minha opinião, acho que sua irmã fez um ótimo negócio. Se não concorda, deve haver alguma razão para isso — e essa é uma das coisas que vamos descobrir."

"Larry!", disse a srta. Barstow. A voz dela estava repleta de significados. Repetiu: "Larry!". Com essa única palavra ela estava dizendo o que ele devia fazer, pedindo-lhe coisas, lembrando-lhe outras, tudo ao mesmo tempo.

"Vamos", disse eu. "Você está irritado, e passar o almoço inteiro me olhando não facilitou as coisas, mas se alguma coisa dá errado com seu avião, você não fica parado reclamando, fica? Arregaça as mangas e ajuda a consertar o defeito."

Ele continuava de olhos fixos, só que não em mim, mas na irmã. Seu lábio inferior estava franzido e metade dele parecia um bebê prestes a chorar, enquanto a outra era a de um homem determinado a mandar o mundo inteiro para o inferno.

"Tudo bem, mana", disse por fim. Não deu sinais de pretender desculpar-se comigo, mas achei que isso poderia ficar para outro dia.

Quando dei a partida nas perguntas, ele mudou subitamente para melhor. Respondeu com presteza e sem rodeios e, até onde pude perceber, sem armações nem invencionices. Mesmo quando perguntei sobre a sacola — o que deixou sua irmã mais enrolada que novelo —, ele reagiu como se o assunto fosse claro e sem mistério. A sacola fora trazida da universidade no caminhão; a única bagagem que haviam trazido no carro fora a mala da mãe. O caminhão chegara na casa por volta das três da tarde; a carga fora imediatamente retirada e distribuída; a sacola de tacos provavelmente fora levada direto para o quarto do pai, embora ele não soubesse se isso de fato acontecera. No domingo, durante o café da manhã, ele e o pai haviam combinado jogar golfe naquela tarde...

"Quem sugeriu? Você ou seu pai?"

Ele não se lembrava. Ao descer, depois do almoço, o pai já estava com a sacola. Haviam ido com o sedã até o Green Meadow Club. Depois de estacionarem, o pai fora em seguida para o primeiro buraco levando a sacola, enquanto Larry ia em busca de um carregador de tacos disponível. Larry não tinha preferências quanto a quem seria seu carregador, mas no verão anterior o pai se apegara a um garoto, e por sorte o garoto estava livre, e Larry o levara, juntamente com outro. A caminho do primeiro buraco, Larry encontrara os Kimball, que também iam começar a jogar, e como ele não via Manuel havia alguns meses e estava ansioso para conversar com ele sobre alguns de seus planos para o verão, convidara-os para uma partida em grupo de quatro, certo de que o pai não se oporia. Quando chegaram ao buraco, o pai estava num canto, praticando com um taco de ferro número 5. Peter Oliver Barstow fora cordial com os Kimball e saudara seu carregador predileto com satisfação, mandando-o recolher as bolas que já lançara.

Esperaram que dois ou três outros grupos começassem a jogar, depois começaram eles também. Manuel Kimball deu a primeira tacada, em seguida Larry, depois Barstow, e por último o velho Kimball. Larry não conseguia se lembrar de ter visto o pai pegando o taco de longa distância da sacola ou das mãos do carregador. Enquanto esperavam o momento de começar, Larry conversara com Manuel e, nos momentos imediatamente anteriores à tacada do pai, ele próprio também começara a jogar. Da tacada do pai, porém, ele estava perfeitamente lembrado, e isso devido a um acontecimento incomum. No fim do movimento de corpo do pai o taco sofrera um desvio estranho e brusco e, enquanto a bola voava num efeito ruim, Barstow soltara uma exclamação, com um olhar espantado no rosto, e começara a esfregar a barriga. Larry nunca vira o pai abandonar tão repentina e totalmente a compostura que sempre mantinha em público. Quando lhe perguntaram qual era o problema, ele disse alguma coisa sobre uma vespa ou marimbondo, e começara a abrir a camisa. Larry ficara impressionado com a agitação do pai e olhara dentro da camisa dele. Havia uma minúscula perfuração, quase invisível, mas o pai já recuperara a pose e insistira que aquilo não devia ser nada. O velho Kimball dera sua tacada inicial e os quatro haviam seguido em frente com o jogo.

O resto fora descrito muitas vezes, e em detalhe, nos jornais. Meia hora mais tarde, não longe do quarto buraco, Barstow repentinamente caíra ao chão, contorcendo-se e agarrando-se à grama. Ainda estava vivo quando o carregador segurara seu braço, mas quando os outros se aproximaram já estava morto. Muita gente correra para lá, inclusive o dr. Nathaniel Bradford, velho amigo da família Barstow. Manuel Kimball fora em busca do sedã e viera margeando o campo até o local. O corpo fora içado para o banco de trás do sedã e o dr. Bradford se sentara também no banco de trás, apoiando a cabeça do velho amigo no colo, com Larry ao volante.

Larry não conseguia se lembrar de nada a respeito da sacola. De absolutamente nada. Sabia o que dissera o carregador, que a sacola fora depositada no banco da frente, apoiada no assento, mas não conseguia lembrar-se de tê-la visto enquanto dirigia ou em outro momento qualquer. Dirigira os dez quilômetros devagar e com cuidado, e mais tarde, ao chegar em casa, constatara que havia sangue em seu lábio inferior, que havia mordido. Ele mentia melhor do que a irmã. Não fosse a revelação involuntária dela, eu poderia muito bem ter sido enganado pela história que ele contou. Abordei-o por todos os ângulos que pude imaginar, mas ele não deixou vazar nada.

Relevei, e perguntei-lhe sobre os Kimball. Sua história era idêntica à da irmã. Não havia propriamente contato entre as famílias; a única conexão era entre ele e Manuel, baseada na conveniência de Manuel ser proprietário e piloto de um avião; Larry tinha a intenção de comprar um tão logo tirasse o brevê.

Em seguida fiz a pergunta que provocara tanto alvoroço na sra. Barstow antes do almoço. Fiz a pergunta a Larry e à irmã, só que dessa vez não houve nenhum alvoroço, não houve absolutamente nada. Os dois afirmaram não conhecer ninguém que tivesse algum ressentimento sério contra o pai, ou ódio ou inimizade em relação a ele, e que era impensável jamais ter havido tal pessoa. Em sua notável carreira — chegara à posição de reitor da Universidade Holland aos 48 anos, dez anos antes —, o pai muitas vezes encontrara opositores, mas sempre soubera que o segredo estava em desagregar os opositores, e não em esmagá-los. Sua vida particular se restringira à casa da família. Seu filho, deduzi, sentia profundo respeito por ele, além de certa afeição; a filha o adorava. Os dois estavam de acordo quanto a não existir quem odiasse o pai; e quando a irmã me disse isso, sabendo o que eu ouvira da boca da mãe não mais de três horas antes, os olhos que ela cravou em mim manifestavam um misto de desafio e súplica.

Depois abordei o assunto dr. Bradford. Perguntei primeiro para a srta. Barstow. Pelo andor da carruagem, esperava alguma hesitação e uma tentativa de escamotear os fatos, mas não houve sinal disso. Ela me contou com naturalidade que Bradford fora colega de turma do pai, que sempre haviam sido muito amigos, e que Bradford, que era viúvo, sempre fora quase um membro da família, especialmente durante o verão, visto que nesse momento ele também se tornava um vizinho. Era o médico da família, e era nele que confiavam para resolver o problema da sra. Barstow, embora o dr. Bradford tivesse solicitado a assistência de especialistas.

Perguntei a Sarah Barstow: "Você gosta do doutor Bradford?".

"Se gosto dele?"

"É. Gosta do doutor Bradford?"

"Claro! Ele é um dos melhores homens que conheço."

Voltei-me para o irmão. "E você, gosta dele, Barstow?"

Larry franziu a testa. Estava cansado; até agora fora paciente. Eu estava em cima dele havia duas horas. "Gosto dele. Ele é tudo o que minha irmã disse que é, mas gosta de ficar dando conselhos. Não que me incomode agora, mas quando eu era moleque costumava me esconder dele."

"Você chegou aqui vindo da universidade no sábado ao meio-dia. O doutor Bradford esteve aqui entre esse momento e domingo às duas da tarde?"

"Não sei. Ah, sim, claro. Esteve aqui no sábado. Jantou conosco."

"Você acha que há alguma possibilidade de ele ter matado seu pai?"

Larry ficou surpreso. "Ah, pelo amor de Deus. Essa pergunta é para me deixar chocado e provocar alguma revelação?"

"E você, senhorita Barstow?"

"Absurdo."

"Tudo bem, absurdo. De todo modo, quem sugeriu que Bradford atestasse o óbito como provocado por ataque cardíaco? Quem de vocês? Larry?"

Larry olhou furioso para mim. Sarah disse em voz baixa: "Você disse que queria que eu estivesse presente para verificar se o acordo estava sendo cumprido. Bem, senhor Goodwin, já fui... bastante paciente".

"Muito bem, vou deixar isso de lado." Para o irmão, falei: "Você ficou de novo irritado, Barstow. Esqueça. Pessoas como você não estão habituadas a ouvir impertinências, mas ficaria surpreso se soubesse como é fácil deixar essas situações se diluírem sem que haja dano algum. Só mais umas coisinhas. Onde o senhor estava entre dezenove horas e meia-noite de segunda-feira, 5 de julho?"

Ele ainda estava furioso. "Não sei. Como vou saber?"

"Tente lembrar-se. Não se trata de impertinência; peço-lhe seriamente que me responda. Segunda-feira, 5 de julho. O enterro de seu pai foi na terça. Estou perguntando sobre a noite anterior."

A srta. Barstow disse: "Isso eu posso lhe dizer".

"Eu preferiria que ele o fizesse, se não se importa."

Ele disse: "Não há motivo para eu não dizer. Ou para dizer. Eu estava aqui, em casa".

"A noite toda?"

"É."

"Quem mais estava aqui?"

"Minha mãe, minha irmã, os empregados e os Robertson."

"Os Robertson?"

"Foi o que eu disse."

A irmã falou. "Os Robertson são velhos amigos. O senhor e a senhora Blair Robertson e as duas filhas."

"A que horas eles chegaram?"

"Logo depois do jantar. Ainda não tínhamos terminado. Por volta das sete e meia."

"O doutor Bradford estava aqui?"

"Não."

"Não é estranho?"

"Estranho? Por quê? Ah, sim, claro que é. Ele teve de ir a uma reunião em Nova York, uma reunião profissional."

"Entendo. Obrigado, senhorita Barstow." Voltei-me para o irmão. "Tenho mais uma pergunta. Na verdade, um pedido. Manuel Kimball tem telefone no hangar?"

"Tem."

"Você poderia telefonar para ele dizendo que estou indo para lá falar com ele, e que gostaria que ele me concedesse uma entrevista?"

"Não. Por que faria isso?"

A srta. Barstow interrompeu. "Você não tem o direito de pedir isso. Se deseja falar com o senhor Kimball, isso é problema seu."

"Correto." Fechei o caderno e me levantei. "Positivamente correto. Mas não tenho uma qualificação oficial nesse caso. Se telefonar para Manuel Kimball por conta própria, ele simplesmente não vai me dar a mínima. É amigo da família, ou pelo menos pensa que é. Preciso de uma apresentação."

"Claro que precisa." Larry também se levantara e estava limpando a grama da calça. "Mas não vai ter. Onde está seu chapéu? Lá dentro?"

Confirmei com a cabeça. "Podemos recolhê-lo quando você entrar para telefonar. Ouçam bem, a situação é a seguinte: preciso que vocês telefonem para Manuel Kimball, para os Robertson e para o Green Meadow Club. É só o que me ocorre no momento, mas pode ser que mais tarde surjam outras coisas. Tenho de andar por aí, falar com as pessoas e descobrir coisas, e quanto mais fácil for para mim, mais fácil será para vocês. Nero Wolfe sabia o suficiente para, ao falar com a polícia, conseguir que exumassem o corpo de seu pai. Até aí, tudo bem, mas ele não contou tudo a eles. Vocês querem me obrigar a ir ao promotor público contar mais coisas até que ele me dê uma autorização que me permita ir aonde quiser? No momento ele está irritado conosco porque sabe que estamos escondendo o jogo. Para mim é fácil ir até lá e fazer amizade com ele, não me importo, gosto de fazer amizades. Vocês certamente não gostam. Se isso está parecendo mais algum tipo de chantagem, senhorita Barstow, simplesmente pego meu chapéu e dou o dia por encerrado no que diz respeito a vocês."

Aquilo era uma maldade, mas não tive outra saída. O problema com aqueles dois, especialmente com o irmão, era que estavam tão acostumados a passar a vida seguros, independentes e importantes que continuavam se esquecendo de como estavam assustados, e precisavam ser lembrados disso. Mas àquela altura eles já estavam suficientemente assustados, e se eu me desse ao trabalho de continuar a lhes expor todas as idéias que estava tendo naquela tarde, teria de admitir que estava achando que eles realmente tinham motivos para estar *bem* assustados.

Eles cederam, claro. Entramos na casa juntos e Sarah Barstow ligou para os Robertson e seu irmão telefonou para o clube e para Manuel Kimball. Eu concluíra que não havia uma possibilidade em um milhão de eu conseguir alguma coisa com os empregados, principalmente se tivessem sido treinados pelo mordomo alto e magricela, por isso assim que a sessão de telefonemas chegou ao fim, peguei o chapéu e dei o fora. Larry Barstow me acompanhou até o terraço, acho que para ter certeza de que eu não ia me esgueirar furtivamente para os fundos e ficar olhando pelos buracos das fechaduras. Estávamos chegando aos degraus quando um carro se aproximou e estacionou diante de nós. Um homem desceu, e tive o prazer de abrir um belo sorriso ao ver que era H. R. Corbett, o investigador do escritório de Anderson que tentara entrar à força na casa de Wolfe no dia em que eu estava de porteiro. Saudei-o alegremente e continuei andando, mas ele me chamou:

"Ei, você!"

Parei e me virei. Larry Barstow estava em pé no terraço, nos observando. Perguntei: "O senhor está falando comigo?".

Corbett estava andando na minha direção. Ele não deu bola para minha brincadeira. "Que diabos você está fazendo aqui?"

Fiquei parado e sorri por um segundo; depois, virando-me para Larry Barstow, disse: "Já que esta é sua casa, senhor Barstow, talvez fosse melhor que o senhor lhe dissesse que diabos estou fazendo aqui".

Pelo olhar no rosto de Larry, era óbvio que, embora a probabilidade de ele me mandar um cartão de Natal fosse muito pequena, o meu chegaria antes do de Corbett. Foi ele quem falou com o investigador: "O senhor Goodwin estava aqui a convite de minha irmã, para conversar conosco. Provavelmente voltará outras vezes. Deseja investigar isso?".

Corbett rosnou e olhou para mim furioso. "Talvez você queira dar um passeio até White Plains."

"De jeito nenhum." Balancei a cabeça. "Não gosto daquele lugar, é tão devagar que nem se consegue fazer uma aposta decente." Comecei a andar. "Até mais, Corbett. Não lhe desejo azar porque mesmo com sorte o túmulo não lhe será leve."

Sem me preocupar em pensar numa resposta para as ameaças que ele lançava às minhas costas, fui até o local onde estacionara o carro, entrei, fiz a volta e saí dali.

10

Fui falar com os Robertson primeiro, porque sabia que lá eu não ia levar muito tempo e poderia terminar logo. A sra. Robertson e as duas filhas estavam em casa, esperando por mim, depois do telefonema de Sarah Barstow. Contaram-me que haviam estado na casa dos Barstow na noite de 5 de junho, véspera do enterro, chegando bem antes das oito e saindo depois da meia-noite. Tinham certeza de que Larry, Sarah e a sra. Barstow haviam estado lá a noite toda. Certifiquei-me de não haver possibilidade de engano quanto à data, depois tentei algumas perguntas corriqueiras sobre a família Barstow, mas logo desisti. Elas não iam falar sobre os velhos amigos com um estranho; não deixaram escapar nem mesmo que a sra. Barstow estava com problemas de saúde, e isso pela simples razão de não saberem quanto eu sabia.

Cheguei à propriedade de Kimball um pouco depois das cinco. Não era um lugar sofisticado como o dos Barstow, mas era muito maior. Dirigi quase um quilômetro até chegar à entrada particular deles. Quase toda a propriedade ficava em terreno baixo, com aqueles velhos muros de pedra contornando campinas, e um ou outro riacho preguiçoso. A casa estava numa colina no meio de um parque de sempre-vivas, com um gramado bem cuidado, não muito grande. Não havia sinal de flores à vista.

A casa em si não era grande como a dos Barstow, mas era nova em folha, de madeira, com painéis e telhado íngreme de ardósia, um daqueles estilos que eu não conseguia diferenciar e chamava, para simplificar, de rainha William.

Na parte de trás da casa, depois da colina, havia uma campina imensa e plana. Um homem gordo de uniforme de mordomo saiu da casa quando me aproximei com o carro e me mandou seguir naquela direção, por uma estradinha estreita de cascalho. Na grande pradaria não havia muros de pedra; ela era plana, limpa, e a grama fora aparada recentemente. Sem dúvida, era perfeita para um campo de pouso particular. Mais ou menos na metade dessa pradaria, junto à margem, havia uma construção baixa de concreto de telhado plano, e foi até lá que a estradinha me levou. Havia uma rampa de concreto larga e comprida na frente, com dois carros estacionados.

Encontrei Manuel Kimball lá dentro, lavando as mãos numa pia. O avião ocupava praticamente todo o espaço; era grande, de asas pretas e corpo vermelho, e estava apoiado na cauda. Um homem de macacão consertava alguma coisa nele. Tudo estava arrumado e limpo, com ferramentas e latas de óleo e um monte de outras tranqueiras em prateleiras de aço suspensas numa das paredes. Ao lado da pia havia até uma prateleira pequena com três ou quatro toalhas limpas.

"Sou Goodwin", falei.

Kimball respondeu com um aceno de cabeça. "Sim, eu estava a sua espera. Acabei aqui por hoje; podemos ir até em casa para ficar mais à vontade." Dirigiu-se ao homem de macacão. "Se quiser, pode deixar para fazer isso amanhã, Skinner, só vou voar à tarde." Depois de enxugar as mãos, levou-me para fora e entrou em seu carro. Segui-o no meu até a casa.

Era agradável e educado, não havia dúvida quanto a isso, mesmo parecendo estrangeiro e mesmo tendo me deixado nervoso na hora do almoço. Levou-me a uma sala ampla na parte da frente da casa e me indicou uma poltrona de couro, grande e confortável, pedindo ao mordomo gordo que nos trouxesse uns drinques. Quando percebeu que eu olhava em torno, disse que a casa fora mobiliada pelo pai e por ele, de acordo com o gosto pessoal dos dois, visto que não havia opiniões femininas a considerar e que os dois não gostavam de decoradores.

"A senhora Barstow me contou que sua mãe faleceu há muito tempo."

Falei aquilo despreocupadamente, sem pensar, mas sempre olho para a pessoa com quem estou falando e fiquei surpreso com o que aconteceu com o rosto dele. Foi um espasmo, não há outro termo. Só durou uma fração de segundo, mas naquele momento alguma coisa certamente estava doendo dentro dele. Eu não sabia se era apenas porque eu mencionara sua mãe ou se ele realmente estava com alguma dor; fosse como fosse, deixei o assunto de lado.

Ele disse: "Que eu saiba, você está investigando a morte do pai da senhorita Barstow".

"É, de certa forma, a pedido dela. E também a morte do pai de Larry Barstow, e a do marido da senhora Barstow. Tudo ao mesmo tempo."

Ele sorriu e seus olhos negros se fixaram em mim. "Se sua primeira pergunta é essa, senhor Goodwin, foi muito bem-feita. Felicitações. A resposta é não, não tenho o direito de identificar o falecido dessa maneira. Direito não tenho, só minha simpatia pessoal. Admiro a senhorita Barstow... muito."

"Ótimo. Eu também. Não era pergunta, só uma observação. O que eu quero realmente lhe perguntar é sobre o que aconteceu no primeiro buraco da partida daquele domingo. Suponho que já tenha contado a história antes."

"Contei. Duas vezes para um investigador cujo nome acho que é Corbett, e uma para o senhor Anderson."

"Então já deve saber a história de cor. Pode contá-la de novo?"

Recostei-me na poltrona de copo na mão e ouvi sem interromper. Não utilizei meu caderno porque já tinha a história de Larry para comparar, e poderia registrar as eventuais diferenças mais tarde. Manuel Kimball foi preciso e minucioso. Quando concluiu, pouco havia a perguntar, mas eu não estava satisfeito com um ou dois pontos, particularmente com um deles, em que a versão de Kimball diferia da de Larry. Kimball disse que depois que Barstow pensou ter sido picado por uma vespa, deixou o taco cair no chão e o carregador o pegou; segundo Larry, o pai se apoiara no taco com uma das mãos enquanto abria a camisa para ver o que acontecera. Manuel disse que tinha certeza do que dizia, mas que se a lembrança de Larry era diferente da dele, não ia insistir. Não parecia importante, visto que de todo modo o taco voltara para a sacola. Em todos os outros aspectos, a história de Manuel batia com a de Larry.

Incentivado pelo fato de ele ter pedido mais bebida, abri um pouco o leque da conversa. Ele não deu mostras de se incomodar. Fiquei sabendo que o pai dele era corretor de cereais e ia todos os dias para seu escritório em Nova

York, na rua Pearl, e que ele, Manuel, estava pensando em montar uma fábrica de aviões. Segundo disse, era um piloto extremamente habilidoso, e passara um ano na fábrica da Fackler, em Buffalo. O pai se comprometera a entrar com o capital necessário, mesmo duvidando do sucesso da empreitada e sendo totalmente cético quanto a aviões. Para Manuel, Larry Barstow dava mostras de ter muito talento na área de projetos de estrutura; esperava conseguir convencê-lo a participar do negócio. Afirmou:

"Claro, no momento Larry não tem condições de discutir o assunto e não quero apressá-lo. Não é para menos. Primeiro a morte repentina do pai, depois a autópsia e seus resultados surpreendentes. A propósito, senhor Goodwin, claro que todos por aqui estão se perguntando como Nero Wolfe — é esse o nome, não? — conseguiu prever aqueles resultados de modo tão fantasticamente detalhado. Anderson, o promotor público, dá a entender que suas próprias fontes de informação contaram a Wolfe — foi o que me disse um dia desses, sentado nessa mesma poltrona em que você está sentado —, mas a verdade é de conhecimento geral. Anteontem, no Green Meadow, só se falava nisso: quem matou Barstow? Como Nero Wolfe descobriu? O que vocês pretendem fazer? Revelar tudo dramaticamente?"

"Talvez. Espero que sim, Kimball. Seja como for, não vamos responder à segunda pergunta antes da primeira. Não, obrigado, para mim chega. Se eu beber mais um pouco, acabo respondendo a qualquer pergunta. E melhor do que estão é que as coisas não vão ficar."

"Então, por favor, tome outro drinque! Naturalmente, como todos, estou curioso. Nero Wolfe deve ser um homem extraordinário."

"Isso eu posso garantir." Inclinei a cabeça para trás para acabar com a bebida que estava no fundo do copo e, com os cubos de gelo apoiados no lábio superior, sorvi as últimas gotas. Num gesto súbito, baixei o copo e o queixo ao mesmo tempo. Era um de meus pequenos truques. Vi o olhar curioso de Manuel Kimball, mas como ele acabara de dizer que era curioso, não se pode dizer que eu fizera uma descoberta sutil. Falei: "Se Nero Wolfe não é extraordinário, Napoleão não passou de sargento. Lamento não poder contar-lhe os segredos dele, mas de alguma forma tenho de merecer o que ele me paga. Nem que for simplesmente mantendo a boca fechada. Aliás...". Consultei o relógio de pulso. "Já deve estar na hora do seu jantar. Você foi muito hospitaleiro, Kimball. Obrigado, por mim e por Nero Wolfe."

"Não por isso. Por mim, não há pressa. Meu pai não vem para casa e não gosto de comer sozinho. Mais tarde vou até o clube para jantar."

"Ah", disse eu. "Seu pai não vem para casa? Isso complica um pouco meus planos. Eu tinha pensado comer alguma coisa em Pleasantville ou em White Plains e depois voltar para bater um papinho com ele. Na verdade, eu ia mesmo pedir-lhe o favor de dizer a ele que pretendia voltar mais tarde para falar com ele."

"Lamento."

"Ele não volta para casa esta noite?"

"Não. Viajou para Chicago na semana passada, a negócios. Você não é o primeiro a se desapontar. Anderson e aquele investigador telegrafam para ele todos os dias, não sei exatamente por quê. Afinal, ele mal conhecia o Barstow. Imagino que não vá voltar por causa dos telegramas, que primeiro vai concluir o que foi fazer. Meu pai é assim. Vai até o fim nas coisas."

"Quando você acha que ele volta?"

"Não sei dizer. Ao viajar, disse que seria lá pelo dia 15."

"Bom, é uma pena. Coisa de rotina, claro, mas todo detetive gostaria de falar com todos os quatro participantes daquela partida, e o tal Corbett pelo jeito é detetive, pelo menos é o que está escrito no cartão dele. E já que você não pode me fazer o favor que eu ia lhe pedir, de dar o recado a seu pai, talvez possa me fazer outro. Coisa de rotina, também. Diga-me onde estava entre dezenove horas e meia-noite na segunda-feira, 5 de junho. Na noite da véspera do enterro de Barstow. Você foi ao enterro? Refiro-me à noite da véspera."

Os olhos negros de Manuel Kimball estavam grudados em mim, concentrados, como os de um homem que tenta se lembrar de alguma coisa. "Fui ao enterro", disse. "É, o enterro foi na terça. Hoje faz uma semana. Ah, já sei.. Acho que... é, tenho certeza. Skinner pode confirmar. Eu estava nas nuvens."

"Nas nuvens?"

Ele balançou a cabeça afirmativamente. "Tenho tentado voar e pousar à noite. Fiz isso algumas vezes em maio e repeti naquela segunda-feira. Skinner pode confirmar, porque me ajudou a decolar e lhe pedi que esperasse até eu voltar para garantir que as luzes estariam em ordem. É uma bela proeza. Muito diferente de voar durante o dia."

"A que horas você decolou?"

"Aí pelas seis. Claro, só escureceu pouco antes das nove, mas eu queria sair antes do crepúsculo."

"E saiu bem antes, mesmo. A que horas voltou?"

"Às dez, dez e pouco. Skinner também pode confirmar; ficamos lidando com o cronômetro até meia-noite."

"E voou sozinho?"

"Completamente." Manuel Kimball sorriu para mim com os lábios, mas tive a impressão de que seus olhos não estavam cooperando. "Você tem de admitir, Goodwin, que estou sendo muito tolerante. Que diabos lhe interessa meu vôo de segunda à noite, ou de qualquer outra noite? Se eu não fosse tão curioso, talvez tivesse razões para ficar um pouco irritado, não acha?"

"Claro." Sorri. "Em seu lugar, eu ficaria irritado. De todo modo, muito obrigado. Rotina, Kimball, é só a maldita rotina." Levantei-me e sacudi uma das pernas para abaixar a barra da calça. "Agradeço muito, muito mesmo. Devia ter imaginado que é mais interessante voar à noite do que de dia."

Educadamente, ele também se levantara. "E é. Mas não há por que me agradecer. Vou ficar famoso por aqui, depois de ter falado com o auxiliar de Nero Wolfe."

Chamou o mordomo gordo para que me trouxesse o chapéu.

Meia hora depois, rodando rumo ao sul pelas curvas da Bronx River Parkway, eu ainda estava com Manuel Kimball na cabeça. Como não havia a menor conexão entre ele e Barstow, ou entre ele e o taco, ou entre ele e todo o resto, só podia ser por que ele me deixava nervoso. E Wolfe ainda dizia que eu não tinha faro para os fenômenos! Tomei a decisão de lembrá-lo de minhas misteriosas desconfianças quanto a Manuel Kimball na primeira vez que ele viesse jogar isso na minha cara. Óbvio, desde que se descobrisse que Manuel era o assassino de Barstow —

o que, devo admitir, naquele momento não parecia muito provável.

Quando cheguei em casa, aí pelas oito e meia, Wolfe terminara de jantar. Eu telefonara da farmácia da Grand Concourse e Fritz tinha, quente no forno, um prato de linguado com seu melhor molho de queijo, mais uma salada de alface e tomate e muito leite geladinho. Considerando-se meu almoço sumário em casa dos Barstow e a hora em que eu estava me sentando para comer, não era tanto assim. Limpei o prato. Fritz disse que era bom me ver de novo ocupado, trabalhando.

Eu disse: "Você tem toda a razão. Se não fosse eu, esse negócio não andava".

Fritz soltou uma risadinha infantil. Ele é o único homem que conheço que solta risadinhas infantis sem despertar suspeitas sobre suas inclinações.

Wolfe estava em sua cadeira no escritório, brincando com moscas. Ele odiava moscas e raramente elas entravam lá, mas de alguma forma duas haviam conseguido e estavam aprontando na mesa dele. Por mais que as detestasse, não conseguia matá-las. Dizia que embora uma mosca viva o irritasse até o limite do ódio, uma mosca morta insultava seu respeito pela dignidade da morte, o que era pior. Em minha opinião, ele tinha era nojo. Seja como for, estava em sua cadeira de mata-moscas na mão, verificando até que ponto podia aproximar o mata-moscas da mosca sem que ela voasse. Quando entrei, ele me passou o mata-moscas e eu acabei com elas e joguei-as no cesto de lixo.

"Obrigado", disse Wolfe. "Esses insetos abomináveis estavam tentando me fazer esquecer que uma das *Dendrobiums Chlorestele* está com dois botões."

"Não! Verdade?"

Ele confirmou. "Aquela na meia-luz. As outras já foram transferidas para lá."

"Ponto para Horstmann."

"É. Quem matou o Barstow?"

Sorri. "Me dê um tempo. Está na ponta da língua... vou me lembrar já, já."

"Você devia ter anotado o nome. Não, acenda só a sua lâmpada. Assim está melhor. Jantou o suficiente? Continue."

O relatório foi um meio-termo: eu não estava orgulhoso dele, mas também não estava envergonhado. Depois que comecei, Wolfe quase não me interrompeu. Ficou sentado como sempre fazia quando eu contava uma história longa: recostado, queixo apoiado no peito, cotovelos nos braços da cadeira, dedos cruzados sobre a barriga, olhos semicerrados mas sempre fixos no meu rosto. Quando eu ia pela metade ele me interrompeu para pedir a Fritz que trouxesse cerveja; depois, com duas garrafas e um copo ao alcance da mão, voltou à posição inicial. Continuei até o fim. Deu meia-noite.

Ele suspirou. Fui até a cozinha buscar um copo de leite. Quando voltei, ele estava beliscando o alto da orelha com cara de sono.

"Você teve algum palpite?", perguntou.

Sentei-me outra vez. "Vago. Muito difuso. A senhora Barstow é assim, meio biruta. Pode ser que tenha matado o marido, pode ser que não, mas claro que não matou Carlo Maffei. Quanto à senhorita Barstow, vá pelo seu próprio palpite. Está fora. O irmão também, quer dizer, quanto a Maffei. Seu álibi para o dia 5 não tem nenhuma brecha, parece a vácuo. O doutor Bradford deve ser uma pessoa muito interessante, eu bem que gostaria de falar com ele uma hora dessas. Quanto a Manuel Kimball, acho pouco provável ele ter matado o Barstow, mas aposto que atropela anjos com aquele avião."

"Por quê? É cruel? Rosna? Não enxerga direito?"

"Não é isso. Mas olhe o nome dele. Ele me deixou nervoso. Tem jeito de espanhol. Qual é a dele, com esse sobrenome, Kimball?"

"Você ainda não falou com o pai dele."

"Eu sei... Claro, a má notícia de que a sacola de tacos nunca esteve no armário do clube me deixou desconcertado, louco para chutar alguma coisa."

"Má notícia? Por que, má notícia?"

"Ora, meu Deus. Achávamos que era só passar o conjunto de sócios do Green Meadow Club pela malha fina... Agora vai ser preciso verificar todos os que passaram pela casa de Barstow na cidade universitária nos últimos nove meses!"

"Ah, não. De forma alguma. Nenhum veneno conhecido exposto ao ar, por exemplo por ter sido esfregado numa agulha, manteria seu poder letal por mais de um dia ou dois. Provavelmente só manteria a eficácia por algumas horas. Depende do veneno."

Ri. "Já ajuda. O que mais você leu?"

"Algumas coisas interessantes. Outras muito maçantes. Ou seja, o novo itinerário da sacola de golfe não é uma má notícia. Seu desaparecimento posterior só nos interessa indiretamente, pois nunca poderíamos esperar encontrar aquele taco. Agora, quem provocou seu desaparecimento, e por quê?"

"É mesmo. Mas, no que nos diz respeito: quem veio aqui lhe pedir para devolver a recompensa antes de recebê-la, e por quê? Já sabíamos que havia alguém naquela família com idéias estranhas."

Wolfe balançou um dedo na minha direção. "É mais fácil reconhecer um estilo a partir de uma frase do que a partir de uma só palavra. Mas, quanto a isso, a retirada da sacola do cenário foi direta, ousada e franca, enquanto a visita a nosso escritório, embora bastante direta, foi simplesmente desesperada."

Eu disse: "Médicos entendem de venenos".

"É. O tal... esse doutor Bradford... é satisfatoriamente franco. Três vezes, hoje, fui informado de que ele estava ocupado e não podia atender ao telefone, e tudo indicava que a situação assim permaneceria. Você pretende recomeçar amanhã?"

Confirmei. "Pensei ir primeiro ao clube, depois ao legista e depois ao consultório do doutor Bradford. Lamento que o velho Kimball tenha viajado; gostaria de ter falado com os quatro participantes da partida. Você acha que Saul Panzer gostaria de fazer uma viagem a Chicago?"

"Custaria cem dólares."

"Não é tanto, quando se pensa em 50 mil..."

Wolfe balançou a cabeça. "Você é um perdulário, Archie. E desnecessariamente minucioso. Vamos primeiro certificar-nos de que não há assassinos em nossa área imediata de ação."

"Tudo bem." Levantei-me e me espreguicei. "Boa noite."

"Boa noite, Archie."

11

Havia um ponto da estrada estadual de onde dava para ver a sede do Green Meadow Club, só que de uma distância considerável; para chegar ao clube saía-se da estrada, passava-se por um bosque e contornava-se uma depressão. A sede tinha seu próprio bosque, no topo de uma colina não muito alta; a um dos lados havia algumas quadras de tênis e uma piscina; o resto do terreno, em todas as direções, era um grande relvado muito liso pontilhado pelas pequenas plataformas onde estavam os buracos e que incluía faixas de areia de vários formatos e tamanhos e tapetes aveludados e viçosos de grama circundando os buracos. Havia dois campos de dezoito buracos cada; o jogo dos Barstow começara no campo norte, o mais extenso.

O profissional de golfe — o tal que jantara com Wolfe segunda-feira à noite — ainda não estava lá quando cheguei; como só chegaria depois das onze, a única referência que me restou foi o administrador que atendera ao telefonema de Larry Barstow na tarde anterior. Ele foi acolhedor, e me apresentou ao chefe dos carregadores. Dois dos carregadores com quem eu queria falar não trabalhavam em dias de semana: eram estudantes e as férias ainda não haviam começado. Os outros dois estavam nos campos, acompanhando as partidas da manhã. Xeretei por lá durante uma hora em busca de pessoas que valessem uma página do caderno, mas no que diz respeito a informações concretas, elas foram tão úteis quanto um bando de esquimós. Entrei no carro e fui para White Plains.

O escritório do legista ficava no mesmo prédio do de Anderson, onde eu estivera seis dias antes tentando fazer a aposta de Wolfe; quando passei pela porta em que estava escrito *Promotor Público* no vidro, mostrei a língua para ela. O legista-chefe não estava, mas por sorte havia um médico assinando papéis e fora ele quem fizera a autópsia em Barstow. Antes de sair de casa naquela manhã eu telefonara para Sarah Barstow, e agora o médico me contava que recebera um telefonema de Larry Barstow e fora informado de que eu faria uma visita ao escritório do legista como representante da família Barstow. Pensei comigo que, antes da conclusão do caso, aquele moleque Barstow ainda haveria de trocar o pneu furado do meu carro.

Mas saí de lá de mãos vazias. Tudo o que o médico me disse eu já lera três dias antes nos jornais, exceto um punhado de termos médicos que os mesmos jornais não haviam tentado publicar por temor a uma greve do pessoal da composição. Não é que eu despreze os termos técnicos: sei que muitas coisas não podem ser ditas de outra maneira, mas a longa explanação do médico poderia ser reduzida ao seguinte: não havia nada de conclusivo sobre o veneno que matara Barstow porque ninguém conseguira analisá-lo. Alguns tecidos haviam sido mandados para um laboratório em Nova York, mas o relatório ainda não chegara. A agulha fora levada pelo promotor público e provavelmente estava sendo testada em algum outro local.

"Seja como for", falei, "não há a menor possibilidade de ele ter morrido de velhice ou outra coisa qualquer, certo? Foi mesmo envenenado. Morreu de morte violenta."

Ele confirmou. "Sem dúvida. A morte resultou de uma coisa extremamente virulenta. A hemólise..."

"Certo. Cá entre nós, o que o senhor acha de um médico que examina um homem que acabou de morrer daquele jeito e diz que foi trombose coronária?"

O médico entesou como se ele próprio acabasse de ser tomado por rigidez cadavérica galopante. "Isso não cabe a mim decidir, senhor Goodwin."

"Não lhe pedi que decidisse nada, só pedi sua opinião."

"Não tenho opinião sobre o assunto."

"Ou seja, tem, só que vai guardá-la como lembrancinha da minha pessoa. Tudo bem. Muito obrigado."

Ao sair do prédio, tive a idéia de passar no escritório de Derwin para pedir o telefone de Ben Cook ou outra provocação do tipo, mas minha cabeça estava fervendo. Quando voltei para o Green Meadow Club era quase meio-dia e eu já chegara à conclusão de que a vida não valeria a pena ser vivida enquanto eu não tivesse o prazer de falar com o dr. Bradford.

Os dois carregadores estavam na sede. Depois que o chefe deles nos apresentou, fizemos um trato: eu compraria sanduíches — dois para cada um —, bananas, sorvete e cerveja sem álcool, iríamos para debaixo de uma árvore, comeríamos, beberíamos e seríamos felizes, contanto que eles não esperassem que eu pagasse pelo tempo que iam perder. Eles toparam na hora e, depois de reunir as provisões, escolhemos uma árvore.

Um deles, um garoto magricela e pálido de cabelo castanho, fora o carregador de Manuel Kimball; o outro ficara com Peter Oliver Barstow. O segundo era um rapaz atarracado de olhos castanhos-vivos e muitas sardas; seu nome era Mike Allen. Depois que nos acomodamos debaixo da árvore, antes da primeira mordida, ele falou:

"Sabe, senhor, nós não somos pagos."

"Como assim? Vocês trabalham para se distrair?"

"Não somos pagos o tempo todo, só quando estamos acompanhando uma partida. Não estamos perdendo tempo nenhum, agora. De todo jeito só há partidas depois do almoço."

"Ah. Não diga. Você é honesto demais! Se não tomar cuidado, vai acabar arrumando um emprego num banco. Vamos, coma seu sanduíche."

Enquanto mastigávamos, conduzi a conversa para Barstow e seus três parceiros de jogo. Do jeito que eles matraquearam, foi fácil perceber que já haviam repassado o assunto pelo menos umas mil vezes, com Anderson e, é claro, Corbett, e também com os outros carregadores, a família e os amigos de casa. Eram desembaraçados e tinham resposta pronta para os menores detalhes, por isso era inútil tentar obter algum dado novo com eles, pois haviam descrito a cena tantas vezes que agora faziam isso de olhos fechados. Não que eu realmente esperasse alguma coisa, mas aprendera com Wolfe que o canto onde não bate luz é o canto para onde a moeda rola. Não houve variação digna de nota em relação às versões fornecidas por Larry Barstow e Manuel Kimball. Quando os sanduíches e as outras coisas acabaram, vi que não havia mais nada para tirar do magricela pálido e mandei-o de volta para seu chefe. Segurei o troncudo Mike um pouco mais e ficamos lá sentados debaixo da árvore. Ele fora o carregador de Barstow e, além disso, pareceu-me que tinha bom senso e que talvez tivesse reparado em alguma coisa — por exemplo em como o dr. Bradford agira ao chegar ao local, no quarto buraco. Mas não deu certo. Ele só se lembrava de que o médico estava sem fôlego por ter corrido até lá e que, ao levantar-se, depois de examinar Barstow, estava pálido e calmo.

Perguntei sobre a sacola de tacos. Não havia a menor incerteza nele quanto a isso: ele a depositara na parte da frente do carro de Barstow, apoiada no banco dianteiro.

Falei: "Pense, Mike: você estava muito agitado. Numa hora assim, todo mundo fica. Há alguma possibilidade de você ter posto a sacola em algum outro carro?".

"Não, senhor. De jeito nenhum. Não tinha outro carro lá."

"Talvez você tenha guardado a sacola de alguma outra pessoa."

"Não, senhor. Não sou burro. Todo carregador se acostuma a olhar as cabeças dos tacos para ter certeza de que não falta nenhum, e foi o que eu fiz, depois de encostar a sacola no banco. Lembro que todas as cabeças novas estavam lá."

"Cabeças novas?"

"Claro, elas eram todas novas."

"Novas por quê? Barstow tinha trocado as cabeças dos tacos?"

"Não, os tacos eram novos. Era a sacola de tacos nova, que ele tinha ganhado da esposa."

"É mesmo?!"

"Claro."

Eu não queria assustá-lo; peguei um pedaço de capim e fiquei mascando. "Como você sabe que ele ganhou da esposa?"

"Ele me contou."

"Por que ele ia lhe contar uma coisa dessas?"

"Bom, quando eu apareci ele apertou minha mão e disse que estava feliz por me ver de novo. Claro, ele foi uma das minhas crias no ano passado..."

"Pelo amor de Deus, Mike, espere um minuto. O que você quer dizer com uma de suas crias?"

O garoto sorriu. "É assim que chamamos os caras que gostam da gente e não aceitam nenhum outro carregador. Dizemos que são nossas crias."

"Entendi. Continue."

"Daí ele disse que estava feliz por me ver de novo, e quando peguei a sacola vi que estava cheia de Hendersons genuínos, novinhos, e ele disse que estava feliz por eu admirar os tacos novos que a mulher tinha dado para ele como presente de aniversário."

Ainda havia sobrado algumas bananas. Dei uma a ele, e ele começou a descascá-la. Fiquei observando. Depois de um minuto, perguntei:

"Você sabia que Barstow foi morto por uma agulha envenenada disparada de dentro do cabo de um taco de golfe?"

Ele estava de boca cheia. Primeiro engoliu a maior parte, depois respondeu: "Sei que é isso o que andam falando".

"Por quê? Não acredita?"

Mike balançou a cabeça. "Vão ter de me mostrar."

"Por quê?"

"Bom..." Ele deu outra mordida e engoliu. "Não acredito que seja possível fazer isso. Já mexi num monte de tacos de golfe. Não acredito, só isso."

Sorri para ele. "Você é um cético, Mike. Sabe o que o meu chefe diz? Ele diz que o ceticismo pode ser um bom cão de guarda se você souber quando soltá-lo da corrente. Acho que você não sabe quando foi o aniversário de Barstow, sabe?"

Ele não sabia. Comecei a tentar pescar mais alguma coisa aqui e ali, mas pelo jeito não havia mais peixe para mim naquele lago. Além disso, a hora do almoço acabara, os jogadores da tarde haviam começado a chegar, e vi que Mike estava com um olho no banco dos carregadores e começava a perder o interesse por mim. Antes de eu ter tempo de recolher as coisas e declarar o piquenique encerrado, ele se antecipou. Ficou em pé num pulo rápido, daqueles que só pernas jovens dão, e me disse, apressado: "Permita, senhor, aquele sujeito é cria minha". E foi embora.

Recolhi os papéis e as cascas de banana e voltei para a sede. Havia muito mais gente naquela hora do que quando eu havia chegado pela manhã, e acabei tendo de pedir a um funcionário que localizasse o administrador, que eu não via em lugar nenhum. Ele estava ocupado, mas arranjou tempo para me mostrar onde ficava a biblioteca e me dizer para ficar à vontade. Examinei as prateleiras e num instante localizei o que queria, o volume grosso e vermelho do *Quem é quem*. Abri no verbete que já lera no escritório de Wolfe: *BARSTOW, Peter Oliver, escritor, educador, físico; n.Chatham, Illinois, 9 de abril de 1875...*

Recoloquei o livro na estante e fui para o salão, onde havia telefones públicos, e telefonei para Sarah Barstow perguntando se podia passar por lá para falar com ela um minuto. Eram só alguns quilômetros fora de meu caminho de volta a Nova York, e achei que não havia razão para não resolver já aquele pequeno detalhe. Ao passar pela varanda do clube a caminho do carro, encontrei Manuel Kimball. Estava com algumas pessoas, mas ao me ver cumprimentou-me com um movimento de cabeça e eu retribuí, e deu para adivinhar o que ele estava dizendo para as pessoas que estavam com ele porque, depois que passei, elas se viraram para me olhar.

Dez minutos depois, eu entrava na propriedade dos Barstow.

Small me conduziu a uma sala na frente em que eu não estivera na véspera. Pouco depois, Sarah Barstow entrou. Estava pálida e tinha uma expressão determinada no rosto. Percebi que, com meu telefonema, eu a assustara mais um pouco, sem querer. Eu devia ter dado alguma explicação ao telefone; não gosto de puxar rabo de cachorro quando há outro jeito de resolver as coisas.

Levantei-me. Ela não se sentou.

"Só vou lhe tomar um minuto", falei. "Não viria perturbá-la se não tivesse descoberto uma coisa que me deixou curioso. Diga-me, por favor, o aniversário de seu pai foi no dia 9 de abril?"

Ela parecia meio sufocada. Respondeu com um movimento afirmativo da cabeça.

"Sua mãe deu a ele de presente uma sacola de tacos de golfe?"

"Oh!", exclamou ela, e apoiou a mão no encosto de uma cadeira.

"Ouça, senhorita Barstow. Anime-se. Acho que sabe que Nero Wolfe não mentiria para você; e, enquanto ele estiver me pagando, pode me considerar um Nero Wolfe. Podemos até fazer perguntas espertas, mas não lhe contaríamos mentiras premeditadas. Se por acaso lhe passou pela cabeça que o taco que matou seu pai já estava na sacola quando sua mãe a deu de presente para ele, esqueça. Temos razões para saber que não foi assim. Impossível."

Ela simplesmente ficou olhando para mim, mexendo os lábios sem abri-los. Não acredito que conseguisse ficar de pé sem se apoiar na cadeira. Estava firmemente agarrada nela.

Eu disse: "Talvez eu esteja lhe contando uma novidade, talvez não. Mas vim lhe contar assim que descobri, e estou lhe contando da forma mais direta possível. Se for de alguma ajuda, bom proveito, mas que tal uma mão lavar a outra? Eu também gostaria de receber alguma ajuda. Era isso o que estava consumindo você, esse presente de aniversário? Essa era a razão de toda aquela enrolação?".

Ela finalmente fez a língua funcionar, mas só para dizer: "Não creio que o senhor mentisse para mim. Seria cruel demais".

"Não mentiria. Mas mesmo que mentisse, agora que já estou informado sobre o presente de aniversário, que tal você responder a minha pergunta sem ter um ataque? Era isso o que estava consumindo você?"

"Era", disse ela. "Isso... e... é, era isso."

"O que mais?"

"Nada. Minha mãe..."

"Claro." Balancei a cabeça. "Sua mãe às vezes ficava esquisita, com umas idéias sobre seu pai, e deu a ele uma sacola de golfe como presente de aniversário. Que mais?"

"Nada." Ela tirou a mão da cadeira, mas colocou-a de volta. "Senhor Goodwin, acho que vou me sentar."

Peguei-a pelo braço, puxei a cadeira com o pé e amparei-a até que se sentasse. Ela fechou os olhos. Esperei até ela abri-los de novo.

"O senhor tem razão", ela disse. "É melhor eu me recuperar. Não estou bem. A tensão tem sido muito grande. Não só agora, mas faz muito tempo. Sempre achei minha mãe uma mulher maravilhosa, ainda acho, sei que é. Mas tudo isso é tão desagradável! O doutor Bradford disse que acha que agora que papai morreu, mamãe vai ficar completamente curada e que nunca mais vai ter nenhum... problema. Mas, por mais que eu ame minha mãe, o preço é muito alto. Acho que estaríamos melhor sem a psicologia moderna: tudo o que ela nos diz é tão desagradável. Foi por sugestão de meu pai que estudei psicologia."

"Seja como for, uma coisa você já pode tirar da cabeça."

"É. Ainda não registrei, mas sei que vai fazer diferença. Eu devia lhe agradecer, senhor Goodwin, desculpe. O senhor está dizendo que minha mãe não teve nada... que não poderia..."

"Eu disse que o taco que matou seu pai não estava em lugar nenhum no dia 9 de abril. Ele só passou a existir pelo menos um mês depois."

"O senhor tem absoluta certeza?"

"Absoluta."

"Bom. É um bom acordo, afinal." Ela tentou sorrir para mim e admirei sua coragem, pois era fácil perceber que ela estava tão perto de se livrar de suas preocupações, angústias e insônias quanto Jó de dar uma gargalhada. Qualquer pessoa com um mínimo de decência teria se levantado e deixado a moça em paz com a boa notícia que eu lhe levara; mas negócios são negócios, e não teria sido correto deixar de aproveitar a ocasião, com ela desarmada daquele jeito, podendo revelar algum detalhe essencial. Fui em frente.

"Você não acha que poderia me dizer quem pegou a sacola do carro e onde ela está agora — agora que sabemos que o taco em questão não é o mesmo que estava dentro da sacola quando sua mãe a deu a ele?"

Ela disse sem hesitar: "Small tirou-o do carro".

Meu coração pulou do jeito que pulava quando Wolfe fazia boca de assobio. Ela ia entregar o ouro! Continuei perguntando, sem dar-lhe tempo de pensar: "Para onde ele a levou?".

"Lá para cima. Para o quarto de papai."

"Quem a tirou de lá?"

"Eu tirei. Sábado à noite, depois que o senhor Anderson veio aqui. Foi no domingo que os homens revistaram a casa para tentar achá-la."

"Onde você pôs a sacola?"

"Fui de carro até Tarrytown, entrei na balsa e joguei-a no meio do rio. Enchi-a de pedras."

"Foi sorte sua ninguém tê-la seguido. É claro que você examinou o taco. Separou-o dos outros?"

"Não examinei. Estava... com pressa."

"Não examinou? Quer dizer que nem o tirou da sacola para dar uma olhada?"

"Não."

Olhei surpreso para ela. "Está aí uma coisa que eu jamais imaginaria. Não acredito que você seja tão tola. Você está me enrolando."

"Não. Não, não estou, senhor Goodwin."

Eu continuava surpreso. "Quer dizer que realmente fez o que está dizendo? Que não deu nem uma olhada no taco?! Ah, as mulheres!! E o que seu irmão e Bradford estavam fazendo? Jogando bilhar?"

Ela balançou a cabeça. "Eles não tiveram nada a ver com isso."

"E por que, então, Bradford acha que agora que seu pai morreu sua mãe vai melhorar?"

"Sei lá! Se essa é a opinião dele..." Ela parou de falar. A menção à mãe fora um erro, ela ficou triste de novo. Um minuto depois ela olhou para mim e pela primeira vez vi lágrimas em seus olhos. Duas gotinhas penduradas. "O senhor queria uma mão lavando a outra, senhor Goodwin. Já fiz minha parte."

Alguma coisa nela, talvez as lágrimas, fazia com que parecesse uma criança tentando ser corajosa. Estendi o braço, dei uma pancadinha em seu ombro e disse:

"Você joga limpo, senhorita Barstow. Vou deixá-la em paz."

Fui para o vestíbulo, peguei o chapéu e saí.

MAS, pensei, rodando uma vez mais rumo ao sul. Um monte de *MAS*. Um de meus problemas era que, por mais que respeitasse o sentimento de devoção filial e gostasse de Sarah Barstow, teria sido uma satisfação tê-la de bruços sobre meus joelhos, levantar sua saia e aplicar-lhe umas boas palmadas por não ter dado uma olhada naquele taco. Tinha de acreditar nela — e acreditava. Não era invenção, o que ela me contara. Agora o taco tinha levado sumiço para todo o sempre. Com muita sorte e paciência seria possível pescá-lo do fundo do rio, mas a operação custaria mais dinheiro do que Wolfe estaria disposto a gastar. Era simplesmente adeus, taco. Quando passei por White Plains, tive a tentação de sair da estrada, passar pelo escritório da promotoria e dizer a Anderson: "Aposto dez dólares que a sacola com o taco que matou Barstow está no fundo do rio Hudson, entre Tarrytown e Nyack". Até que não teria sido má idéia, quem sabe ele mandava uns barcos em busca da sacola... Só que, pelo rumo que tomaram as coisas, foi melhor eu não ter cedido à tentação.

Inicialmente, meu plano era voltar para Nova York por outra estrada, a Blueberry Road, e, só por curiosidade, dar uma olhada no local onde o corpo de Carlo Maffei fora encontrado. Não que esperasse descobrir que o assassino havia deixado o alfinete da gravata ou a placa do carro jogados por lá: só achava que dar uma olhada num lugar não tira pedaço. Mas a visita a Sarah Barstow tomara um tempo, e eu ainda queria dar uma volta pelo centro. Por isso peguei o caminho mais curto.

Na Park Avenue, parei numa loja de conveniência e liguei para Wolfe. Ele telefonara de novo para o consultório de Bradford, por volta das onze e meia, só para ouvir a mesma desculpa: Bradford estava muito ocupado, não podia atender. Me passou a bola. Pensei comigo mesmo: se ele está ocupado agora, vai ter de ficar muito mais, até encerrarmos o assunto com ele. Em menos de dez minutos, estava na rua 69. Virei a esquina e estacionei.

O dr. Nathaniel Bradford tinha um consultório e tanto, sem dúvida. O vestíbulo era suficientemente largo para comportar uma fileira de samambaias brasileiras de cada lado, e a sala de espera era ampla e majestática. Os lustres, tapetes, quadros e poltronas deixavam claro, sem ostentação, que tudo o que era feito naquele lugar era de alto nível, inclusive as cifras nas contas dos pacientes. Mas as poltronas estavam todas vazias. A garota de uniforme branco engomado sentada a uma mesinha num canto me informou que o dr. Bradford não estava. Pareceu surpresa por eu não estar informado disso, mais ou menos como se eu não soubesse que o Central Park começa na rua 59. Perguntou se eu já fora paciente dele, depois disse que o doutor nunca chegava ao consultório antes das quatro e meia da tarde, e que só atendia com hora marcada. Quando eu disse que era exatamente por isso que desejava falar com ele, ou seja, para marcar uma consulta, ela ergueu as sobrancelhas. Voltei para a rua.

De início pensei em dar uma volta para fazer tempo, mas mal passava das três. Fui sentar no carro e deixei a cabeça dar uma volta para ver se encontrava alguma boa idéia para passar o tempo. Em poucos minutos ela encontrou uma idéia excelente. Fui a um restaurante da Park Avenue dar uma olhada na lista telefônica, depois voltei para o carro, dei a partida e segui pela rua 69, virando na Quinta Avenida na direção do centro. Na rua 41, tomei o rumo leste.

Como sempre, os carros estacionados ao longo da calçada estavam pára-choque com pára-choque; só consegui parar pouco antes da Terceira Avenida. Voltei andando uma distância de quase dois quarteirões e constatei que o número que procurava era de um desses novos prédios comerciais com mais de um quilômetro de altura. De acordo com a lista telefônica, meu lance era no vigésimo andar. O elevador-bólido subiu e, numa porta no final do corredor, achei o que buscava: *Boletim Médico Municipal.*

Na recepção havia um rapaz, não uma garota, o que era bom para variar um pouco. Falei: "Gostaria de lhe pedir um favor, se não estiver muito ocupado. Você teria algum registro dos eventos realizados por associações médicas da cidade no dia 5 de junho?".

Ele sorriu. "Deus sabe que não estou ocupado. Sim, senhor, temos, sim. Claro. Só um minuto. Cinco de junho?"

Foi até uma pilha de revistas numa prateleira e pegou a que estava em cima. "Este é nosso último número, deve estar aqui." Começou a folhear as páginas e parou mais ou menos no meio. Esperei. "Lamento, nada no dia 5... Ah, sim, aqui está. A maioria das grandes reuniões vêm no fim. No dia 5 a Sociedade Neurológica de Nova York se reuniu no Knickerbocker Hotel."

Perguntei se podia dar uma olhada e ele me passou a revista. Li o parágrafo. "Entendo. Isto é uma convocação para a reunião. Evidentemente, publicada antes da realização da reunião. Você teria alguma coisa posterior? Um relatório, um sumário..."

Ele balançou a cabeça. "Deve sair em nosso próximo número. Mas os jornais diários devem ter noticiado."

"Talvez. Ainda não verifiquei. O que estou procurando é um relato sobre o trabalho apresentado pelo doutor Bradford. Na realidade, só quero me certificar de que ele compareceu à reunião. Será que você saberia me dizer?"

Ele não sabia. "Mas se só quer saber se ele compareceu, por que não pergunta a ele?"

Sorri. "Não quero incomodá-lo. Mas, claro, é muito simples: casualmente eu ia passando e tive a idéia de vir até aqui para economizar tempo."

Ele disse: "Espere um minuto", e desapareceu por uma porta. Não demorou mais do que o tal minuto. Quando voltou, disse: "Segundo o senhor Elliot, o doutor Bradford estava na reunião e apresentou seu trabalho".

Elliot, disse ele, era o editor do *Boletim*. Perguntei se podia falar com ele. O rapaz desapareceu de novo pela porta e algum tempo depois reapareceu na companhia de um homem grandalhão de rosto vermelho em mangas de camisa. Um desses tipos rudes e animados. "O que há? Qual é o problema?"

Expliquei. Ele enxugou a testa com um lenço e disse que comparecera à reunião e que o dr. Bradford apresentara seu brilhante trabalho e fora muito aplaudido. Ele o estava transcrevendo para o número de agosto do *Boletim*. Interroguei-o e ele respondeu sem criar caso. Sim, estava se referindo ao dr. Bradford cujo consultório ficava na rua 69. Conhecia-o havia anos. Não sabia dizer a que horas Bradford chegara ao hotel, mas fora uma reunião com jantar, e ele vira Bradford sentado à mesa às sete horas e apresentando sua palestra às dez e meia.

Acho que saí sem agradecer. No caminho de volta, ia aborrecido. Claro que o aborrecimento era com Bradford. Que diabos ele estava fazendo numa reunião apresentando um trabalho sobre neurologia, quando eu já o posicionara na comarca de Westchester enterrando uma faca em Carlo Maffei?

Acho que seria preciso bem um ano para eu conseguir ser apresentado ao dr. Nathaniel Bradford, não fosse meu mau humor ao voltar a seu consultório. Dessa vez havia dois pacientes esperando. O doutor se encontrava. Pedi à recepcionista um pedaço de papel, sentei-me e, usando uma revista como apoio, escrevi:

> *Dr. Bradford: nestes últimos dias estive convencido de que o senhor era um assassino, mas agora sei que é apenas um velho tolo. O mesmo se aplica à sra. Barstow e ao filho e à filha dela. Só preciso de três minutos para lhe dizer como sei.*
>
> *Archie Goodwin,*
> *da parte de Nero Wolfe*

Os dois pacientes haviam sido atendidos e outros haviam chegado; me aproximei da garota e lhe disse que era o próximo. Ela ficou irritada e começou a me explicar o significado de "hora marcada". Eu disse:

"Não ia acontecer nada se você simplesmente entregasse este bilhete a ele. Juro, é coisa urgente. Tenha piedade. Tenho uma irmã, lá em casa. Não leia o bilhete porque ele contém um palavrão."

Ela fez cara de nojo, mas pegou o bilhete e entrou pela porta em que os pacientes haviam entrado. Algum tempo depois voltou e, de pé junto à porta, disse meu nome. Levei o chapéu porque houvera tempo suficiente para chamar a polícia.

Uma olhada para o dr. Bradford bastou para me mostrar que eu desperdiçara um monte de suspeitas agradáveis que poderiam ter sido evitadas se eu o tivesse avistado em algum lugar. Era alto, sério e correto, o tipo de cavalheiro de antigamente, e usava costeletas! Talvez tenha havido uma época histórica em que um sujeito que usasse costeletas podia sacar de uma faca e enterrá-la nas costas de alguém, mas isso foi há muito tempo. Hoje, isso não seria possível. As costeletas de Bradford eram grisalhas, tal como seu cabelo. Para falar a verdade, depois de minha visita à rua 41 seu álibi para o dia 5 de junho era tão perfeito que eu estava decidido a tentar achar um furo nele — isso até o momento em que olhei para ele.

Me aproximei dele, que estava sentado à escrivaninha, e fiquei lá parado. Enquanto a porta não se fechou atrás da garota, ele ficou só olhando para mim. Depois disse:

"Seu nome é Goodwin. Fora isso, você é algum gênio?"

"Sou, sim." Sorri. "Puxei a Nero Wolfe. Certo, lembro-me de que Wolfe disse à senhorita Barstow que era um gênio — e é claro que ela lhe contou. Talvez o senhor tenha achado que era piada..."

"Não. Mantenho a mente aberta. Mas, seja você um gênio, seja apenas um tolo impertinente, não posso deixar meus pacientes esperando por sua causa. O que é esse bilhete que você me mandou, uma isca? Você tem três minutos para justificá-lo."

"Dá e sobra. Vou expor as coisas da seguinte maneira: Nero Wolfe descobriu certos fatos. Com base nesses fatos, chegou a certa conclusão quando à causa e à maneira da morte de Barstow. Quando a autópsia corroborou sua conclusão, corroborou ao mesmo tempo os fatos que ele descobrira, ou seja, tornou-os parte integrante do quadro, e, seja quem for que matou Barstow, tem de se enquadrar nesses fatos. Bem, os Barstow não se enquadram, nenhum deles. O senhor também não. O senhor é um tiro na água."

"Continue."

"Continuar?"

"O senhor fez uma boa declaração genérica. Especifique."

"Ah, não." Balancei a cabeça. "Não é assim que nós, gênios, funcionamos, o senhor não pode simplesmente nos sacudir como quem esvazia um saco de amendoim. Em primeiro lugar, ia demorar muito mais do que três minutos. Em segundo, o que o senhor espera, a troco de nada? O senhor tem peito. Acontece uma coisa que o deixa num estado tal que o senhor não consegue distinguir trombose coronária de ataque epiléptico, e que o mantém tão nervoso durante vários dias que o senhor tem medo até de atender o telefone, e tudo bem que o senhor Nero Wolfe gaste seu tempo e dinheiro dissipando as nuvens para o senhor e ligando o sol, contanto que não o aborreça, não é? Tive de lhe mandar um bilhetinho maroto só para ter a honra de admirar suas costeletas. O senhor tem peito."

"Que diabo." O dr. Bradford estava praguejando. "Sua indignação é eloqüente e pitoresca, mas nada demonstra além de indignação." Olhou o relógio. "Não preciso dizer-lhe, senhor Goodwin, que estou tremendamente interessado. E embora continue a considerar a vocação de arrancar escândalos de cemitérios como método especialmente vil de ganhar a vida, certamente ficarei muito grato ao senhor e a Nero Wolfe se a afirmação genérica que o senhor fez há pouco puder ser fundamentada. O senhor pode voltar aqui às seis e meia?"

Fiz que não com a cabeça. "Sou apenas um mensageiro. Nero Wolfe janta às sete horas. Mora na rua 35 Oeste. Ele o convida para jantar esta noite. O senhor aceita?"

"Não, certamente não."

"Tudo bem. Isso é tudo." Eu estava cheio daquele velho poste com musgo e tudo. "Se o senhor ficar com urticária de tanta curiosidade, não nos culpe. Realmente não precisamos de nada que o senhor possa ter, só gostamos de ir arrumando as coisas à medida que avançamos. Meus três minutos acabaram."

Virei-me para sair. Sem pressa, mas cheguei a pôr a mão na maçaneta.

"Senhor Goodwin."

Mantive a mão na maçaneta e virei a cabeça para ele.

"Aceito o convite do senhor Wolfe. Estarei lá às sete".

Eu disse: "Ok, deixo o endereço com a recepcionista." E saí.

12

Me aconteceu de perguntar-me quantas pessoas haveria em Nova York a quem Nero Wolfe pudesse pedir dinheiro emprestado. Acho que mais de mil. E isso sendo bastante conservador em minha reflexão. É claro que havia um número muito maior de pessoas gratas a ele, e um número equivalente com razões para odiá-lo, mas um homem tem de ter determinada atitude em relação a você para você poder chegar para ele e pedir um empréstimo e obter algo mais substancial do que uma cara feia e uma desculpa esfarrapada em troca do esforço: uma mistura de confiança e boa vontade, além de gratidão sem sentimento de dever a torná-la desagradável. No mínimo, mil. Não que Nero Wolfe alguma vez tenha se beneficiado disso. Lembro-me de que há alguns anos passamos um tempo completamente duros, e fiz uma sugestão com respeito a um multimilionário que não devia grande coisa a Wolfe além da própria vida. Wolfe nem pensou no assunto: "Não, Archie, pelas leis da natureza, quando se supera determinada inércia o impulso decorrente é proporcional. Se eu fosse sair por aí pedindo dinheiro emprestado, acabaria inventando um jeito de convencer o Secretário do Tesouro a me emprestar a reserva nacional de ouro". Respondi que, do jeito que as coisas iam, bem que a gente podia usar a reserva e um pouco mais, mas ele não me deu ouvidos.

Depois do jantar, naquela noite de quarta-feira, eu poderia acrescentar o dr. Nathaniel Bradford a meu cômputo de mil. Wolfe o conquistou, como sempre fazia quando se dava ao trabalho. Entre seis e sete, antes de Bradford chegar, fiz um relatório resumindo os eventos do dia, e na mesa do jantar percebi imediatamente que Wolfe estava de acordo comigo quanto a eliminar o dr. Bradford da lista de suspeitos. Wolfe estava agradável e informal e, de acordo com minhas observações, ele sempre mantinha uma atitude formal com as pessoas que visse como possíveis candidatos a ir para a frigideira em Sing Sing ou para uma cela em Auburn, com Wolfe fornecendo o bilhete de ida.

Durante o jantar os dois falaram sobre rochas ornamentais de jardim, economia e o Partido Democrata. Wolfe bebeu três garrafas de cerveja e Bradford uma de vinho; quanto a mim, fiquei no leite, mas já tomara uma dose de uísque antes, no quarto. Eu relatara a Wolfe a observação de Bradford sobre a vileza de nossa vocação, acrescentando minha opinião sobre Bradford. Wolfe dissera: "Deixe para lá, Archie! Ressentimento pessoal em decorrência de uma afirmação genérica é um resquício bárbaro de superstição fetichista". E eu dissera: "Eis mais uma de suas observações espirituosas que não querem dizer absolutamente nada". E ele retrucara: "Não! Abomino observações sem sentido. Se um homem constrói um boneco, veste roupas nele e o pinta de modo a que externamente fique muito parecido com você, depois dá uma bofetada na cara do boneco, por acaso seu nariz sangra?". E eu disse: "Não, mas o dele vai estar sangrando poucos minutos depois". Wolfe suspirara enquanto eu ria. "Pelo menos você entendeu que minha observação não foi sem sentido."

No escritório, depois do jantar, Wolfe disse a Bradford que havia coisas que gostaria de perguntar-lhe, mas que começaria contando-lhe coisas. Fez um relatório completo: Maffei, o jornal recortado, a pergunta sobre o taco de golfe que fizera Anna Fiore engasgar, a partida com Anderson, a carta contendo cem dólares que Anna recebera. Contou tudo sem rodeios, em minúcias, depois disse: "Pronto, doutor. Não lhe pedi promessas antecipadas, mas agora peço que mantenha tudo o que eu lhe disse em segredo. Peço-o em meu próprio interesse. Eu gostaria de ganhar 50 mil dólares".

Bradford ficou tocado. Ainda estava tentando entender Wolfe, mas já não alimentava idéias persecutórias e o vinho o estava fazendo ver Wolfe como um velho amigo. Disse: "É uma história notável. Notável. Claro que não a mencionarei a ninguém, e aprecio sua confiança. Não posso dizer que tenha assimilado todas as implicações, mas posso perceber que revelar a verdade sobre Barstow foi parte necessária do esforço para encontrar o assassino do tal Maffei. E percebo que o senhor aliviou Sarah e Larry Barstow de um fardo intolerável de medo, e a mim mesmo de uma responsabilidade que estava ficando maior do que eu esperava. Acredite, sou-lhe grato por isso".

Wolfe concordou. "Sem dúvida, há sutilezas. É natural que algumas escapem a sua percepção. Na realidade, apenas provamos que nenhum de vocês quatro — a senhora Barstow, o filho, a filha e o senhor — matou Carlo Maffei, e que o taco fatal não estava na sacola de tacos no dia 9 de abril. Ainda existe a possibilidade de que um de vocês, ou todos em conluio, tenha matado Barstow. Essa teoria só depende de que um parceiro tenha eliminado Maffei."

Bradford, que de repente se mostrava um pouco menos tocado, arregalou os olhos. Mas a surpresa logo se dissipou e ele ficou de novo à vontade. "Ora bolas! O senhor não pode acreditar nisso." Em seguida seus olhos se arregalaram de novo. "Mas, na verdade, por que o senhor não haveria de acreditar nisso?"

"Chegaremos lá. Antes permita-me perguntar, o senhor acha que minha franqueza merece franqueza semelhante de sua parte?"

"Acho."

"Então me diga, por exemplo, quando e como a senhora Barstow atentou, antes, contra a vida do marido."

Era engraçado observar Bradford. Ficou surpreso, logo depois rígido e quieto, mas aí percebeu que estava entregando o ouro e tentou revestir a fisionomia de espanto. Depois disso tudo, disse: "O que o senhor quer dizer? Isso é ridículo!".

Wolfe balançou o dedo para ele. "Calma, doutor. Peço-lhe que não imagine que estou fazendo jogo sujo. Estou apenas atrás de fatos que se encaixem em minhas conclusões. Vejo que seria melhor que primeiro eu lhe contasse por que eliminei da cabeça a possibilidade de que o senhor ou os Barstow fossem culpados. Sinto que essa culpa não existe. Só isso. Claro, posso racionalizar minha impressão, ou a falta dela. Considere o contexto: esposa, filho ou filha trama o assassinato do marido ou pai com muita deliberação, esperteza e paciência. A preparação do instrumento, demorada e complexa... No caso de ser a esposa ou a filha, foi necessária a participação de um cúmplice para matar Maffei. No caso de ser o filho, idem, visto que não foi ele quem cometeu o crime. Archie Goodwin foi até lá, e não teria conseguido ficar horas a fio naquela casa sem sentir o odor maléfico que possivelmente haveria, e traria tal odor até mim. O senhor também precisaria de um cúmplice para Maffei. Passei uma noite com o senhor. Embora o senhor possa cometer um assassinato, não o faria daquela forma, e não confiaria em nenhum tipo de cúmplice. Essa é a racionalização; mas o sentimento é que é importante."

"Então por que..."

"Não, permita que eu continue. O senhor, um observador qualificado e competente, atestou um ataque cardíaco quando a evidência em contrário deve ter sido inconfundível. Essa é uma conduta arriscada para um médico respeitável. É claro que o senhor estava protegendo alguém. O depoimento da senhorita Barstow indicou quem é essa pessoa. Ou seja, ao constatar a morte de Barstow o senhor deve ter imediatamente imaginado que a esposa o matara, e não chegaria a uma conclusão chocante como essa sem um bom motivo, por certo não somente porque em suas crises neuróticas a senhora Barstow tivesse desejado a morte do marido. Se isso constituísse assassinato, que salão deste país poderia fechar suas portas aos carrascos? O senhor tinha um motivo melhor: ou estava a par dos preparativos dela para o crime, ou tinha conhecimento de um atentado prévio contra a vida do marido. Tendo em vista que os fatos de que dispomos tornam a primeira alternativa insustentável, suponho que a segunda seja correta, e o que lhe pergunto é, simplesmente, quando e como ela fez essa tentativa? Pergunto-lhe isso apenas para completar o quadro, de forma a que possamos consignar esses aspectos à obscuridade."

Bradford estava pensando. Sua brandura desaparecera e ele fora se inclinando para a frente na cadeira enquanto acompanhava a exposição de Wolfe. Perguntou: "O senhor mandou alguém à universidade?".

"Não."

"Eles estão a par disso, lá. Bem, então o senhor realmente adivinhou. No mês de novembro passado a senhora Barstow deu um tiro no marido. A bala passou longe. Mais tarde ela teve um colapso."

Wolfe assentiu. "Claro, numa crise. Ah, não se oponha ao termo; seja lá qual for a denominação correta, foi durante uma crise, não? Mesmo assim, estou surpreso, doutor. A partir de uma crise temporária de violência assassina, é possível inferir tramas diabólicas e premeditadas?"

"Não fiz tal inferência." Bradford estava exasperado. "Meu Deus, lá estava eu com meu melhor amigo, o mais antigo, morto na minha frente, obviamente envenenado. Como ia saber com que ele havia sido envenenado, ou quando, ou de que forma? Sabia o que Ellen — a senhora Barstow — dissera na noite anterior. Guiei-me por meus sentimentos, exatamente como o senhor, só que os meus estavam errados. Fiz com que ele fosse enterrado em paz, e não fiquei com remorso. Depois, com os surpreendentes resultados da autópsia, fiquei completamente desnorteado, e por demais envolvido para agir com inteligência. Quando a senhora Barstow teve a idéia de oferecer a recompensa, me opus, sem sucesso. Numa palavra, estava apavorado."

Eu não vira Wolfe apertar o botão, mas quando Bradford terminou de falar, Fritz estava na porta. "Traga vinho do Porto para o doutor Bradford. Uma garrafa de Remmers para mim. Você, Archie?"

"Nada, obrigado."

Bradford disse: "Acho que não vou beber mais nada, preciso ir embora. Já são quase onze horas e meu caminho é longo".

"Mas doutor", protestou Wolfe, "o senhor não me contou a única coisa que quero saber. Só mais quinze minutos... Até agora o senhor apenas confirmou algumas pequenas suposições de pouca importância. Não percebe a astúcia com que me dediquei a conquistar sua confiança, sua estima? E tudo isso com uma só finalidade: perguntar-lhe, e contar com uma resposta completa e sincera: quem matou seu amigo Barstow?"

Bradford arregalou os olhos, sem acreditar no que ouvia.

"Não estou bêbado, só enfático", Wolfe continuou. "Acho que sou um ator nato; seja como for, acho que uma boa pergunta merece um bom cenário. Minha pergunta é boa. Sabe, doutor, o senhor terá de espanar o pó de sua mente para me responder de forma adequada — o pó remanescente de sua inferência apressada e pouco gentil quanto a sua amiga, a senhora Barstow. Disso e de seu pavor. Entenda que realmente é verdade que a senhora Barstow não matou o marido, apesar das inquietações que o senhor alimentou meses a fio. Nesse caso, quem matou? Quem, com paciência diabólica e deliberação de inimigo, preparou aquele brinquedo letal para a mão dele? Parece-me que o senhor era o amigo mais antigo e mais próximo de Barstow?"

Bradford confirmou com a cabeça. "Pete Barstow e eu crescemos juntos."

"Tinham confiança um no outro? Embora interesses superficiais separassem vocês de quando em quando, mantinham-se unidos diante da vida?"

"Bem formulado." Bradford estava comovido, e isso transpareceu em sua voz. "Uma confiança inabalável, durante cinqüenta anos."

"Ótimo. Então, quem o matou? Realmente, conto com sua resposta, doutor. O que teria ele feito ou dito para morrer por isso? Talvez o senhor nunca tenha ouvido a história inteira, mas certamente conhece um capítulo, um parágrafo, uma frase. Ouça o murmúrio do passado; talvez do passado distante. E descarte a relutância! Não estou lhe pedindo uma acusação. O risco que corremos não é de molestar o inocente, mas de não punir o culpado."

Fritz trouxera o vinho e a cerveja e o doutor estava novamente recostado em sua cadeira, de copo na mão, olhos no precioso sumo rubro. Num gesto vivo, confirmou as palavras de Wolfe e retomou seu estado contemplativo. Wolfe serviu-se de cerveja, esperou a espuma baixar e bebeu tudo de um gole só. Ele sempre achava que tinha um lenço no bolso do paletó, mas raramente tinha, de modo que fui até a gaveta onde guardava um estoque para seu uso, retirei um e lhe entreguei.

"Não estou ouvindo o murmúrio do passado", disse Bradford por fim. "Estou abismado, e impressionado, com o fato de não haver nenhum, do tipo que o senhor descreve. Também percebo uma outra razão para que eu concluísse tão prontamente que a senhora Barstow... era responsável. Ou melhor, irresponsável. Foi porque eu sabia, ou achava inconscientemente, que ninguém mais podia ter feito aquilo. Percebo agora, mais clara que nunca, o homem extraordinário que era Pete Barstow. Quando garoto, era briguento; homem feito, lutou por todos os direitos em que acreditava, mas juro que nenhum homem ou mulher vivos poderiam ter lhe desejado algum mal. Nenhum."

"Só a esposa."

"Nem mesmo ela. Ela atirou nele a uma distância de três metros e errou."

"Muito bem." Wolfe suspirou e tomou mais um copo de cerveja. "Lamento não ter nada por que lhe agradecer, doutor."

"É verdade. Acredite-me, senhor Wolfe, eu o ajudaria se pudesse. É curioso o que está se passando dentro de mim neste momento; eu jamais teria imaginado. Agora que sei que Ellen está fora, não estou seguro de desaprovar a recompensa que ela ofereceu. Até seria capaz de aumentá-la. Será que também sou vingativo, então? Talvez por Pete; acho que, por mim, ele também teria sido."

No que me dizia respeito, aquela noite fora um fracasso. Passara os últimos dez minutos cochilando, não ouvi grande coisa. Eu estava começando a achar que Wolfe ia ter de desenvolver uma intuição para um novo tipo de fenômeno: assassinato por uni-duni-tê. Era a única explicação possível para aquela agulha ter entrado em Barstow, visto que todos concordavam que ninguém a desejava dentro do corpo dele.

Um fracasso de noite, mas no fim arranjei uma razão para rir. Bradford se erguera para ir embora e fora até a cadeira de Wolfe para se despedir. Vi sua hesitação. Disse: "Há uma coisinha me incomodando, senhor Wolfe. Eu... eu lhe devo um pedido de desculpas. Em meu consultório, esta tarde, fiz uma observação para seu ajudante, uma observação totalmente desnecessária, sobre arrancar escândalos de cemitérios...".

"Não estou entendendo. Desculpas?" A surpresa contida de Wolfe era o máximo. "Mas o que sua observação pode ter a ver comigo?"

Claro que a única saída de Bradford foi a porta da rua. Depois de acompanhar o ilustre cavalheiro e de passar a tranca, fui até a cozinha buscar um copo de leite antes de voltar para o escritório. Fritz estava lá, e comentei que havia desperdiçado uma quantidade suficiente de bom vinho do Porto para uma noite e que podia fechar o bar. No escritório, encontrei Wolfe reclinado em sua cadeira de olhos fechados. Sentei-me e tomei meu leite. Quando ele acabou, fui assolado pelo tédio e comecei a falar só para não perder a prática.

"É o seguinte, senhoras e senhores. O problema é descobrir de que diabos adianta desperdiçar um gênio que vale um milhão de dólares para intuir o fenômeno de uma agulha envenenada na barriga de um homem para depois constatar que ninguém a pôs ali. Vejamos a questão por este ângulo: se uma coisa aparece num lugar em que ninguém a quer, o que se passou? Ou por este outro: visto que a sacola de tacos estava na casa de Barstow nas vinte e quatro horas que antecederam o assassinato, que tal descobrir se um dos empregados teve idéias ainda mais engraçadinhas do que as da senhora Barstow? Claro, as informações de Sarah demonstram que não há possibilidade de isso ter acontecido; outra objeção é que a idéia não me atrai. Senhor, como detesto torturar um bando de empregados. Mas acho que amanhã de manhã vou fazer uma visita aos Barstow para dar início aos trabalhos. Pelo jeito, ou é isso ou adeus 50 mil dólares. Este caso é mesmo uma gracinha. Estamos exatamente onde começamos. Se pelo menos eu tivesse alguém para me ajudar, se não tivesse de pensar e planejar tudo sozinho, seria bem melhor... Além de passar o dia inteiro andando por aí sem chegar a lugar algum..."

"Continue, Archie." Mas Wolfe não abriu os olhos.

"Não posso, estou muito aborrecido. Sabe de uma coisa? Estamos ferrados. Essa pessoa, a da agulha envenenada, é melhor do que nós. Ah, vamos passar uns dias azucrinando os empregados, tentando descobrir quem mandou publicar o anúncio do artesão de metal e assim por diante, mas estamos tão ferrados quanto você está cheio de cerveja."

Os olhos dele se abriram. "Vou reduzir o consumo para doze garrafas por dia. Uma garrafa tem menos de meio litro. Agora vou para a cama." Deu início aos preparativos habituais para erguer-se da cadeira. Levantou-se. "A propósito, Archie, você pode sair bem cedo, amanhã de manhã? Poderia chegar ao Green Meadow Club antes de os carregadores saírem com suas crias. Esse é o único termo de gíria trazido por você nos últimos tempos que me parece inteiramente adequado. Talvez você também possa seqüestrar os dois rapazes que estavam na escola da outra vez. Seria conveniente os quatro estarem aqui às onze. Diga a Fritz que teremos convidados para o almoço. O que comem garotos dessa idade?"

"Tudo."

"Diga a Fritz para preparar isso."

Assim que me certifiquei de que ele tinha condições de embarcar no elevador, subi para o meu quarto e ajustei o despertador para as seis, depois apaguei.

De manhã, rodando novamente para o norte pela Parkway, eu não estava exatamente saltitando de alegria. Sempre gostei de estar fazendo alguma coisa, mas era pouco provável eu estourar de alegria se achasse que o que ia fazer equivalia a jogar uma carta ruim na mesa. Ninguém precisava me dizer que Nero Wolfe era notável, mas sabia muito bem que aquela reunião de carregadores era um tiro no escuro, e estava desanimado. Na verdade, para mim, estávamos mesmo ferrados, porque se aquela era a melhor idéia que Wolfe conseguira ter...

Surgiu um guarda de motocicleta. Com a pista que ia para o norte vazia àquela hora da manhã, sem perceber eu estava rodando acima do limite de velocidade, e aquele cossaco sobre duas rodas me mandou parar. Encostei o carro e parei. Ele pediu minha habilitação, entreguei-a para ele e ele sacou o bloco de multas.

Falei: "É, eu estava acima de oitenta. Talvez não lhe interesse, sei lá, mas estou indo para o escritório do doutor Anderson em White Plains — o promotor público —, com informações sobre o caso Barstow. Ele está com pressa para ouvir o que tenho a dizer".

O policial já estava com a caneta pronta. "Tem distintivo?"

Passei-lhe um de meus cartões. "Sou particular. Foi meu chefe, Nero Wolfe, quem começou a festa."

Ele devolveu o cartão e minha habilitação. "Tudo bem, mas não vá sair voando por cima das cercas."

Senti-me melhor depois disso. Quem sabe no fim déssemos sorte...

Consegui pegar os dois carregadores no clube sem problema, mas levou mais de uma hora para reunir os outros dois. Eles freqüentavam escolas diferentes, e embora um deles não precisasse ser convencido a dar uma volta em Nova York, o outro devia estar tentando conquistar uma bolsa de estudos ou uma vaga de queridinho do professor. No começo brinquei com ele e, quando não funcionou, apelei para os objetivos sagrados da justiça e os deveres do bom cidadão. Isso o fisgou, e também à encarregada da escola. Desconfiei que não ia me entusiasmar muito com a companhia dele, de modo que o instalei com um dos outros no banco de trás, e, com os outros dois a meu lado, voltei para a Parkway e rumei para o sul. Mantive o velocímetro abaixo de oitenta, sabendo que não podia esperar nenhum favorzinho de Anderson.

Chegamos às quinze para as onze, levei os garotos para a cozinha e lhes dei uns sanduíches, já que o almoço seria à uma. Queria levá-los lá para cima para eles verem as orquídeas: achava que não faria mal nenhum deixá-los impressionados — mas não dava tempo. Anotei nomes e endereços. Um deles, o magricela pálido que fora carregador de Manuel Kimball, estava de rosto sujo. Fui com ele até o banheiro para que se lavasse. Quando Wolfe apareceu, eu estava começando a me sentir um chefe de escoteiros.

Eu os dispusera numa fila de cadeiras para benefício de Wolfe. Ele entrou com um buquê de *Cymbidiums* na mão, que pôs num vaso sobre sua mesa, depois se instalou em sua cadeira e deu uma olhada na correspondência. Dissera bom-dia aos garotos ao entrar; depois se acomodou e olhou para eles, um por um. Eles estavam muito sem-graça e mudavam de posição o tempo todo.

"Desculpe-me, Archie. A disposição das cadeiras está ruim." Voltou-se para o garoto na ponta da fila, um de cabelo vermelho e olhos azuis. "Seu nome, senhor?"

"William A. Riley."

"Obrigado. Poderia colocar sua cadeira mais para lá, perto da parede?... Isso, muito melhor. Seu nome?" Depois de perguntar os nomes de todos e de organizar suas posições em torno de si, perguntou: "Quem de vocês manifestou dúvidas quanto ao fato de Peter Oliver Barstow ter sido morto por uma agulha disparada do interior do cabo de um taco de golfe? Vamos lá, só estou tentando conhecê-los. Quem foi?".

O atarracado Mike falou. "Fui eu."

"Ah. Michael Allen. Michael, você é jovem. Aprendeu a aceitar o lugar-comum, mas ainda precisa aprender a não excluir o bizarro. Muito bem garotos, vou lhes contar uma história. Por favor, escutem, porque quero que vocês a entendam. Certa vez houve um encontro de psicólogos num grande auditório público. Um psicólogo é — sendo gentil — uma pessoa treinada para observar. Fora arranjado, sem o conhecimento deles, que um homem entrasse no auditório e descesse por um dos corredores seguido de um outro homem brandindo um revólver. Um terceiro homem entrou por outra porta. O segundo homem atirou no primeiro homem. O terceiro homem derrubou o segundo homem e tirou-lhe o revólver. Os três saíram correndo por portas diferentes. Depois um dos psicólogos se levantou, acalmou o tumulto do público e informou que aqueles eventos haviam sido planejados com antecedência, para em seguida solicitar a cada um dos colegas presentes que escrevesse imediatamente um relato completo e detalhado do que ocorrera. Os relatos foram feitos, e em seguida examinados e comparados. Nenhum estava inteiramente correto. Não havia dois iguais do início ao fim. Um deles chegava a afirmar que o terceiro homem atirara no primeiro homem."

Wolfe se calou e olhou para eles. "É isso. Não sou um bom contador de histórias, mas vocês devem ter percebido do que se trata. Entenderam aonde quero chegar?"

Todos confirmaram.

"Entenderam. Então não vou insultar a inteligência de vocês com uma exposição. Vamos passar para nossa história. Vamos ficar aqui sentados discutindo a morte de Peter Oliver Barstow, mais exatamente os eventos ocorridos no primeiro buraco, e que levaram a ela. À uma, vamos almoçar, depois voltaremos para cá e continuaremos. Vamos conversar a tarde toda, muitas horas. Vocês vão ficar cansados, mas não com fome. Se ficarem com sono, podem tirar um cochilo. Estou apresentando a vocês o programa completo para que saibam o quanto é difícil e complexa a empreitada que nos aguarda. O senhor Goodwin já ouviu dois dos seus discursos estereotipados; imagino que os outros dois sejam idênticos. Um estereótipo é algo fixo, algo que não apresenta intenção de mudança. Não espero que vocês alterem suas histórias sobre o que aconteceu naquele dia; o que peço é que esqueçam todas as discussões e brigas sobre o assunto, todas as descrições feitas para as famílias e os amigos, todo o quadro que as palavras já imprimiram nos cérebros de vocês, e que voltem ao cenário propriamente dito. Isso é de importância vital. Eu teria saído daqui e viajado para conversar com vocês no próprio local, não fosse pelo fato de que as possíveis interrupções que teríamos arruinariam nossos esforços. Com nossas imaginações, vamos transferir a cena para cá. Aqui estamos, garotos, no primeiro buraco. Aqui estamos. É domingo à tarde. Larry Barstow chamou vocês dois; os outros dois estão com os Kimball, carregando as sacolas deles. Vocês estão em terreno conhecido, tão conhecido quanto as próprias casas de vocês. Estão envolvidos em atividades com as quais estão tão acostumados que elas se tornaram quase automáticas. Estão com as sacolas nos ombros. Você, Michael Allen, ao ver o senhor Barstow — sua cria na última temporada — um pouco afastado, praticando com um taco número cinco, já sabe o que fazer. Vai para perto dele, pega sua sacola, talvez lhe passe um taco..."

Mike estava negando com a cabeça.

"Não? O que você faz?"

"Começo a catar as bolas."

"Ah. As bolas que ele estava lançando enquanto treinava."

"É, senhor."

"Ótimo. E você, William Riley, o que fazia enquanto Michael catava as bolas?"

"Mascava chiclete."

"Só isso? Quer dizer, isso era o ponto máximo de suas atividades?"

"Bom, eu estava em pé segurando a sacola do velho Kimball."

Ao ouvir o começo da fala de Wolfe, pensei que suas longas frases fossem constranger os meninos a ponto de deixá-los inteiramente mudos, mas o efeito foi inverso. Sem dizer-lhes, ele lhes dera o sentimento de que contava com eles para ajudá-lo a demonstrar como aqueles cem psicólogos haviam sido idiotas, e frases compridas não haveriam de derrotá-los.

Wolfe foi em frente, centímetro por centímetro, ora com um garoto, ora com outro, às vezes falando com todos ao mesmo tempo. Deixou que entrassem numa longa discussão a respeito dos méritos relativos das diversas marcas de tacos, de olhos semicerrados, fingindo apreciar a conversa. Interrogou-os durante meia hora quanto a identidades e características dos outros carregadores e jogadores presentes, e dos que estavam nas partidas imediatamente anteriores ao jogo de Barstow. Toda vez que um dos garotos queria passar para o jogo em si, Wolfe o puxava de volta. Em meio a todas as irrelevâncias, pude perceber uma coisa, talvez a principal, que ele estava fazendo: não estava perdendo de vista nem por um segundo cada taco e cada sacola.

Para o almoço, Fritz serviu duas enormes tortas de frango e quatro melancias. Eu servi a comida, o que sempre acontecia quando tínhamos visitas, e fiquei tão ocupado com o garfo e a faca na mão que mal consegui fazer meu próprio prato antes que as travessas ficassem vazias. Com as melancias foi fácil: dei uma metade para cada um dos garotos e o mesmo para Wolfe e para mim, e deixei a que sobrou para Fritz. Eu desconfiava que ele nunca tocaria nela, mas achei que poderia ser aproveitada mais tarde.

Depois do almoço retomamos do ponto onde havíamos parado. Era incrível ver a maneira como Wolfe já havia aberto a cabeça daqueles garotos e deixado entrar um pouco de ar. Eles continuaram sem pestanejar. Haviam esquecido completamente que alguém estava tentando tirar alguma coisa deles, ou que teriam de usar a memória; eram um grupo de garotos conversando sobre um jogo de bola da véspera, com a diferença de que Wolfe estava em cima deles sem parar, sem deixar nada escapar, fazendo-os voltar atrás uma e outra vez. Mesmo assim, estavam progredindo. Larry Barstow dera sua tacada inicial, e Manuel Kimball também.

O momento crucial chegou de forma tão simples e natural, e se encaixou com tanta facilidade no resto, que, por um momento, não percebi o que estava acontecendo. Wolfe estava dizendo para o atarracado Mike:

"Aí você entregou o *driver* a Barstow. Ajeitou a bola para ele?"

"Sim, senhor.... Não... não pude, porque estava procurando uma bola que ele tinha jogado longe."

"Exatamente, Michael, você já nos contou que estava procurando uma bola. Foi por isso que achei estranho você ter posicionado a bola para a tacada de Barstow."

William Riley falou. "O próprio Barstow posicionou a bola. A bola rolou para o lado e ajeitei para ele."

"Obrigado, William. Está vendo, Michael, não foi você quem posicionou a bola. A pesada sacola de tacos não atrapalhava enquanto você procurava a bola perdida?"

"Não, estamos acostumados."

"Você achou a bola?"

"Achei, senhor."

"O que fez com ela?"

"Pus no bolso lateral da sacola."

"Você afirma isso como um fato ou como uma suposição?"

"Pus no bolso. Lembro bem."

"Assim que achou?"

"É, senhor."

"Então você devia estar carregando a sacola enquanto procurava a bola. Nesse caso, não poderia ter entregado o *driver* a Barstow, já que não estava ao lado dele. E ele não poderia ter tirado sozinho o taco da sacola, já que a sacola não estava lá. Por acaso você tinha deixado o taco com ele antes de se afastar?"

"Claro. Devo ter deixado."

"Michael! Precisamos de coisa muito melhor do que *devo ter deixado*. Ou você deixou ou não deixou. Lembre-se que nos contou..."

William Riley se intrometeu: "Ei, Mike! Foi por isso que ele pegou o taco emprestado do velho Kimball! Porque você estava procurando a bola".

"Ah." Os olhos de Wolfe se fecharam por um décimo de segundo. Em seguida ele voltou a abri-los. "William, não precisa gritar. Quem pegou o taco emprestado do senhor Kimball?"

"Barstow."

"Por que você acha isso?"

"Não acho, sei. Eu estava com o taco pronto para entregar ao velho Kimball quando fosse a vez dele; a bola de Barstow caiu do suporte e eu a recoloquei no lugar; quando me levantei, o velho Kimball estava dizendo para Barstow: 'Use o meu'. Aí Barstow estendeu a mão e entreguei a ele o *driver* do velho Kimball."

"E ele o usou?"

"Claro. Deu a tacada na hora. Mike só voltou com a sacola depois que o velho Kimball também já tinha jogado."

Eu estava me esforçando ao máximo para ficar quieto na minha cadeira. Queria sair dançando como na cena da sagração da primavera no cume da montanha que vira no cinema, e queria jogar um buquê de orquídeas em cima de William Riley, e queria abraçar metade do corpo de Wolfe — que é o máximo que o comprimento de meus braços permitiria. Não queria olhar para Wolfe de medo de dar uma gargalhada de quebrar mandíbula.

Ele tinha ido para cima do garoto pálido e magricela e do outro que queria ser bom cidadão, mas nenhum dos dois se lembrava de nada a respeito de Barstow pegar o *driver* emprestado. O magricela disse que estava de olhos grudados na região intermediária do campo, tentando achar o lugar para onde Manuel Kimball arremessara sua bola, e o bom cidadão simplesmente não se lembrava de nada. Wolfe se voltou para o atarracado Mike. Ele não sabia dizer com certeza se o taco de Barstow estava na sacola quando saíra em busca da bola extraviada, mas não conseguia se lembrar de tê-lo entregado a Barstow, assim como não se lembrava de tê-lo pegado de volta e guardado outra vez na sacola. Enquanto isso, William Riley fazia força para ficar quieto. Por fim Wolfe voltou a ele.

"Desculpe-me, William. Não pense que duvido de sua memória ou de sua fidelidade à verdade. A corroboração é sempre útil. E poderia parecer um tanto estranho você ter esquecido um detalhe tão elucidativo."

O garoto protestou: "Não esqueci. Só que não tinha pensado nisso".

"Ou seja, você não incluiu o incidente em nenhum de seus relatos para os amigos?"

"É, senhor."

"Ótimo, William. Formulei mal minha pergunta, mas vejo que você tem inteligência para se ater ao principal. Será que você mencionou o incidente ao senhor Anderson?"

O garoto balançou a cabeça. "Não falei com o senhor Anderson. Um investigador apareceu e me fez umas perguntas, não muitas."

"Entendo." Wolfe suspirou, longa e profundamente, depois apertou o botão. "Hora do chá, cavalheiros."

É claro que, para Wolfe, chá queria dizer cerveja. Levantei-me, reuni os garotos e fui com eles até a cozinha; como eu previra, a melancia estava intacta. Cortei-a em quatro pedaços, que distribuí. Depois de atender ao chamado de Wolfe, Fritz estava arrumando um copo e duas garrafas numa bandeja; mas quando atravessou o vestíbulo notei que ia para a escada, não para o escritório. Olhei meu relógio. Faltavam dois minutos para as quatro. O danado tinha conseguido manter sua programação. Deixei os garotos com a melancia, saí depressa e consegui pegá-lo a caminho do elevador. Ele disse:

"Agradeça aos garotos por mim, pague-os adequadamente, mas não generosamente, porque não sou um homem generoso, e leve-os para casa. Antes de sair, telefone para o escritório de E. D. Kimball e descubra quando ele deve voltar de Chicago. Provavelmente continua vivo, já que teve ou a esperteza ou a sorte de se afastar mais de 1500 quilômetros de seu destino fatal. Se por acaso tiver voltado, traga-o para cá imediatamente; quanto a isso, não pode haver demora."

"Certo. E você não acha que se a informação chegar aos ouvidos do senhor Anderson, só vai confundi-lo e aborrecê-lo? Não seria melhor eu tentar convencer os garotos a manter a informação em família?"

"Não, Archie. Confie na inércia. É sempre mais sábio, quando há escolha. Ela é a maior força do mundo."

Quando voltei à cozinha, Fritz estava cortando uma torta de maçã.

13

Depois que deixei os meninos em seus devidos lugares, em Westchester, pensei em como adoraria dar um pulo até a casa dos Kimball para dizer a Manuel: você se importaria de me dizer se seu pai guarda a sacola de tacos num armário do clube? E: você tem a chave de lá? Imaginava que ele admitiria não poder responder a essa pergunta simplesmente com um erguer de sobrancelhas. Seria uma descarga de uns 2 mil volts. Mas percebi que se fosse realmente ele, teríamos grande vantagem em manter sua ignorância sobre o que havíamos descoberto, e também percebi que, se esperava que Manuel Kimball fosse preso e acusado de assassinato, precisaria de evidências mais concretas do que o fato de ele me deixar nervoso.

Tive uma outra tentação, a de parar no escritório de Anderson e apostar com ele 10 mil dólares como não havia nenhum assassino por trás da morte de Peter Oliver Barstow. Wolfe decididamente iniciara um jogo de esconde-esconde. Por dois longos dias, ele e eu havíamos sido as duas únicas pessoas do mundo, exceto o autor do crime, que sabiam que Barstow fora assassinado; agora éramos as duas únicas pessoas do mundo — com a mesma exceção, agora complementada com os meninos carregadores — que sabiam que ele fora morto por acidente.

Realmente fui ao Green Meadow Club depois de deixar o último garoto perto dali. Fui com a intenção de bisbilhotar um pouco a questão dos armários, mas, depois que cheguei, hesitei. Podia estragar tudo, se ficasse evidente que estávamos interessados nos armários, já que todos estavam sabendo que a sacola de Barstow não ficara guardada no armário. De modo que me limitei a conversar um pouco com o chefe dos carregadores e cumprimentar o administrador. Talvez alimentasse a esperança de dar de novo com Manuel Kimball, mas não o vi em lugar nenhum.

E. D. Kimball, segundo seu filho me contara, possuía um escritório de corretagem de cereais na rua Pearl. Quando telefonei para lá, pouco depois das quatro, fui informado de que Kimball voltaria de Chicago no dia seguinte, sexta-feira, no trem expresso. Não fosse por isso, acho que teria tentado começar alguma coisa ali em Westchester naquela mesma noite, nem que a tal coisa fosse só esperar anoitecer, ir às escondidas até a propriedade de Kimball e ficar espiando pelas janelas. Mas com Kimball a caminho, não havia nada a fazer a não ser esperar. Fui para casa.

Naquela noite, após o jantar, Wolfe me fez pegar o caderno e ler para ele novamente o relatório sobre minha visita a Manuel Kimball, e também tudo o que Sarah e Larry Barstow haviam dito sobre ele, mas não havia muita coisa. Tivemos uma conversa abrangente, e pusemos a cabeça para funcionar; consideramos até mesmo a possibilidade de que o empréstimo do taco tivesse sido planejado, e que fora o velho Kimball quem matara Barstow, mas, é claro, isso estava fora de questão, não passava de uma bobagem. Soltei algumas farpas gratuitas para o lado de Manuel, mas, quando Wolfe me pediu seriedade, tive de admitir que não só não havia nenhuma prova contra Manuel, como também nenhum motivo para suspeitarmos dele. Que eu soubesse, ele não seria um suspeito mais provável do que qualquer outro sócio do Green Meadow Club que tivesse tido oportunidade de se aproximar do armário de Kimball.

"Mesmo assim", insisti, "se ele fosse meu filho eu o mandaria fazer uma viagem ao redor do mundo e construiria uma cerca em volta do oceano Pacífico só para mantê-lo bem longe."

Antes de ir para a cama, Wolfe repassou novamente meu programa para o dia seguinte. Eu não dava muita importância para o primeiro item, mas, é claro, ele estava certo: os carregadores com certeza iam abrir o bico, e a conversa chegaria a Anderson, e não faria mal nenhum se chegássemos lá antes disso, uma vez que a informação iria bater nele de toda maneira. Eu poderia desempenhar essa missão caridosa e ainda chegar ao escritório de Kimball quase no mesmo horário em que ele chegaria na estação Grand Central.

Assim, no comecinho da manhã do dia seguinte, eu estava outra vez no carro indo para White Plains. Esperava que o mesmo policial de moto me parasse, teria sido tão bacana, pois eu poderia fornecer-lhe a mesma desculpa do dia anterior e, quem sabe, dessa vez tivesse o prazer de contar com uma escolta até a sede da comarca. Mas fiz o trajeto de Woodlawn até a ponte da Main Street sem ver nada mais excitante do que um esquilo subir correndo numa árvore.

Eu me arrastava pela Main Street atrás de três ônibus sonolentos, como um pônei seguindo os elefantes numa parada circense, quando tive uma idéia. E gostei dela. Wolfe parecia pensar que tudo o que precisava fazer para que qualquer pessoa fosse ao seu escritório, do dalai-lama a Al Capone, era me mandar buscá-la, mas eu sabia por uma longa experiência que nunca se sabe quando se vai encontrar uma pessoa com tantos pés quanto uma centopéia, e todos eles desanimados. E lá estava eu, não só com a missão de arrastar um proeminente corretor do setor de cereais para fora de seu escritório na hora mesmo em que chegava, após uma ausência de uma semana, como também devia, antes, fazer uma revelação ao promotor público que provavelmente me propiciaria o deleite de encontrar H. R. Corbett ou qualquer outro lacaio de cassetete, na ante-sala do escritório do mesmo proeminente E. D. Kimball — não era o máximo? Então estacionei na primeira vaga disponível, achei um telefone, liguei para Wolfe e disse a ele que estávamos servindo a sopa antes do coquetel. Ele foi um pouco teimoso e me deu o contra, porque estava convencido de que compensaria entregar a Anderson alguma coisa antes que ele inevitavelmente a conseguisse, mas quando percebeu que eu pretendia continuar falando até gastar um dólar de ficha, concordou e disse que eu podia voltar para Nova York, ir para a rua Pearl e esperar minha vítima.

No caminho de volta ocorreu-me que, afinal, tinha sido até bom que o policial da motocicleta não tivesse me concedido o prazer de sua atenção.

Quando cheguei ao endereço na rua Pearl e saí do elevador no décimo andar, descobri que a companhia E. D. Kimball fazia bem mais do que vender ração para os reis dos currais. O escritório tomava mais de metade do andar, com o nome gravado em todas as portas e, numa porta dupla que servia de entrada, os nomes das filiais em todo o país. O relógio da parede mostrava que faltavam quinze para as dez; se o expresso estava no horário, Kimball já devia estar na Grand Central, e chegaria no escritório dentro de quinze ou vinte minutos.

Falei com uma garota na recepção que, depois de dar um telefonema, levou-me para uma sala interna e me deixou lá com um sujeito de queixo quadrado que estava com os pés no batente da janela lendo o jornal da manhã. Ele disse: "Um minuto", e sentou-se direito. Depois de alguns instantes, jogou o jornal sobre a mesa e se virou para mim.

"O senhor E. D. Kimball vai chegar logo", informei. "Sei que ele vai estar ocupado pondo em dia os assuntos pendentes da semana em que esteve fora. Mas antes que comece a fazer isso, preciso de dez minutos com ele para discutir um assunto pessoal urgente. Sou detetive particular, aqui está meu cartão. Ele não me conhece; trabalho para Nero Wolfe. Poderia conseguir isso para mim?"

"O que você quer? Diga-me antes o que quer."

Balancei a cabeça. "É realmente algo pessoal, e muito urgente. Você vai ter de confiar em mim. Se acha que é alguma armação, telefone para o banco Metropolitan Trust, na rua 34. Eles vão lhe dizer que sou tão inocente que ganho uns trocados nas horas vagas cuidando de carrinhos de bebê."

Queixo Quadrado riu. "Não sei. O senhor Kimball tem uma dúzia de compromissos, o primeiro deles às dez e meia. Sou secretário dele, sei mais das coisas dele do que ele mesmo. É melhor você falar comigo."

"Lamento, tem de ser com ele."

"Tudo bem, vou ver o que posso fazer. Vá lá para a frente... não, espere aqui. Quer dar uma olhada no jornal?"

Jogou o jornal na minha direção, levantou-se, reuniu um maço de correspondência e saiu da sala com ele. Eu já havia passado os olhos na primeira página durante o café da manhã, mas não vira o resto. Folheando o jornal, vi que o caso Barstow estava de volta na página sete, mas não havia muita coisa. Anderson afirmava que "alguns progressos estavam sendo feitos na investigação". Belo progresso, pensei, você não mudou nem um pouco desde a última vez que o vi, a não ser pelo fato de que está coberto de rugas e seus dentes estão caindo. O legista ainda não tinha nada de definitivo sobre o veneno, mas logo iria ter. Não chegou a aparecer, em nenhum jornal que eu tivesse lido, nem sequer um dedo de suspeita de que fora uma questão de família, e agora, pensei, é que não apareceria. Mas aquela nota lançava mais uma pequena farpa contra o dr. Bradford, e eu sabia que ia demorar muito tempo até ele ser capaz de olhar uma trombose coronária de frente sem ter de engolir em seco. Passei para a página de esportes.

A porta se abriu e o secretário apareceu.

"Senhor Goodwin. Por aqui."

Duas portas à esquerda da sala em que eu estava, numa sala enorme com janelas dos dois lados, um monte de móveis velhos e um telex em funcionamento num canto, um homem estava sentado atrás de uma escrivaninha. Estava bem barbeado, seu cabelo começava a ficar grisalho e, embora não fosse gordo, era grandalhão. Dava a impressão de estar preocupado e divertido ao mesmo tempo, como se alguém acabasse de lhe contar uma história engraçada mas estivesse com dor de dente. Perguntei-me se era a piada ou a dor de dente o que o secretário provocara com o que dissera a meu respeito, mas vim a descobrir que não era nem uma coisa nem outra, ele era sempre assim.

O secretário disse: "Este é o homem, senhor Kimball".

Kimball grunhiu e perguntou o que eu queria. Eu disse que meu negócio era estritamente pessoal. Kimball disse: "Nesse caso é melhor falar com o meu secretário, porque assim não terei o trabalho de passar o assunto para ele". Gargalhou, o secretário sorriu e eu ri amarelo.

Eu disse: "Só pedi dez minutos de sua atenção. Então, se não se importa, vou começar. Nero Wolfe gostaria de recebê-lo em seu escritório hoje de manhã às onze horas".

"Meu Deus do céu!" A expressão de divertimento chegou ao máximo. "Por acaso Nero Wolfe é o rei da Inglaterra ou coisa assim?"

Balancei a cabeça afirmativamente. "Coisa assim. Vou lhe dizer uma coisa, senhor Kimball, o senhor poderá se livrar disso de uma maneira mais rápida e fácil se me deixar agir do meu jeito. Faça-me esse favor. No dia 4 de junho, um domingo, Peter Oliver Barstow morreu de repente quando jogava golfe com o filho e com o senhor e seu filho. No dia 8, quinta-feira, o senhor partiu para Chicago. No dia 11, domingo, os resultados de uma autópsia foram revelados. Suponho que tenha saído nos jornais de Chicago?"

"Ah, é isso." A preocupação voltou. "Sabia que seria um aborrecimento quando eu voltasse. Li um monte de conversa-fiada sobre veneno, agulha e não sei mais o quê." Virou-se para o secretário. "Blaine, não lhe escrevi dizendo que isso seria um aborrecimento quando eu voltasse?"

O secretário confirmou. "Escreveu. O senhor tem um encontro às onze e meia com um representante do promotor público de Westchester. Não tive tempo de lhe dizer antes."

Segurei a vontade de rir. "Não é conversa-fiada, senhor Kimball. Barstow foi morto por uma agulha envenenada disparada do cabo de um taco de golfe. Isso já está provado. Agora, acompanhe meu raciocínio por um minuto. Aqui está o senhor no primeiro buraco, pronto para dar sua tacada. Vocês quatro estão com seus carregadores. Não, não deixe sua mente vagar para longe, me acompanhe, isto é sério. Lá está o senhor. Larry Barstow dá sua tacada. Seu filho Manuel também. Peter Oliver Barstow está prestes a dar sua tacada; o senhor está em pé perto dele, está lembrado? A bola dele cai do suporte e é seu carregador quem a recoloca no lugar, porque o carregador dele tinha ido atrás de outra bola. Está lembrado? Ele está prestes a dar sua tacada, mas está sem o taco porque o carregador dele, que está procurando a bola, levou a sacola de tacos. O senhor diz: use o meu. Aí o carregador se endireita, depois de recolocar a bola no suporte, e passa a ele o taco. Está lembrado? Ele dá a tacada com seu taco; em seguida tem um sobressalto e começa a esfregar a barriga porque uma vespa o picara. Foi a vespa que saiu de seu taco que o matou. Vinte minutos depois, estava morto."

Kimball me ouvia com uma carranca só, a preocupação e o divertimento tendo desaparecido. E continuou carrancudo. Quando, por fim, falou, tudo o que disse foi: "Conversa-fiada".

"Não", falei. "O senhor não pode transformar isso em conversa-fiada só por dizer que é conversa-fiada. Seja como for, conversa-fiada ou não, foi o seu taco que Barstow usou. O senhor está lembrado?"

Ele confirmou com a cabeça. "Estou. Eu não tinha pensado nisso, mas agora que você mencionou, lembro-me perfeitamente da cena. Foi exatamente como você..."

"Senhor Kimball!" O secretário estava secretariando. "Talvez fosse melhor se o senhor... isto é, pensando bem.."

"Melhor se eu o quê? Ah, não, Blaine. Eu sabia que ia ser um aborrecimento, sabia muito bem. Com certeza Barstow usou o meu taco. Por que não devo dizer isso? Eu mal conhecia Barstow. É claro que a história da agulha envenenada é um monte de conversa-fiada, mas não anula o aborrecimento."

"Vai ficar pior do que aborrecimento, senhor Kimball." Empurrei minha cadeira na direção dele. "Veja bem. A polícia ainda não sabe que Barstow usou seu taco. O promotor público não sabe. Não estou sugerindo que o senhor esconda nada deles, mas eles vão acabar descobrindo. Mas mesmo que o senhor pense que a agulha envenenada é conversa-fiada, eles não pensam. Sabem que Barstow foi morto por uma agulha que saiu do taco usado por ele no primeiro ponto de lançamento, e quando descobrirem que usou o seu taco, o que acha que vão fazer? Não vão prendê-lo por assassinato de uma hora para a outra, mas farão o senhor procurar no dicionário uma palavra melhor do que aborrecimento. Meu conselho é que o senhor fale com Nero Wolfe. Leve seu advogado, se quiser, mas vá vê-lo rápido."

Kimball estava puxando o lábio inferior. Deixou a mão cair. Por fim, disse: "Meu Deus do céu".

"É, senhor, do céu inteiro."

Ele olhou para o secretário. "Sabe, Blaine, não respeito advogados."

"Não, senhor."

Kimball levantou-se. "Que bela perturbação. Eu já lhe disse, Blaine, que só existe uma coisa no mundo em que sou bom. Comércio. Sou um bom comerciante, e isso é surpreendente quando se pensa em como sou realmente um doce de coco. Coração mole. Não sei lidar com os aspectos mais pessoais da vida." Ele estava andando de um lado para o outro atrás de sua escrivaninha. "É, isso parece ser mais do que um aborrecimento. Meu Deus do céu. O que você faria, Blaine?"

Olhei para o secretário. Ele hesitou. "Se o senhor quiser ir ver esse Nero Wolfe, posso ir com o senhor. Se eu fosse o senhor, levaria um advogado."

"Quais são os meus compromissos?"

"O de costume, nada importante. Às onze e meia, o homem do promotor público de Westchester."

"Ah, se eu for, não me encontrarei com ele. Bem, diga-lhe qualquer coisa. Como estão as cotações?"

"Estáveis na abertura. O algodão está caindo um pouco."

Kimball virou-se para mim. "Onde está esse Nero Wolfe? Traga-o aqui."

"Impossível, senhor Kimball. Ele é..." Mas Wolfe certa vez descobrira que eu dissera a alguém que ele era instável, e eu não queria que isso acontecesse novamente. "Ele é um gênio excêntrico. É ali na rua 35. Meu carro está aqui embaixo e posso levá-lo até lá."

Kimball disse: "Só encontrei um gênio uma vez na vida: era um caubói argentino. Um *gaucho*. Está bem. Espere por mim lá na frente".

De volta ao lugar por onde havia entrado, sentei-me na borda de uma poltrona. De certa forma, encontrar E. D. Kimball, olhar para ele, falar com ele, clareara minha mente. Via agora o que devia ter percebido na noite anterior: que entre o instante em que foi revelado que o taco de Kimball era o que Wolfe denominara "arma mortífera" e o minuto em que o próprio Kimball entrara em cena, provavelmente estávamos virando na reta de chegada. Era o mesmo que encontrar um homem assassinado e, por meio de algum tipo de mágica, trazê-lo de volta à vida, perguntar-lhe quem o matara, e obter a resposta. Isso é o que E. D. Kimball era, um homem que fora assassinado e ainda estava vivo. Eu tinha de levá-lo à casa de Wolfe e trancar a porta, e rápido, antes que Corbett tivesse oportunidade de falar com ele — ou, para ser mais preciso, antes que qualquer outra pessoa falasse com ele. Qualquer uma mesmo. Quem poderia dizer que não havia sido o secretário, Queixo Quadrado Blaine, quem mandara fazer aquele taco e encontrara um jeito de enfiá-lo na sacola de Kimball? Naquele momento, enquanto eu estava ali, sentado na borda da poltrona, Blaine podia estar enfiando uma faca em Kimball exatamente como fizera com Carlo Maffei...

Faltavam dez minutos para as onze. Levantei-me e comecei a andar de um lado para o outro. O homem de Anderson — eu tinha certeza de que seria Corbett — devia chegar às onze e meia, e quem sabe ele tinha enfiado na cabeça dura a idéia de chegar mais cedo e esperar? Eu já tomara a decisão de pedir à recepcionista que telefonasse para a sala de Blaine, quando uma porta se abriu e Kimball apareceu com seu chapéu. Fiquei muito contente de vê-lo. Ele fez um gesto com a cabeça na minha direção e pulei para a porta de entrada, abrindo-a para ele.

Quando entramos no elevador, observei: "O senhor Blaine não vem?".

Kimball fez que não. "Ele é mais necessário aqui do que comigo. Gosto do seu rosto, senhor Goodwin. E percebi que geralmente quando gosto do rosto de uma pessoa, sempre estou certo. Confiança é uma das melhores coisas do mundo, confiança em nosso semelhante."

É, pensei comigo, aposto que, para ser um negociante bem-sucedido como você, confiança nos outros é o que você mais tem.

Andamos meio quarteirão até onde o carro estava estacionado. Cortei caminho o máximo que pude, para evitar o tráfego, e ainda não eram onze e quinze quando Kimball entrou na casa de Wolfe.

Levei-o para a sala da frente e pedi-lhe que esperasse um minuto, voltei à porta e certifiquei-me de que as trancas estavam fechadas. Em seguida fui à cozinha. Fritz estava fazendo tortinhas de cereja; uma fôrma acabara de sair do forno. Peguei uma, enfiei inteira na boca e por pouco não queimei a língua. Disse a Fritz: "Temos um convidado para o almoço, e não ponha veneno na comida. E cuidado com quem deixar entrar; na dúvida, me chame".

No escritório, Wolfe estava atrás de sua mesa. Logo que o vi, parei, exasperado, porque estava fazendo faxina. Tinha uma única gaveta em sua mesa, uma gaveta larga e rasa no centro da mesa, e desde que começara a tomar cerveja em garrafa e não de um jarro trazido do porão, desenvolvera o hábito de, toda vez que destampava uma garrafa, abrir a gaveta e jogar a tampa lá dentro. Fritz não tinha permissão para abrir nenhuma gaveta no escritório, e eu sabia que Wolfe estava com alguma idéia maluca de guardar as tampinhas para alguma coisa muito útil futura, de modo que não tocava nelas. Agora, quando entrei, ele estava com a gaveta parcialmente aberta, espalhando as tampinhas em cima da mesa e organizando-as em pilhas.

Eu disse: "O senhor E. D. Kimball está na sala da frente. Quer que ele venha até aqui para ajudá-lo?".

"Diacho." Wolfe olhou para suas pilhas e para mim, desamparado. Suspirou. "Ele não pode esperar um pouco?"

"Sem dúvida, claro. Que tal até a semana que vem?"

Suspirou de novo. "Que droga. Mande entrar."

"Com todo esse lixo espalhado na sua mesa? Ah, tudo bem, falei para ele que você é excêntrico." Falei baixo, e falei mais baixo ainda para contar como Kimball reagira e o que eu dissera a ele. Wolfe assentiu, e fui buscar Kimball.

Kimball estava com sua expressão normal de preocupação e divertimento. Fiz as apresentações, puxei uma cadeira para ele e, depois que eles já haviam trocado algumas palavras, disse a Wolfe: "Se o senhor não vai mais precisar de mim, vou terminar aqueles relatórios". Ele concordou e fui para minha mesa, que estava coberta de papéis, tendo, no meio deles, o bloco de notas que eu usava nessas ocasiões. Os meus sinais eram tão abreviados que eu poderia transcrever cada palavra de uma conversa em ritmo acelerado e ainda por cima dar a impressão, para olhos desatentos, de que estava remexendo papéis à procura da última conta da mercearia.

Wolfe estava dizendo: "O senhor está perfeitamente correto, senhor Kimball. O tempo de um homem só lhe pertence quando permitem que assim seja. Há muitas maneiras de ficarmos sem o nosso tempo: inundações, fome, guerras, casamento — sem falar na morte, que é a mais satisfatória de todas porque, finalmente, resolve a questão".

"Meu Deus do céu." Kimball estava inquieto. "Não entendo por que o senhor acha que é satisfatória."

"O senhor chegou muito perto de descobrir isso, no domingo da semana passada." Wolfe balançou um dedo para ele. "O senhor é um homem ocupado, senhor Kimball, e acaba de voltar a seu escritório após uma semana de ausência. Por que, nessas circunstâncias, arranjou tempo esta manhã para falar comigo?"

Kimball olhou surpreso para ele. "Isso é o que quero que o senhor me diga."

"Ótimo. O senhor veio até aqui porque estava confuso. Essa não é uma condição desejável para um homem que se encontra em extremo perigo, como o senhor. Não vejo sinal em seu rosto de alarme ou medo, apenas de confusão. Surpreendente, tendo conhecimento de tudo o que o senhor Goodwin lhe contou. Ele o informou que no dia 4 de junho, doze dias atrás, foi a inadvertência, e nada mais, que matou Peter Oliver Barstow, a mesma inadvertência que salvou sua vida. O senhor recebeu a afirmação do senhor Goodwin com incredulidade, por assim dizer. Por quê?"

"Porque não faz sentido." Kimball estava impaciente. "É uma bobagem."

"Antes o senhor disse conversa-fiada. Por quê?"

"Porque é. Não vim aqui para discutir isso. Se a polícia tem dificuldade para explicar alguma coisa que por acaso não entende, e quer inventar algum tipo de historinha fantástica para se esconder atrás dela, tudo bem, acredito que se deva deixar qualquer um cuidar dos próprios problemas da maneira que bem entender, mas a polícia não deve esperar que eu tome parte nisso, pode me deixar de fora. Sou um homem ocupado e tenho coisas melhores para fazer. O senhor está errado, senhor Wolfe, não vim falar com o senhor porque estava confuso, e certamente não vim para lhe dar a oportunidade de tentar me assustar. Vim porque, ao que parece, a polícia está tentando me envolver numa historinha fantástica que pode me trazer um monte de problemas e de publicidade indesejada, e seu empregado me fez entender que o senhor poderia me mostrar como evitar isso. Se pode fazê-lo, vá em frente e eu lhe pagarei por isso. Se não pode, diga logo e vou buscar um aconselhamento melhor."

"Ora." Wolfe recostou-se na cadeira e de olhos semicerrados estudou o rosto do corretor. Por fim, balançou a cabeça. "Receio não poder lhe mostrar como fugir dos problemas, senhor Kimball. Posso, com sorte, mostrar-lhe como escapar da morte. Mesmo isso é incerto."

"Nunca esperei escapar da morte."

"Não sofisme. É claro que me refiro a morte iminente e desagradável. Serei franco com o senhor. Se não me despeço do senhor agora mesmo e o deixo ir cuidar da vida, não é devido a minha certeza incontestável de que o senhor está enfrentando a morte como um tolo. Evito promover certas iniciativas cristãs porque penso que nenhum homem deve ser salvo por coerção. Estou nisso por interesse próprio. A senhora Barstow ofereceu uma recompensa de 50 mil dólares pela descoberta do assassino do marido. Pretendo descobri-lo; e, para fazer isso, preciso apenas saber quem tentou matar o senhor no dia 4 de junho — a mesma pessoa, aliás, que tentará novamente no tempo adequado se não forem encontrados meios de impedi-la. Se o senhor me ajudar, será conveniente para nós dois; se não, vou contar apenas com algum deslize ou revés na provavelmente bem-sucedida segunda tentativa para conseguir que o assassino se responsabilize pela primeira tentativa fracassada. Naturalmente, para mim dá no mesmo."

Kimball balançou a cabeça. Mas não se levantou; em vez disso, se acomodou na cadeira. Ele ainda não dava nenhum sinal de estar assustado, apenas parecia interessado. Disse: "O senhor é bom de conversa, senhor Wolfe. Não acho que o senhor possa ser de alguma valia para mim, visto que parece gostar de historinhas tanto quanto a polícia, mas é bom de conversa".

"Obrigado. O senhor gosta de boas conversas?"

Kimball balançou a cabeça afirmativamente. "Gosto de tudo o que é bom. Boa conversa, bons negócios, boas maneiras e boa vida. Não quero dizer luxo e extravagância, quero dizer boa qualidade de vida. Eu mesmo sempre tentei viver uma boa vida, e gosto de pensar que os outros fazem o mesmo. Sei que alguns não conseguem, mas acho que todos tentam. Eu estava pensando nisso no carro há pouco, vindo para cá. Não estou dizendo que a história que seu funcionário me contou não me impressionou de nenhuma maneira; é claro que sim. Quando eu disse a ele que era conversa-fiada, quis dizer exatamente isso, e não mudei de idéia, mas mesmo assim aquilo me fez pensar. E se alguém tentou me matar? Quem seria?"

Fez uma pausa, e Wolfe murmurou para ele: "Então, quem seria?".

"Ninguém." Kimball foi enfático.

Pensei comigo: se esse sujeito for como Barstow, tão adorável que nem um mosquito o picaria, largo o caso.

Wolfe disse: "Certa vez encontrei um homem que havia matado dois outros porque eles o haviam passado para trás num negócio de cavalos".

Kimball riu. "Ainda bem que ele não trabalhava com cereais. Se o método dele de resolver as coisas fosse universal, eu já teria sido morto não uma vez, mas um milhão de vezes. Sou bom negociante, é a única coisa de que me orgulho. Adoro trigo. Está claro que o senhor adora uma história fantástica e um bom assassinato e tudo bem, esse é o seu negócio. Quanto a mim, adoro trigo. O senhor sabe que existem 550 milhões de toneladas de trigo no mundo? E sei onde está cada uma dessas toneladas neste exato minuto. Cada uma delas."

"Umas cem, provavelmente, com o senhor mesmo."

"Não, eu não. No momento estou fora. Amanhã talvez volte a ter, ou na semana que vem. Mas, como eu ia dizendo, sou bom negociante. Já me dei bem em muitos negócios, mas ninguém tem motivo de queixa, sempre segui as regras. Era nisso que eu estava pensando enquanto vinha para cá. Não conheço todos os detalhes desse negócio do Barstow, apenas o que li nos jornais. Pelo que entendi, não encontraram o taco com o mecanismo. Não acredito que o tal taco tenha existido. Mas mesmo que o encontrem, e mesmo que eu tenha emprestado o meu a Barstow, ainda assim teria dificuldade para acreditar que alguém pretendesse me atingir. Sempre segui as regras e sempre joguei limpo, tanto nos negócios como em minha vida particular."

Fez uma pausa. Wolfe murmurou: "Há muitos tipos de danos, senhor Kimball. Os reais, os imaginados, os materiais, os espirituais, os triviais, os fatais...".

"Nunca causei dano a ninguém."

"É mesmo? Ora, vamos. A essência da santidade é a expiação. Se me permite dizer, veja o meu caso. Quem são as pessoas a quem não causei danos? Não sei por que sua presença aqui deva me estimular a fazer confissões, mas estimula. Esqueça o assassinato de Barstow, visto que, para o senhor, é tudo conversa-fiada; esqueça a polícia; vamos encontrar meios de evitar que ela se torne um aborrecimento para o senhor. Estou apreciando nossa conversa, a menos que seus assuntos sejam realmente urgentes. Eu não o manteria afastado de nada urgente."

"E não manterá." Kimball parecia satisfeito. "Quando alguma coisa é urgente, resolvo logo. O escritório passou bem sem mim por uma semana; uma hora a mais não fará diferença."

Wolfe aprovou. "Aceita um copo de cerveja?"

"Não, obrigado. Não bebo."

"Ah." Wolfe apertou o botão. "O senhor é um homem extraordinário, senhor Kimball. Aprendeu a se abster e é, ao mesmo tempo, um bom homem de negócios e um filósofo. — Um copo, Fritz. — Mas estávamos falando de danos, e eu estava prestes a fazer uma confissão. A quem não causei danos? A pergunta, claro, é retórica; não vou posar de mau elemento; além disso, padeço de uma consciência romântica. Mesmo assim, levando em conta todas as circunstâncias, não me é fácil entender como ainda estou vivo. Há menos de um ano um homem sentado no mesmo lugar em que o senhor está agora jurou me matar assim que possível. Eu lhe arrancara dos pés as bases de sua própria existência, por motivos puramente mercenários. Há uma mulher que mora a menos de vinte quarteirões daqui, notavelmente inteligente, cujo apetite e disposição melhorariam muito com a notícia de minha morte. Eu poderia continuar com esses exemplos quase ao infinito. Mas existem outros, mais difíceis de confessar e impossíveis de perdoar. — Obrigado, Fritz."

Wolfe retirou o abridor da gaveta, abriu a garrafa e deixou a tampa cair lá dentro antes de fechá-la. Depois encheu o copo e bebeu de uma só vez. Kimball estava dizendo: "É claro que cada um tem de assumir os riscos de sua profissão".

Wolfe também achava. "Aí está o filósofo novamente. É fácil perceber, senhor Kimball, que o senhor é um homem refinado e instruído. Talvez entenda a psicologia obscura que impele... bem, por exemplo, a mim... a persistir numa ação que merece condenação incondicional. Há uma mulher sob este teto neste momento, morando no último andar desta casa, que só não pode desejar minha morte porque seu coração está fechado para o veneno graças a sua própria doçura. Eu a torturo diariamente, a cada hora. Sei que faço isso, e esse conhecimento é a minha tortura; no entanto, não deixo de fazê-lo. O senhor pode adivinhar a obscuridade da psicologia e o nível da tortura se eu lhe disser que essa mulher é minha mãe."

Anotei tudo enquanto ele falava, e quase levantei a cabeça para olhar para ele. Ele havia dito tudo aquilo de maneira muito convincente, com pouca emoção na voz, mas dando a impressão de que o sentimento por trás dela era tão avassalador que apenas com enorme força de vontade conseguia manter o equilíbrio. Por um segundo ele quase me fez sentir pena da mãe dele, embora fosse eu quem, fazendo o balanço mensal da conta bancária, marcasse o débito referente à remessa de dinheiro que ele sempre fazia para ela em Budapeste.

"Meu Deus do céu", disse Kimball.

Wolfe tomou mais um copo de cerveja e lentamente balançou a cabeça de um lado para o outro. "O senhor agora entende por que posso desfiar uma lista de danos. Posso, com justiça, dizer que estou familiarizado com eles."

Pareceu-me que Kimball não ia vestir a carapuça. Estava com uma expressão solidária e satisfeita consigo mesmo. Na realidade, até sorriu de maneira afetada: "Gostaria de saber por que o senhor pensa que sou um homem instruído?".

As sobrancelhas de Wolfe se ergueram. "Não é óbvio?"

"Se o senhor acha isso, é um elogio. Abandonei a escola — lá em Illinois — quando tinha doze anos, e fugi de casa. Não era bem a minha casa, mas de um tio e uma tia. Meus pais haviam morrido. Não voltei mais para a escola. Se sou instruído, é auto-instrução."

"Não é o pior tipo." A voz de Wolfe estava baixa, pouco mais do que um murmúrio; a voz com que costumava dizer *continue*, sem dizê-lo. "E o senhor é mais uma prova viva disso. E Nova York, em si, é uma boa fonte de aprendizado para um rapaz de doze anos com disposição de espírito e caráter."

"Provavelmente. Pode ser, mas não vim para Nova York. Fui para o Texas. Depois de um ano por lá, fui para Galveston, e de lá para o Brasil e para a Argentina."

"Não diga! O senhor tinha disposição de espírito; e sua educação é cosmopolita."

"Bom, andei por muitos lugares. Passei vinte anos na América do Sul, principalmente na Argentina. Quando voltei para os Estados Unidos, quase tive de voltar para a escola para aprender inglês. Vivi... bem, vivi muitas situações estranhas. Vi um monte de coisas difíceis e tomei parte nelas, mas fosse onde fosse, ou seja lá o que estivesse fazendo, sempre segui as regras. Quando voltei para cá estava vendendo carne, mas aos poucos passei para o ramo de cereais. Foi aí que me encontrei; é preciso não ter medo de fazer suposições e de estabelecer relações com elas, da mesma maneira que um *gaucho* se relaciona com seu cavalo."

"O senhor viveu como *gaucho*?"

"Não, sempre fui negociante. Nasci com isso. Agora, não sei se o senhor vai acreditar no que vou lhe dizer. Não que tenha vergonha; às vezes, sentado em meu escritório com uma dúzia de mercados esperando para ver para que lado vou pular, lembro-me disso e me orgulho: durante dois anos fui vendedor ambulante de cordas e arreios."

"É mesmo?"

"É. Foram quase 5 mil quilômetros sobre uma sela. Até hoje meu jeito de andar revela isso."

Wolfe olhava para ele com admiração. "Um verdadeiro nômade, senhor Kimball. É claro que o senhor não era casado na época."

"Não. Casei-me mais tarde, em Buenos Aires. Na ocasião tinha um escritório na avenida de Mayo..."

Parou de falar. Wolfe serviu-se de mais um copo de cerveja. Kimball estava olhando para ele, mas seus olhos acompanhavam o movimento sem ver, porque, obviamente, o que via estava dentro de si. Alguma coisa o transportara para um outro cenário.

Wolfe murmurou: "Uma lembrança... sei...".

Kimball confirmou. "É... uma lembrança. Engraçado... Meu Deus do céu. É como se eu tivesse pensado nisso devido ao que o senhor disse sobre danos. Os tipos diferentes de danos, os imaginários. Danos fatais. Mas nesse caso não, o único dano foi para mim mesmo. E não foi imaginário. Também tenho uma consciência, como o senhor disse que tem, apenas não vejo nada de romântico com ela."

"O dano foi para o senhor."

"É. Um dos piores danos que um homem pode sofrer. Aconteceu trinta anos atrás, e ainda é doloroso. Casei-me com uma garota, uma linda argentina, e tivemos um menino. O menino tinha só dois anos quando voltei de viagem um dia mais cedo e encontrei meu melhor amigo em minha cama. O garoto estava no chão, entretido com seus brinquedos. Segui as regras; já disse a mim mesmo mais de mil vezes que se tivesse de fazer tudo de novo, faria. Atirei duas vezes..."

Wolfe murmurou: "O senhor os matou".

"Matei. O sangue escorreu pelo chão e molhou um dos brinquedos. Deixei o garoto lá — sempre me perguntei por que não atirei nele também, já que tinha certeza de que não era meu —, fui até um bar e me embriaguei. Essa foi a última vez que bebi..."

"O senhor voltou para os Estados Unidos..."

"Um pouco depois, um mês depois. Não era uma questão de fugir, não sei se é preciso fugir desse tipo de coisa na Argentina, mas arrumei minhas coisas e saí da América do Sul para sempre." Só voltei lá uma vez, quatro anos atrás.

"E trouxe o garoto?"

"Não. Foi por isso que voltei. Naturalmente, eu não o queria. A família de minha mulher ficou com ele. Todos moravam no pampa, onde a conheci. O nome do garoto era Manuel, o nome de meu amigo, o que estava na cama; eu é que havia sugerido, quando ele nasceu, que recebesse o nome de meu amigo. Voltei para cá sozinho e durante 26 anos vivi sozinho, e descobri que o mercado era uma esposa melhor do que a que tive. Mas acho que havia uma dúvida em mim o tempo todo, ou talvez, ao ficar mais velho, a gente amoleça. Ou talvez só tenha ficado solitário, ou quisesse me convencer de que tinha um filho. Há quatro anos ajeitei as coisas e fui até Buenos Aires. Encontrei-o sem dificuldade. A família já estava na bancarrota quando ele era criança, quase todos haviam morrido; ele tinha passado por maus bocados, mas conseguiu se sair bem. Quando o encontrei, era um dos melhores pilotos do exército argentino. Tive de convencê-lo a largar tudo. Durante algum tempo ele tentou trabalhar comigo, mas não teve o perfil para a coisa e agora vai entrar para o ramo da aeronáutica com o meu dinheiro. Comprei uma propriedade em Westchester e construí uma nova casa lá. Só espero que, quando ele se casar, os caminhos que trilhar não acabem como os meus."

"É claro que ele sabe... sobre a mãe?"

"Acho que não. Não sei, isso nunca foi mencionado. Não que tenha algum remorso a respeito; se tivesse de fazer de novo, faria. Não finjo, nem mesmo para ele, que ele é o filho que eu gostaria de ter se pudesse escolher. Afinal de contas, ele é argentino e eu sou de Illinois. Mas o nome dele é Kimball e ele é inteligente. Vai encontrar uma esposa americana, espero, e aí fica tudo certo."

"Sem dúvida." Wolfe deixara sua cerveja intacta por tanto tempo que a espuma desaparecera, e ela agora parecia chá. Pegou o copo e bebeu de um só gole. "Sim, senhor Kimball, o senhor provou seu argumento; o dano foi contra o senhor. Mas o senhor... digamos... cuidou dele. Se houve algum dano ao garoto, o senhor o está reparando de maneira bastante generosa. Sua confissão dificilmente seria tão prejudicial quanto a minha; preciso, forçosamente, admitir culpabilidade; como diria o senhor Goodwin, não tenho saída. Mas, e se o garoto se sentir prejudicado?"

"Não."

"Mas e se por acaso ele se sentir assim?"

Vi Kimball baixar os olhos. Às vezes não era fácil para ninguém olhar nos olhos de Wolfe, mas Kimball, o negociante, devia ser impenetrável a qualquer olhar. Só que não era. Ele não tentou novamente. Levantou-se num gesto brusco e, em pé, disse:

"Ele não vai se sentir assim. E não me aproveitei de sua confissão como o senhor está fazendo, senhor Wolfe."

"Mas pode fazê-lo, senhor." Wolfe não se mexeu. "Fique à vontade para se aproveitar de tudo. Por que não ser franco? Não represento perigo para os inocentes." Olhou para o relógio. "Vamos almoçar em cinco minutos. Almoce comigo. Não finjo ser seu amigo, mas certamente não tenho rancor contra o senhor ou os seus. Trinta anos atrás, senhor Kimball, o senhor se confrontou com uma desilusão amarga e tomou uma atitude enérgica em relação a ela; o senhor perdeu a coragem? Vamos ver o que pode ser feito. Almoce comigo."

Mas Kimball não queria. Na verdade, pareceu-me que, pela primeira vez, estava assustado. Queria ir embora dali. Não entendi muito bem.

Wolfe ainda tentou convencê-lo a ficar, mas Kimball não aceitou de jeito nenhum. Parou de parecer assustado e ficou educado. Disse mais um meu Deus do céu, que não fazia idéia de que fosse tão tarde, que lamentava Wolfe não poder sugerir nada para evitar que a polícia se transformasse num aborrecimento, que confiava que Wolfe manteria aquela conversa confidencial.

Acompanhei-o até a porta. Ofereci-me para levá-lo de volta ao escritório, mas ele disse que não, que podia pegar um táxi na esquina. Da entrada, fiquei olhando enquanto ele se afastava, e ele estava certo, dava para ver que estivera em cima de uma sela tempo suficiente para entortar os joelhos.

Quando voltei para o escritório, Wolfe não estava mais lá, de modo que fui para a sala de jantar. Ele estava na frente da cadeira com Fritz atrás, pronto para empurrá-la. Depois que se acomodou, sentei-me. Eu nunca o ouvira falar sobre negócios durante as refeições, mas naquele dia pensei que fosse fazê-lo. Não falou. No entanto, transgrediu outro hábito: geralmente Wolfe adorava falar enquanto comia, de maneira pausada e sobre qualquer assunto que aparecesse, trazido por ele ou por mim, embora, pensando bem, me pareça que sempre atuei como uma boa platéia. Naquele dia não disse palavra.

Entre uma garfada e outra eu podia ver seus lábios projetando-se para fora e em seguida voltando à posição original. Ele não se lembrou nem de elogiar Fritz pela comida; assim, quando Fritz limpou a mesa para o café, dei uma piscada para ele e ele assentiu com um sorriso solene, como se estivesse dizendo que entendia a situação e que não guardava ressentimentos.

No escritório, depois do almoço, Wolfe sentou-se na cadeira ainda em silêncio. Arrumei os papéis em minha mesa e retirei do bloco as folhas que havia usado, prendendo-as juntas. Depois me sentei e esperei que ele se manifestasse. Após algum tempo deu um suspiro que alimentaria os foles de um ferreiro durante uma tarde inteira, puxou a cadeira para trás de modo a poder abrir a gaveta e começou a arrastar as pilhas de tampas de cerveja dentro dela. Limitei-me a observar. Quando ele terminou de fazer aquilo e depois que fechou a gaveta, disse:

"O senhor Kimball é um homem infeliz, Archie."

Eu disse: "É um velhaco".

"Talvez. Mesmo assim, é infeliz. Ele está cercado. O filho quer matá-lo, e pretende fazer isso. Mas se Kimball admitir esse fato, mesmo para si próprio, está acabado e sabe disso. Seu filho e, por meio dele, os futuros Kimball, agora são sua única razão de viver. Então ele não pode e não vai admitir isso. Mas se não admitir, mais até, se não fizer alguma coisa a respeito, também está acabado, porque em breve irá morrer e provavelmente de modo muito desagradável. O dilema é demais para ele, e com razão, pois há complicações adicionais. Ele quer ajuda, mas não ousa pedi-la. A razão de ele não ousar pedir ajuda é que, como todos os tolos mortais, espera desesperando. E se — ele não quer admitir isso, mas nenhum homem é medíocre a ponto de não se permitir um *e se*, — e se esse seu filho realmente tentou matá-lo e por infortúnio matou Barstow em seu lugar? Será que o filho não entenderia esse infortúnio como um presságio? Será que não se convenceria — o pai poderia até mesmo discutir isso com ele, de homem para homem — a realizar uma negociação sensata com o destino e dar a vida ao pai em troca daquela que ele inadvertidamente tomou? Dessa forma Kimball poderia viver o bastante para ter um neto no colo. Nesse ínterim, enquanto essa negociação — a mais espetacular de sua carreira — puder ser consumada, haverá um perigo intenso e constante, suficiente para assustar um homem mais jovem e mais sincero. Mas ele não ousa pedir ajuda, pois ao fazê-lo exporia seu filho a um perigo tão grande quanto o que ele próprio enfrenta. É um dilema admirável; raras vezes vi um com tantos tentáculos. Isso tudo confundiu Kimball a tal ponto que ele fez uma coisa que desconfio ser raro nele: agiu como um tolo. Expôs o filho sem obter em troca a menor proteção para si próprio. Revelou os fatos por trás do medo; e o medo, em si, negou."

Wolfe parou de falar. Recostou-se na cadeira, deixou o queixo cair e entrelaçou os dedos sobre a barriga.

"Tudo bem", falei. "Tudo bem quanto a Kimball. E Manuel? Eu disse que ele me deixava nervoso. Mas, deixando isso de lado, devo pegar a máquina de escrever e fazer uma lista de todas as belas provas de que dispomos, de que ele matou Barstow?"

"Diacho." Wolfe suspirou. "Eu sei, o quadro precisa de um verniz. Polimento. Mas a lata está vazia, Archie. Na verdade, a própria lata já desapareceu. Não há nada."

Concordei. "Posso dar uma sugestão? Há um campo de pouso em Armonk, a poucos quilômetros de Pleasantville. Que tal se eu fosse até lá dar uma de curioso?"

"Pode ir. Mas duvido que ele tenha usado um campo de pouso público. Preferiria privacidade. Portanto, antes de ir, faça o seguinte. Anote."

"Muita coisa?"

"Quase nada."

Peguei o bloco e um lápis. Wolfe ditou:

Se alguém me viu pousar no pasto com meu avião na segunda-feira, 5 de junho, por favor, entre em contato. Vou ganhar uma aposta e divido o lucro.

Eu disse: "Bom. Ótimo. Mas pode ter sido num campo de golfe".

Wolfe discordou. "Ainda público demais, e reclamações teriam sido ouvidas. Deixe pasto mesmo; terá de servir. — Não, por telefone não. Dê uma passada no escritório do *Times*; deixe lá e certifique-se de que as respostas cheguem até nós. Além disso... sim, os outros jornais, matutinos e vespertinos, com as mesmas instruções. Manuel Kimball é engenhoso o bastante para ser inconveniente; se vir o anúncio talvez lhe ocorra pagar pelas respostas."

Levantei-me. "Tudo bem, já vou indo."

"Só um minuto. White Plains é antes de Armonk?"

"É."

"Então, no caminho, fale com Anderson. Conte-lhe tudo, exceto a parte sobre Carlo Maffei e a argentina. Presenteie-o com essas informações; um gesto elegante. Diga-lhe também que E. D. Kimball está em perigo iminente e constante e que deve receber proteção. Kimball, é claro, vai recusar isso e a precaução será inútil; mesmo assim, quando alguém se dispõe a se intrometer nos negócios de pessoas violentas, como eu e você fazemos, assume certas obrigações que não devem ser negligenciadas."

Eu sabia que isso tinha de ser feito, mas disse: "Tenho tanta vontade de dar informações ao Anderson quanto de dar gorjeta a um guarda de trânsito no metrô".

"Vá logo", replicou Wolfe. "Em breve estaremos em condições de lhe mandar a conta."

14

Com o tempo que gastei para colocar os anúncios e mais o tráfego de uma tarde de sexta-feira de verão, quando cheguei ao escritório do promotor público em White Plains já eram quase quatro horas. Não me dei ao trabalho de telefonar com antecedência para ver se Anderson ou Derwin estavam lá, pois de todo jeito tinha de passar por White Plains para chegar a Armonk.

Os dois estavam lá. A recepcionista sorriu para mim quando me aproximei, gostei disso; quando elas não se lembram mais de você, isso significa que sua panela está perdendo o brilho. Em vez de perguntar meu nome ou com quem queria falar, ela balançou a cabeça e apertou um botão no painel de telefonia. Eu disse: "Quem você pensa que sou, o filho pródigo?". Ela respondeu: "Pois aguarde o comitê de boas-vindas". Depois de falar no telefone por alguns segundos, uma das portas se abriu de repente e Derwin saiu.

Ele veio para cima de mim. "O que você quer?"

Sorri. "Esta é quente. Você pode pedir para Ben Cook vir até aqui rapidinho?" E por não gostar de chiliques, falei na seqüência: "Quero contar uma coisa ao senhor Anderson. Ou a você, ou aos dois".

Nunca descobri, e até hoje não sei, o que aquele bando de White Plains achou que estava fazendo nos seis dias seguintes à autópsia. Havia, é claro, um ou outro indício de ação: na tarde daquela sexta-feira, Anderson me contou que Corbett passara dois dias na Universidade Holland. Parece que eles haviam ficado sabendo de um boato: Barstow teria retido um aluno depois do horário das aulas, um castigo ou coisa assim. Sei que não haviam chegado nem perto de qualquer informação quente. Embora fosse difícil acreditar, Anderson não sabia nem que Barstow estava usando uma sacola de tacos novos presenteada pela mulher em seu aniversário, até que lhe contei isso. Só consegui uma notícia nova naquela tarde: um químico de Nova York garantira que o sangue de Barstow continha veneno de cobra. Fora essa informação que tirara os pensamentos de Anderson e Derwin dos tacos de golfe e os transferira para víboras; e, embora odeie admiti-lo, eu mesmo me vi em apuros por causa disso. Embora a questão da agulha ficasse sem explicação, eu já vira coisas mais estranhas do que agulhas em barrigas de homens serem elucidadas graças a simples coincidências. Víboras não eram de todo desconhecidas em Westchester; e se uma delas tivesse visitado o Green Meadow Club naquele domingo e picado Barstow? No pé ou em qualquer outro lugar. Seria suficiente para uma boa dor de cabeça. O relatório sobre o veneno de cobra não fora fornecido aos jornais, e Anderson e Derwin só me passaram a informação depois de ouvir minha história, por isso não fiquei constrangido.

E, é claro, mesmo que o campo do Green Meadow Club estivesse forrado de víboras, Anderson e Derwin não conseguiriam se livrar do fato de que Nero Wolfe lhes contara com antecedência exatamente o que a autópsia demonstrara.

Derwin levou-me para a sala de Anderson. Anderson estava lá com outro homem que não era um investigador, parecia mais um advogado. Sentei-me e pendurei o chapéu no joelho.

Anderson perguntou: "O que você está tramando?".

Eu simplesmente não gostava daquele sujeito. Não podia nem me divertir com ele, por assim dizer, porque seja lá o que houvesse nele de desagradável, em seu rosto e em seu jeito, era tão profundo e primitivo que a única maneira possível de se obter alguma satisfação era dando-lhe um sopapo no nariz. Derwin era diferente: ele com certeza não era o meu tio favorito, mas dava para fazer muita gozação com ele.

Eu disse: "Tenho informações da parte de Nero Wolfe. Talvez seja melhor o senhor chamar alguém que saiba estenografia".

Antes ele queria me fazer algumas observações, mas continuei paciente e controlado. De que adiantava bolar um monte de respostas rápidas se não podia usar a que queria? Assim, ele logo percebeu que não estava indo a lugar nenhum, chamou um estenógrafo e falei tudo. Contei sobre o presente de aniversário e sobre o paradeiro da sacola de tacos de Barstow, disse quem a colocara em qual lugar, e falei sobre o empréstimo do taco de Kimball antes do primeiro arremesso. Sugeri que descobrissem tudo sobre a sacola de tacos de Kimball, onde ele a guardava e quem tinha acesso a ela, embora soubesse que todo aquele que abordasse a questão por esse ângulo jamais chegaria a lugar nenhum, pois Manuel sem dúvida tivera inúmeras oportunidades para fazer o que quisesse. Em seguida transmiti a eles a mensagem de Wolfe sobre proteção policial para Kimball. Enfatizei essa parte. Disse que

Wolfe achava que a responsabilidade pela segurança de um cidadão cuja vida estivesse em perigo era um encargo das autoridades, e que não se responsibilizaria, perante si mesmo ou quem quer que fosse, pelo que pudesse acontecer a E. D. Kimball em qualquer momento.

Quando terminei, Anderson fez perguntas: a algumas respondi, a outras, não. Ele continuou nisso por um tempo, até que sorri para ele.

"Senhor Anderson", disse eu, "o senhor está tentando me ganhar."

Ele estava calmo. "Mas não estou conseguindo, Goodwin. Vou ser franco com você. Quando a autópsia confirmou a predição de Wolfe, pensei que ele sabia quem era o assassino. Quando a recompensa foi oferecida e ele não a agarrou, descobri que não sabia. Agora sabemos tudo o que vocês sabem e muitas outras coisas, a não ser o detalhe de como Wolfe conseguiu descobrir o que descobriu. Eu gostaria de saber isso, embora não creia que possa ser de muita valia, visto que Wolfe não está conseguindo chegar a nada. Mesmo assim, você pode me dizer. Vou lhe contar absolutamente tudo. Por exemplo, esta manhã foi identificado veneno de cobra no sangue de Barstow."

"Obrigado. Isso me poupa o trabalho de ler os jornais desta noite."

"Os jornais não sabem. Posso lhe contar umas outras coisas também."

E contou. Mencionou a viagem de Corbett à universidade e um monte de outras bobagens, terminando com uma palestra sobre víboras. Como eu queria chegar logo a Armonk, além de querer ficar sozinho para ver se a notícia do veneno de cobra soaria oca se eu a quicasse na calçada, agradeci, levantei-me, pus o chapéu na cabeça, e ele ficou irritado. Não me importei com isso; lembrei-lhe mais uma vez a proteção devida a E. D. Kimball e fui embora.

Como eram apenas alguns quilômetros fora de meu caminho e eu não sabia quanto tempo ia ficar em Armonk, resolvi antes fazer uma visitinha aos Barstow. Telefonei primeiro; Sarah Barstow estava em casa. Vinte minutos depois eu entrava na propriedade deles. O mesmo guarda estava lá; quando parei, ele deu uma olhada para o meu lado e me mandou entrar.

Algumas pessoas estavam no terraço da frente tomando chá. Fui até a porta lateral e Small me levou para o solário nos fundos, com a diferença de que, à tarde, as persianas estavam todas erguidas e o vidro estava na sombra. Small me disse que a senhorita Barstow iria me receber em breve, e perguntou se aceitava chá.

Eu disse: "Você não conseguiu pensar nisso sozinho".

É claro que ele não moveu um músculo. "A senhorita Barstow me ordenou que lhe oferecesse chá, senhor."

"Claro. Sem dúvida. Mas um copo de leite está bom."

Num minuto ele estava de volta com o leite, e eu já havia tomado a metade quando Sarah Barstow entrou. Eu lhe dissera pelo telefone que era uma visita social, nada com que se preocupar, e quando me levantei e a vi andando em minha direção, natural, jovem e humana, pensei comigo mesmo que, se algum dia ela abrisse uma clínica para corações despedaçados, seria o primeiro da fila, caso não estivesse muito ocupado. Falei:

"Você andou tirando um cochilo desde a última vez em que nos vimos."

Ela sorriu. "Dormi muito. Sente-se."

Sentei-me e peguei meu copo. "Obrigado pelo leite, senhorita Barstow. Está ótimo. Desculpe-me por afastá-la de suas visitas, mas não vou demorar. Acabo de ter uma conversa no escritório do senhor Anderson. Contei a ele sobre o presente de aniversário e sobre seu passeio noturno na balsa de Tarrytown. Vamos, espere um pouco, sei que você é rápida no gatilho. Não quer dizer absolutamente nada, é só uma estratégia, sabe, aquilo com que os generais perdem as batalhas. Todas aquelas histórias estão fora de cogitação. Nunca houve taco falso na sacola de seu pai quando ele a ganhou de sua mãe nem em nenhum outro momento. Ninguém jamais tentou matá-lo. Ele morreu por acidente."

Ela estava me olhando espantada. Deixei que digerisse aquilo. Falou: "Então não houve assassinato... Nero Wolfe estava errado... mas como...".

"Eu não disse que não houve assassinato. Wolfe não estava errado. O acidente aconteceu na posição da primeira tacada. O carregador de seu pai estava longe, com a sacola, e seu pai pegou emprestado o taco de E. D. Kimball. Foi esse taco emprestado que causou tudo. Foi uma infelicidade, só isso. Ninguém queria matá-lo."

Ela disse: "Meu pai... eu sabia que meu pai...".

Assenti. "É, acho que você conhecia seu pai muito bem. Era só isso o que eu queria lhe dizer, senhorita Barstow. Não quis falar pelo telefone porque não sei quando Anderson vai querer divulgar o assunto. Portanto, é confidencial. Não queria que você soubesse por ele e pensasse que eu talvez a tivesse enganado. Se ele ficar muito curioso e começar a perguntar por que você anda por aí atirando sacolas de tacos no rio, apesar de isso já não ter mais importância, mande-o para o inferno. Por isso lhe contei tudo. O motivo de eu ter lhe contado que Kimball emprestou o taco é saber que não deve ser legal ir deitar toda noite se perguntando quem teria assassinado seu pai, em vez de dormir. Ninguém o matou por querer. Mas seria bom manter isso em família por algum tempo." Levantei-me. "É isso."

Ela continuou sentada, imóvel. Ergueu os olhos para mim. "Já vai? Acho que vou ficar aqui mais um pouco. Obrigada, senhor Goodwin. O senhor não terminou seu leite."

Peguei o copo, esvaziei-o e saí. Pensei que, mesmo num dia em que estivesse muito ocupado, poderia arranjar um tempo para dar uma passada naquela clínica.

Quando cheguei a Armonk já passava das seis, mas o sol ainda estava alto. Alguns aviões estavam pousados no campo, e um outro acabava de pousar. Havia placas por toda parte, VÔOS A $5, e O CÉU É SEU, e outros chamarizes pintados nas cercas e nas paredes de madeira dos hangares. O campo não era grande coisa no que diz respeito a equipamentos, isto é, não era muito sofisticado, mas a pista em si era de bom tamanho, bem conservada e plana como uma panqueca. Parei o carro fora da estrada e entrei por um portão ao lado de um dos hangares. Não havia ninguém à vista a não ser o piloto e os dois passageiros que estavam saindo do avião que acabara de pousar. Fui andando, olhando em todas as portas, e no terceiro hangar encontrei dois sujeitos tentando acertar um buraco no chão com moedas.

Eles se endireitaram e olharam para mim, e eu os cumprimentei com a cabeça.

"Olá." Sorri amarelo. "Desculpem interromper o jogo, mas estou procurando um mapa, um livro encadernado de mapas de vôo. Talvez não seja esse o termo técnico, mas não sou aviador."

Um deles era ainda um garoto. O outro, um pouco mais velho, de uniforme de mecânico, balançou a cabeça.

"Não vendemos mapas."

"Não estou querendo comprar um mapa. Estou procurando um, encadernado em couro vermelho, que meu irmão deixou aqui na segunda-feira, há uma semana. No dia 5 de junho, foi. Vocês devem lembrar. Ele sabia que eu ia passar aqui por perto hoje e me pediu para parar e pegá-lo. Ele pousou aqui no seu campo, em seu avião particular, por volta das seis da tarde, e levantou vôo novamente às dez. Ele tem absoluta certeza de ter deixado o mapa em algum lugar por aqui."

O mecânico duvidou. "Não foi neste campo."

Fiquei surpreso. "O quê? É claro que pousou. Ele deve saber em que campo pousou, não?"

"Talvez devesse saber, mas não sabe, não, se diz que pousou aqui. Não tem havido outra máquina além das nossas, aqui, há mais de um mês, com exceção de um biplano que desceu numa manhã da semana passada."

"Estranho." Eu não estava entendendo. "Tem certeza? Talvez você não estivesse aqui."

"Eu estou sempre aqui. Durmo aqui. Se quer saber, acho melhor seu irmão encontrar o mapa dele, me parece do tipo que precisa muito de mapa."

"É, eu diria que sim. Há algum outro campo aqui por perto?"

"Não muito perto. Há um em Danbury e outro na direção de Poughkeepsie."

"Bem, nessa ele se deu mal. Desculpem ter interrompido o jogo. Muito obrigado."

"Não há de quê."

Saí e sentei no carro, para decidir o que fazer. O mecânico não falava como um homem que tivesse ganhado dinheiro de alguém para ficar de boca fechada, simplesmente contara o que realmente acontecera, ou melhor, o que não acontecera. Armonk estava descartada. Poughkeepsie também; pois, embora Manuel pudesse ter chegado lá em vinte minutos com o avião, teria de ter tido tempo para chegar ao local em que deixara o carro e dirigir até o ponto de encontro com Carlo Maffei. Era quase certo que ele havia se encontrado com Maffei perto de alguma estação de metrô daquelas mais afastadas, em Nova York, e o horário marcado seria sete e meia. Ele nunca teria conseguido isso vindo de Poughkeepsie. Danbury, pensei, era quase possível, e rumei para o norte.

Eu não estava gostando de fazer aquilo de jeito nenhum, pois era 16 de junho, aniversário do dia em que o pequeno Tommie Williamson fora devolvido em segurança para os pais no escritório de Wolfe, e o sr. e a sra. Burke Williamson, juntamente com Tommie — quatro anos mais velho agora —, iam comemorar, como de costume, jantando com Wolfe. Todo ano eles tentavam convencê-lo a ir até a casa deles, mas nunca conseguiam. Eram boa gente e eu gostava de Tommie, mas o que ocupava minha mente era saber a importância que Fritz dava à ocasião. É claro que Fritz estava informado de que Williamson possuía uma cadeia de hotéis, e suponho que quisesse mostrar ao outro como era triste o fato de os hotéis nunca terem nada adequado para se comer. Como diria Saul Panzer, beleza! E uma quinta parte daquele rango tinha meu nome marcado, e em vez de estar lá para alojá-lo no devido lugar, às oito horas daquela noite eu não estaria me divertindo numa espelunca fuleira em Danbury com um prato de fígado e bacon sem dúvida alguma fritos em graxa de diferencial.

Nada deu certo em Danbury. Depois de comer o fígado lubrificado, saí para ver o campo de pouso. Ninguém sabia de nada. Esperei por ali um pouco mais e, por fim, depois que já havia escurecido havia muito tempo, apareceu um homem que me deu um completo dissabor. Ele mantinha registros, mas não precisava deles pois se lembrava em que minuto o sol se pusera todos os dias desde a Páscoa. Quando fui embora, tinha certeza de que Manuel Kimball jamais chegara nem perto daquele lugar; e embora a noite de verão estivesse magnífica, não apreciei muito a viagem de volta a Nova York. Já passava da meia-noite quando cheguei à rua 35; os Williamson haviam ido embora e Wolfe estava na cama.

Na gaveta de cima de minha mesa havia um bilhete, escrito na caligrafia elegante de Wolfe: *Archie, se você não descobriu nada, tente, pela manhã, o classificado sobre o artesão de metais; e se seu charme e encanto puderem seduzir novamente a senhorita Fiore, traga-a aqui às onze. N. W.*

Geralmente não gosto de comer tarde da noite, a menos que seja inevitável, mas fui até a cozinha mesmo assim para pegar um copo de leite e contemplar com tristeza os restos do jantar, como um homem que visita um cemitério onde descansam os ossos da amada. Em seguida, subi e apaguei.

Dormi até tarde. Enquanto tomava o café da manhã, Fritz me contou sobre o jantar que eu havia perdido, mas meu interesse era fingido; nunca me importei muito com refeições pretéritas. Dei uma olhada no jornal e fui para a página de classificados para ver o anúncio que na véspera mandara publicar; estava lá e achei o texto bom. Antes de sair, fui até o escritório e dei uma arrumada nas coisas, pois a manhã não prometia.

Uma das muitas coisinhas que me mantinham em estado de dúvida a respeito de Manuel Kimball era o fato de que o anúncio sobre o artesão de metais fora encomendado no escritório central do jornal. Não teria sido mais adequado — tendo em vista que mesmo o sujeito que está tramando um assassinato não negligencia o próprio conforto — dirigir-se ao escritório da Times Square ou ao da rua 125? Mas, é claro, isso não era um verdadeiro obstáculo, apenas uma dessas coisinhas em que se pensa quando se está procurando alguma coisa mais promissora. De todo modo, eu tinha certeza de que não chegaria a lugar nenhum com aquele anúncio.

Pois foi exatamente o que consegui. Entrar no escritório de classificados do *Times* e tentar descobrir qual garota recebera determinado anúncio dois meses antes, e que tipo de pessoa o trouxera, e quem telefonara em busca das respostas era como perguntar a um salva-vidas de Coney Island se estava lembrado do sujeito careca que tomara banho de mar no feriado de 4 de julho. Eu havia parado no escritório do promotor público e levei Purley Stebbins e o brilho de seu distintivo oficial comigo, mas o único que se deu bem foi Purley, pois tive de lhe pagar uma bebida. Pesquisando nos arquivos, descobri que o anúncio havia saído na edição de 16 de abril e, embora isso não estragasse nada, já que combinava perfeitamente com o resto, não dava para imaginar como fazer com que a informação valesse o dinheiro que eu gastara com a bebida de Purley. Levei-o de volta para seu templo da justiça e fui para a rua Sullivan.

A sra. Ricci não quis me deixar entrar. Ela veio atender à porta e fez uma carranca logo que me viu. Sorri para ela e lhe disse que estava ali para levar Anna Fiore para dar um passeio, comportei-me como um verdadeiro cavalheiro diante de todas as observações que ela fez, até que ela começou a tentar fechar a porta com tanta força que meu pé quase escorregou. Tive de assumir um tom profissional.

"Veja, senhora Ricci, espere um minuto, a senhora precisa saber de uma coisa enquanto ainda tem fôlego para isso. Agora, escute! Anna está mal, não conosco, mas com a polícia. Tiras. Ela nos contou determinada coisa que pode trazer-lhe um mar de aborrecimentos, se a polícia souber. Não sabe, e não queremos que saiba, mas suspeita de alguma coisa. Meu chefe quer instruir Anna. Tem de fazer isso. A senhora quer que ela vá para a cadeia? Vamos, pare de agir como uma dama de opereta."

Ela me olhou espantada. "Você está mentindo."

"Não. Nunca. Pergunte a Anna. Mande ela sair."

"Fique aqui."

"Certo."

Ela fechou a porta, eu me sentei no degrau de baixo e acendi um cigarro. Era sábado, e a rua estava novamente um hospício. Acertaram meu queixo com uma bola e meus tímpanos começaram a inchar, mas, fora isso, o show foi bom. Eu acabava de arremessar a guimba quando ouvi a porta se abrindo atrás de mim e me levantei.

Anna saiu, já de chapéu e casaco. A sra. Ricci, em pé atrás dela, disse:

"Telefonei para a senhorita Maffei. Ela disse que você é legal, mas não acredito. Se arrumar encrenca para

Anna, meu marido mata você. Os pais dela morreram e ela é uma boa menina, mesmo sendo cabeça-de-vento."

"Não se preocupe, senhora Ricci." Sorri para Anna. "Quer dar um passeio?"

Ela concordou e eu a acompanhei até o carro.

Se algum dia eu matar alguém, com toda certeza será uma mulher. Já vi um monte de homens teimosos, um monte de homens que sabiam alguma coisa que eu queria saber e que eles não pretendiam me contar e, em alguns casos, não consegui fazê-los falar, por mais que tentasse; mas, apesar de serem tão teimosos, sempre se mantiveram humanos. Sempre me deram a impressão de que, se eu apertasse o botão certo, conseguiria o que queria deles. Mas vi mulheres que não só não entregavam nada como mostravam bem que jamais o fariam. Mulheres conseguem assumir uma expressão que deixa a gente doido, e acho que algumas delas fazem isso de propósito. A expressão do rosto de um homem nos diz que ele morre antes de contar o que você quer saber, e pensamos que podemos mudar isso; a expressão do rosto de uma mulher diz que ela tanto pode contar como não contar, mas ela não conta.

Sentei-me e observei Anna Fiore durante uma hora naquela manhã, enquanto Wolfe tentava todos os truques que conhecia, e se ela saiu de lá inteira foi só porque me lembrei que não se deve matar a galinha dos ovos de ouro, mesmo quando ela se recusa a botá-los. É claro que não sabia se ela era realmente a galinha dos ovos de ouro, nem Wolfe sabia, mas não estávamos encontrando nenhuma outra galinha que botasse qualquer tipo de ovo.

Anna e eu chegamos à rua 35 antes das onze e esperamos Wolfe descer. Ele começou de leve com ela, como se tudo o que quisesse fazer fosse lhe contar uma história, como se não quisesse nada dela, só mantê-la informada. Contou que o homem que lhe mandara os cem dólares era o mesmo que matara Carlo Maffei; que ele era mau e perigoso; que o homem sabia que ela sabia alguma coisa que ele não queria que as pessoas ficassem sabendo e que, portanto, ele poderia matá-la; que a srta. Maffei era uma pessoa simpática; que Carlo Maffei era uma pessoa simpática e que não devia ter sido assassinado, e que o homem que havia feito aquilo devia ser preso e punido.

Olhando para o rosto de Anna, percebi que estávamos dando murro em ponta de faca.

Wolfe entrou nas sutilezas do que era um contrato. Explicou muitas vezes, usando diferentes tipos de palavras, que um contrato entre duas partes só é válido quando as duas partes concordam voluntariamente com ele. Ela não havia estabelecido um contrato de silêncio com o assassino porque nenhum contrato fora feito; ele simplesmente havia mandado o dinheiro e dito o que ela deveria fazer. E que ele até mesmo havia dado a ela uma alternativa: ela poderia ter queimado o dinheiro, se quisesse. Ela poderia queimá-lo agora. Wolfe abriu a gaveta de sua mesa e tirou cinco notas novas de vinte dólares e espalhou-as na frente dela.

"Pode queimá-las agora, senhorita Fiore. Será um crime, e terei de sair da sala, mas o senhor Archie vai ajudá-la. Queime-as, e poderá substituir por estas. Você entende, vou lhe dar estas notas — aqui, vou deixá-las em cima da mesa. Ainda tem o dinheiro?"

Ela disse que sim.

"Está na sua meia?"

Ela puxou a saia para cima e torceu a perna, e o calombo estava lá.

Wolfe disse: "Tire daí". Ela soltou a meia, enfiou a mão lá dentro e tirou as notas de vinte, desenrolando-as. Depois olhou para mim e sorriu.

"Tome", disse Wolfe, "tome os fósforos. Aqui tem uma bandeja. Vou sair da sala e o senhor Archie vai ajudá-la e lhe dará seu novo dinheiro. Será um prazer para ele."

Wolfe olhou para mim, e eu disse: "Vamos, Anna, sei que você tem um bom coração. Você sabe que o senhor Maffei era bom para você, e deveria ser boa para ele. Vamos queimar esse dinheiro juntos, hein?".

Cometi o erro de estender a mão, apenas de começar a estender a mão, e as notas voltaram para a meia como se fossem um relâmpago. Eu disse: "Não tenha medo e não seja tola. Ninguém vai mexer no seu dinheiro enquanto eu estiver por perto. Você pode queimá-lo sozinha; eu nem vou ajudar".

Ela se negou, e que expressão tinha no rosto! Pode ser que não tivesse muita coisa na cabeça, mas o que tinha estava completamente decidido. Ela disse: "Não preciso fazer isso. Nunca vou fazer. Eu sei, senhor Archie, que o senhor pensa que não sou muito inteligente. Eu acho isso também, porque todo mundo diz que não sou. Mas não sou tonta, quer dizer, não sou muito tonta. Este dinheiro é meu, e nunca vou queimá-lo. Não vou gastar nada enquanto não puder me casar. Isso não é ser muito tonta".

"Você nunca vai se casar se o homem matar você do jeito que matou o senhor Maffei."

"Ele não vai me matar."

Pensei: puxa vida, se ele não matar, mato eu.

Wolfe mudou de método. Começou a tentar induzi-la a falar por meio da astúcia. Fez perguntas sobre os pais dela, sobre o começo de sua vida, sobre seus deveres e hábitos na casa de Ricci, sobre suas opiniões quanto a isso e aquilo. Ela pareceu aliviada e respondeu muito bem, mas não se apressou, especialmente quando o assunto chegou na pensão. E na primeira vez em que ele tentou se aproximar sorrateiramente de seu objetivo perguntando alguma coisa sobre a limpeza do quarto de Carlo Maffei, ela se fechou como uma ostra. Ele começou num outro lugar e deu a volta por outro caminho, mas encontrou a mesma parede de pedra. Era uma cena linda, a que ela estava armando; eu a teria admirado, se tivesse tempo. Tonta ou não, tinha aquilo de tal forma resolvido dentro de si que alguma coisa fazia *clic* toda vez que se tocava no nome de Carlo Maffei ou em tudo o que se associasse a ele, e o esquema funcionava tão bem quanto a sagacidade de Wolfe. Ele não desistiu. Assumira um tom de voz baixo e informal e, conhecendo-lhe a paciência e a resistência inacreditáveis, pensei que, afinal de contas, havia uma chance de ele cansá-la em uma ou duas semanas.

A porta do escritório se abriu. Fritz estava lá. Ele fechou a porta atrás de si, e, quando Wolfe assentiu, aproximou-se e apresentou-lhe um cartão numa bandeja. Wolfe pegou-o e leu, e vi suas narinas se abrirem um pouco.

Disse: "Que surpresa agradável, Archie", passando-me o cartão por cima da mesa. No cartão estava escrito:

Manuel Kimball

15

Levantei-me.

Wolfe continuou sentado em silêncio por um momento, espichando e encolhendo os lábios, depois disse: "Leve o cavalheiro para a sala da frente, Fritz. O vestíbulo é tão escuro que eu dificilmente o reconheceria se o visse lá. Só mais uma coisa. Certifique-se de que as persianas estão erguidas na sala da frente e deixe a porta do vestíbulo aberta para arejar".

Fritz saiu. Wolfe disse, com a voz um pouco mais grave do que de costume: "Obrigado, senhorita Fiore. A senhorita foi muito paciente e fez valer os seus direitos. A senhorita se importaria se o senhor Archie não a levasse em casa? Ele tem de trabalhar. O senhor Fritz é excelente motorista. Archie, você levaria a senhorita Fiore até a cozinha e acertaria tudo com Fritz? Em seguida acompanhe até a porta".

Assenti. "Entendo. Vamos, Anna."

Ela começou a dizer, em voz alta: "Mas o senhor Archie não pode...".

"Não diga nada. Eu levo você para casa outro dia. Vamos."

Levei-a até a cozinha e expliquei a Fritz sobre o prazer que o aguardava. Acho que nunca havia realmente sentido pena de Anna até ver que Fritz não ficou vermelho como ficaria com qualquer outra mulher, quando pedi que a levasse para casa. Aquilo era terrível. Mas deixei o sentimento de pena para mais tarde; enquanto Fritz tirava o avental e pegava seu casaco e seu chapéu, fiquei pensando em como fazer o que tinha a fazer.

Falei: "Escute, Anna, vamos fazer uma brincadeira. Você disse uma coisa sobre se casar, e isso me fez pensar qual seria o tipo de homem com quem você gostaria de se casar. Há um homem sentado na sala da frente agora, e aposto como ele é seu tipo. Ele é bonitão. Quando sairmos, vamos parar na porta da sala e você vai olhar para ele, depois vamos sair e você vai me dizer se ele é o seu tipo. Você faria isso?".

Anna disse: "Eu sei que tipo...".

"Tudo bem. Não diga nada. Não quero que ele ouça sua voz, assim não vai saber que estamos olhando para ele. Pronto, Fritz?"

Saímos. Fritz havia seguido as instruções e deixado a porta aberta entre o vestíbulo e a sala da frente, e guiei Anna para o lado esquerdo do vestíbulo para que ela não ficasse perto demais da porta. Manuel Kimball estava lá dentro, bem à vista, numa poltrona, de pernas cruzadas. Por ter escutado nossos passos ele estava olhando em nossa direção, mas estava tão escuro no vestíbulo que ele não conseguia ver muita coisa. Eu estava segurando Anna pelo cotovelo e mantive os olhos no rosto dela enquanto ela olhava para Kimball. Deixei que olhasse por alguns segundos e em seguida levei-a para a entrada, onde Fritz abrira a porta para nós. Depois de sair, fechei a porta atrás de mim.

"É o seu tipo, Anna?"

"Não. Senhor Archie, se eu lhe disser qual é..."

"Talvez outro dia. Boa menina. Até mais. — Não faz mal se o almoço atrasar, Fritz, estou achando que vamos demorar, e não vamos ter convidados."

Entrei novamente, passei pela porta aberta da sala da frente e fui para o escritório. Wolfe não havia se mexido. Eu disse: "Ela nunca o viu antes. Ou, se viu, ela representa muito melhor do que Lynn Fontanne". Ele inclinou a cabeça para a frente. Perguntei: "Devo trazê-lo para cá?". Ele inclinou a cabeça para a frente de novo.

Fui até a sala da frente pela porta de ligação. Manuel Kimball levantou-se da poltrona, virou-se para mim e curvou-se em saudação. Eu disse: "Desculpe por tê-lo feito esperar. Estávamos com uma jovem cliente que acha que podemos trazer-lhe o marido de volta só assobiando para ele, mas não é tão fácil assim. Venha por aqui".

Wolfe não estava se sentindo formal o bastante para se levantar, mas manteve as mãos entrelaçadas sobre a barriga. Logo que Manuel entrou, Wolfe disse: "Como vai, senhor Kimball? Perdoe-me por não me levantar; não é falta de educação, é falta de agilidade. Sente-se".

Não pude perceber quaisquer sinais de que Manuel Kimball estivesse agitado, mas ele realmente parecia concentrado. Os olhos negros pareciam menores em relação à última vez em que o vira, e preocupados com alguma coisa importante demais para permitir que ficassem passeando por toda parte para ver tudo o que podiam. Estava esbelto e elegante num terno muito bem cortado, de gravata-borboleta amarela e luvas da mesma cor no bolso. Não estava me dando a mínima. Depois que se acomodou na cadeira que ainda estava quente de Anna Fiore, os olhos dele se fixaram em Wolfe e não mais se moveram.

Wolfe perguntou: "O senhor toma cerveja?".

Ele recusou: "Obrigado".

Entendi a indireta. Na cozinha, tirei duas garrafas da geladeira e um copo da prateleira e ajeitei tudo sobre uma bandeja. Fui rápido porque não queria perder nada. Voltei com a bandeja, depositei-a na mesa de Wolfe e fui para minha mesa, sentei-me, tirei uns papéis da gaveta e ajeitei tudo. Manuel Kimball estava falando.

"... Contou-me sobre a visita que lhe fez ontem. Meu pai e eu não temos segredos entre nós. Ele me contou tudo o que lhe foi dito. Por que o senhor falou aquilo?"

"Ora." Wolfe abriu a gaveta para pegar o abridor, abriu a garrafa, jogou a tampa na gaveta e encheu o copo. Olhou para a espuma por um momento e, voltando-se para Manuel, disse: "Em primeiro lugar, senhor Kimball, o senhor está dizendo que seu pai repetiu ao senhor tudo o que eu lhe disse ontem. O senhor dificilmente teria certeza disso. Portanto, sejamos minimamente seletivos. O tom de sua voz é ameaçador. Qual é o motivo específico da repreensão? O que foi que eu disse ao seu pai que você preferiria que não tivesse dito?".

Manuel sorriu e esfriou. "Não tente distorcer minhas palavras, senhor Wolfe. Não estou expressando minhas preferências, estou lhe pedindo para explicar afirmações que a mim parecem injustificadas. Tenho esse direito, na condição de filho de um homem que está ficando velho. Eu nunca havia visto meu pai assustado antes, mas o senhor o assustou. O senhor contou a ele que a morte de Barstow resultou do fato de ele ter usado o taco de golfe de meu pai."

"É verdade, contei."

"O senhor admite. Entendo que seu ajudante ali, fazendo anotações, vai incluir essa sua confissão. O que o senhor contou ao meu pai é uma bobagem vergonhosa. Nunca acreditei na história da agulha envenenada no que diz respeito a Barstow; agora, acredito muito menos. Que direito o senhor tem de inventar esses absurdos e com eles constranger, primeiro toda a família Barstow e, depois, meu pai? Provavelmente, sua atitude está sujeita a processo judicial, mas meu advogado deverá resolver isso. Certamente é algo injustificável e tem de acabar."

"Não sei." Wolfe parecia estar pensando a respeito; quanto a mim, admitia que Manuel me surpreendera, era esperto o bastante para entender o que eu estava fazendo em menos de cinco minutos; poucos haviam conseguido isso. Wolfe tomou um copo de cerveja e enxugou os lábios. "Eu realmente não sei se minha atitude está sujeita a processo judicial, suponho que só possa vir a sê-lo mediante queixa por difamação da parte do assassino. Creio que o senhor não estava pensando fazer isso?"

"Eu só estou pensando numa coisa." Os olhos de Manuel ficaram ainda menores. "Isto tem de acabar."

"Mas, senhor Kimball", protestou Wolfe. "O senhor precisa me dar uma chance. O senhor me acusa de inventar absurdos. Não inventei nada. A invenção, por sinal muitíssimo notável e original, até mesmo brilhante — e estou sendo cuidadoso com as palavras —, foi de outra pessoa; só a descoberta foi minha. Se o inventor me dissesse o que o senhor acaba de me dizer, eu o teria considerado um homem notavelmente modesto. Não, senhor, não inventei aquele taco de golfe."

"E ninguém mais inventou. Onde ele está?"

"Quem me dera saber." Wolfe levantou a palma de uma das mãos. "Isso ainda tenho de descobrir."

"Que provas há de que o taco realmente existiu?"

"A agulha disparada contra a barriga de Barstow."

"Ora! Por que um taco de golfe? Por que na primeira posição de jogada?"

"Uma vespa não teria vindo do nada, e sincronizadamente."

"Não convence, senhor Wolfe." Os olhinhos escuros e decididos de Manuel mostravam seu desprezo. "É bem o que eu disse, uma bobagem vergonhosa. Se o senhor não tem prova melhor do que essa, repito, tenho o direito de exigir que o senhor se retrate. É o que estou fazendo. Hoje pela manhã telefonei para o senhor Anderson, o promotor público em White Plains. Ele concorda comigo. Exijo que o senhor fale com meu pai, que se retrate e peça desculpas; o mesmo em relação aos Barstow, se lhes contou sobre isso. Tenho motivos para desconfiar que o senhor o fez."

Wolfe balançou a cabeça lentamente de um lado para o outro. Passado um momento, disse, com pesar: "É uma pena, senhor Kimball".

"É mesmo. Mas o senhor mesmo arrumou essa dor de cabeça. Agora se vire."

"Não. O senhor entendeu errado. Eu quis dizer que é uma pena o senhor estar sendo obrigado a tratar esse assunto comigo. Talvez eu seja o único homem neste hemisfério a quem sua coragem e espertza não podem derrotar, e sou eu quem, por incrível golpe de azar, o senhor tem de enfrentar. Lamento, mas assim como o senhor assumiu uma tarefa à altura de suas habilidades, encontrei uma que corresponde às minhas. Perdoe-me por atacá-lo pelos flancos, visto que o senhor tornou impossível uma abordagem frontal. É difícil acreditar que o senhor esperasse que seu ataque direto lhe rendesse seu objetivo oculto; é difícil acreditar que o senhor me subestimasse a tal ponto. Seu verdadeiro objetivo deve ser outro, provavelmente descobrir a natureza e a extensão das evidências que reuni até agora. Mas é claro que o senhor sabe disso, pois de que outra maneira eu poderia ter previsto o resultado da autópsia? Por favor, deixe-me concluir. Sim, sei quando, onde e por quem o taco foi feito, sei onde está o homem que o fez, e sei que resultados esperar do anúncio que mandei publicar nos jornais desta manhã e que o senhor, talvez, tenha visto."

Nem um músculo se mexera no rosto de Manuel, e não foi possível perceber nenhuma mudança em seu tom. Seus olhos permaneciam fixos em Wolfe quando ele disse: "Se o senhor sabe isso tudo... e duvido que saiba... essas informações não deveriam ser comunicadas ao promotor público?".

"Deveriam. O senhor quer que eu as transmita a ele?"

"Eu? Se quero? Claro, se o senhor as tem!"

"Ótimo." Wolfe balançou um dedo para ele. "Vou lhe dizer o que fazer, senhor Kimball. É um favor. Quando estiver voltando para casa esta tarde, passe no escritório do senhor Anderson; conte-lhe o teor de minhas informações e sugira que mande alguém buscá-las. Agora, desculpe-me. Já passa de minha hora de almoçar. Posso lhe fazer um elogio? Se qualquer de meus conhecidos estivesse em seu lugar, eu estaria tentando retê-lo um pouco para ver se conseguia descobrir alguma novidade. Mas, sendo o senhor, acho que almoçar será mais proveitoso."

Manuel se erguera. "Devo avisá-lo de que vou direto daqui para o escritório de meu advogado. O senhor terá notícias dele."

Wolfe assentiu. "Certamente, essa é sua melhor jogada. Óbvia, mas ainda a melhor. Seu pai estranharia se o senhor não a fizesse."

Manuel Kimball virou-se e saiu. Levantei-me e fui atrás dele para as cortesias da casa, mas ele passou pela porta da frente antes de eu poder alcançá-lo.

Voltei para o escritório. Wolfe estava reclinado, de olhos fechados. Perguntei, num tom de voz alto o suficiente para acordá-lo: "Aquele sujeito veio aqui para descobrir se vai ter de assassinar o pai durante o fim de semana?".

Ele suspirou. Abriu os olhos e balançou a cabeça. "Almoço, Archie."

"Ainda vai demorar uns dez minutos. Fritz só voltou à uma."

"Anchovas e aipos vão nos distrair."

Fomos para a sala de jantar.

Ali, naquele exato momento, o caso Barstow-Kimball morreu. Para Wolfe, pelo menos. Quanto a mim, o caso não existia sem ele. Não era uma recaída na inércia de antes; ele apenas se fechara. Embora ele tenha pensado em muitas coisas durante o almoço, é claro que não abriu o bico; e quando terminou a refeição foi para o escritório e sentou-se. Fui para minha mesa e arrumei uns papéis, mas não havia muito a fazer, e fiquei olhando para Wolfe, perguntando-me quando ele iria se abrir. Embora seus olhos estivessem fechados, deve ter sentido meu olhar, porque, de repente, olhou para mim e disse:

"Diacho, Archie, não podem inventar um papel que não faça barulho?"

Levantei-me. "Está bem, vou embora. Mas, para onde? Você perdeu a língua?"

"Vá para qualquer lugar. Vá dar uma caminhada."
"A que horas volto?"
"A qualquer hora. Não interessa. Para o jantar."
"Você está esperando que Manuel apague o velho?"
"Vá, Archie."

A mim me pareceu que ele estava remoendo a coisa, visto que já eram três e meia e em meia hora ele sairia de lá para ir para a estufa. Mas percebendo o estado de ânimo em que se encontrava, peguei o chapéu e saí.

Fui a um cinema para pensar, e quanto mais pensava, mais confuso me sentia. A visita de Manuel, e seu desafio, pois era isso o que representava, foram, no que me dizia respeito, bem-sucedidos. Eu tinha consciência de que ainda não tínhamos condições de dizer à sra. Barstow o lugar para onde ela devia mandar o dinheiro da recompensa, mas até aquele momento não percebera até que ponto nossas mãos estavam vazias. Havíamos descoberto algumas coisas que nos pareciam óbvias, mas não tínhamos, na ocasião, mais provas de que havia acontecido um assassinato do que tínhamos quando começamos. Muito menos quem era o assassino. Mas isso não era o pior, o pior era que não havia para onde ir. Supondo-se que o assassino fosse Manuel Kimball, de que maneira poderíamos pegá-lo? Encontrando o taco de golfe? Sem chance. Eu podia vê-lo em seu avião voando rasante sobre o rio ou sobre uma represa e deixando cair o taco com um pedaço de chumbo amarrado ao cabo. Estabelecendo uma ligação entre o veneno e ele? A mesma chance. Talvez ele estivesse planejando isso há anos, com certeza há meses; ele pode até mesmo ter trazido o veneno consigo quando veio com o pai da Argentina; de qualquer forma, poderia tê-lo obtido lá em qualquer época — mas como descobrir? Colocando-o para conversar no telefone com a sra. Ricci, para que ela, com sua clareza de pensamento, reconhecesse a voz dele. Claro, era isso; qualquer júri o condenaria sem precisar sair da sala do tribunal.

Fiquei sentado no cinema por três horas, sem ver nada do que estava acontecendo na tela, e tudo o que consegui foi uma dor de cabeça.

Eu nunca realmente soube o que passou pela cabeça de Wolfe naquela tarde de sábado e no domingo. Será que estava apenas no ar, como eu? Talvez; não estava muito sociável. Ou será que esperava que Manuel fizesse alguma besteira? Mas a única coisa que Manuel poderia ter feito seria matar o pai e, nesse caso, onde ficaríamos? Anderson teria nos posto na geladeira, e embora nem Wolfe nem eu viéssemos a ficar de luto por E. D. Kimball, certamente ficaríamos pelos 50 mil. No que dizia respeito a E. D. Kimball, eu achava que, por direito, ele fora morto no dia 4 de junho, e que deveria ficar agradecido por duas semanas de prorrogação. Mas Wolfe não estava esperando por isso; a julgar pelo que disse sobre Manuel no domingo à tarde, tenho certeza de que não. Foi quando ele se abriu e falou um pouco, mas não disse muito. Estava sendo filosófico.

Estava chovendo; choveu o domingo todo. Escrevi algumas cartas, li dois jornais e passei algumas horas lá em cima batendo papo com Horstmann e olhando as plantas, mas, não importa o que fizesse, continuava de mau humor. A bendita chuva não parou um só instante. Eu não teria me incomodado com ela se tivesse alguma coisa para fazer; se estou ocupado, tanto faz se está chovendo ou fazendo sol. Mas ficar zanzando o dia todo naquela casa seca, escura e silenciosa, com aquele barulhinho constante no telhado, não estava ajudando nem um pouco a melhorar meu estado de espírito. Fiquei aliviado quando, por volta das quatro e meia, aconteceu alguma coisa para me entreter e me deixar irritado.

Eu estava no escritório, bocejando diante de uma revista, quando o telefone tocou. Levei alguns segundos para me desvencilhar da poltrona e chegar até minha mesa, e quando aproximei o aparelho do ouvido fiquei surpreso ao ouvir a voz de Wolfe. Ele havia atendido na estufa... Sempre atendia aos telefonemas quando eu não estava em casa, mas, geralmente, quando sabia que eu estava, deixava para mim. Mas era a voz dele:

"Wolfe."

"Aqui é o Durkin, senhor Wolfe. Está tudo certo. Ela foi à igreja hoje de manhã e há pouco saiu, foi a uma confeitaria e comprou um sorvete de casquinha. Voltou agora, e acho que não vai sair mais."

"Obrigado, Fred. É melhor você ficar por aí até umas dez. Saul vai para aí às sete da manhã, e você retoma às duas."

"Sim, senhor. Mais alguma coisa?"

"Só isso."

Bati o telefone no gancho, pensando que o barulho poderia estourar o tímpano de Wolfe.

Quando ele desceu para o escritório, meia hora depois, não ergui os olhos, e tive o cuidado de me enterrar na revista o bastante para ter certeza de que ela não estava de cabeça para baixo. Fiquei nessa pose por mais meia hora, virando uma página quando me lembrava de fazê-lo. Estava doido de raiva.

Por fim, surgiu a voz de Wolfe: "Está chovendo, Archie".

Não levantei os olhos. "Vá para o inferno. Estou lendo."

"Ah, não. Claro que não, não atacado desse jeito. Eu gostaria de perguntar uma coisa: seria uma boa idéia se pela manhã você fosse recolher as respostas ao nosso anúncio e seguir as sugestões que elas lhe dessem?"

Balancei a cabeça. "Não, senhor. A excitação seria demais para mim."

As bochechas de Wolfe se ergueram. "Archie, estou começando a acreditar que uma chuva persistente perturba mais a você do que a mim. Você não está apenas me imitando?"

"Não, senhor. Não é a chuva, o senhor sabe muito bem que não." Deixei a revista cair no chão e olhei para ele. "Se pensa que a melhor maneira de pegar o assassino mais inteligente que já me serviu um drinque até hoje é começar um joguinho bobo na rua Sullivan, o senhor, pelo menos, poderia ter me contado, para que eu pudesse me lembrar de Durkin em minhas orações. Talvez rezar seja a única coisa para a qual eu sirva. O que Durkin está tentando fazer, flagrar Anna girando um taco de golfe?"

Wolfe brandiu um dedo na minha direção. "Controle-se, Archie. Por que o sarcasmo? Por que a repreensão? Sou apenas um gênio, não um deus. Um gênio pode descobrir os segredos escondidos e exibi-los; apenas um deus pode criar novos segredos. Peço-lhe desculpas por não ter lhe contado sobre Durkin; minha mente estava ocupada; telefonei para ele ontem, depois que você saiu. Ele não está tentando pegar a senhorita Fiore, mas sim protegê-la. Na casa ela provavelmente está segura; fora dela, provavelmente não. Não creio que Manuel Kimball comece a inventar meios de completar sua empreitada enquanto não tiver certeza de que não corre o risco de ser chamado a explicar sua primeira tentativa, que falhou não por sua culpa. Foi tudo perfeitamente concebido e executado. Quanto a nós, só vejo uma possibilidade e é ele atacar a senhorita Fiore; *inteligente* é uma palavra fraca demais para Manuel Kimball; ele também é um gênio. Eu não ousaria pedir nada melhor para derrotar um domingo chuvoso do que contemplar a beleza do plano dele. Ele não nos deixou nada além da senhorita Fiore, e a função de Durkin é conservá-la viva."

"*Conservar* é bom. Tendo em vista que ela também se fecha como se fosse uma lata de conservas."

"Eu acho que essa lata pode ser aberta. Vamos tentar. Mas isso deve esperar até estarmos completamente informados no que diz respeito ao dia 5 de junho. A propósito, o telefone de Maria Maffei está anotado? Ótimo. É claro que não sabemos o que a senhorita Fiore está guardando com tanto empenho. Se descobrirmos que é algo trivial e insuficiente, será preciso abandonar a escaramuça e planejar um cerco. Nenhum homem pode cometer um ato complicado como um assassinato sem deixar pontos vulneráveis; o melhor que ele pode fazer é torná-los inacessíveis graças a uma paciência maior do que a nossa e uma engenhosidade mais inspirada. No caso de Manuel Kimball, essas características são... bem, consideráveis. Se de fato a senhorita Fiore está guardando a jóia que buscamos, espero que ele não tenha consciência disso; se tiver, ela está praticamente morta."

"Com Durkin para protegê-la?"

"Não podemos nos proteger do raio, podemos apenas observá-lo cair. Expliquei isso a Fred. Se Manuel Kimball matar a garota, vamos pegá-lo. Mas talvez ele não faça isso. Lembre-se das circunstâncias sob as quais ele mandou-lhe os cem dólares. Na ocasião ele não poderia ter suposto que ela soubesse de alguma coisa que o ligasse a Barstow, ou não teria feito um gesto tão inadequado. Ele só sabia o primeiro nome dela. Provavelmente Carlo Maffei o havia mencionado, e talvez ele tenha dito o suficiente sobre o caráter dela e sobre alguma descoberta que ela tenha feito, para sugerir a Manuel Kimball, depois que este matou Maffei, que arriscasse cem dólares na chance de ter segurança adicional sem a possibilidade de um acréscimo de risco. Se esse raciocínio está correto, e se a senhorita Fiore não souber nada além do que Kimball acha que ela sabe, estaremos prontos para um cerco. Saul Panzer irá para a América do Sul; avisei-o ontem, pelo telefone, pedi-lhe que ficasse de prontidão. Sua programação, que já organizei, será minuciosa e cansativa. Seria uma pena, mas não temos nenhuma acusação precisa contra Manuel Kimball. Foi apenas devido à má sorte dele e à minha perseverança injustificada ao perguntar duas vezes algo bastante trivial à senhorita Fiore que a primeira peça do quebra-cabeças foi descoberta."

Wolfe parou de falar. Levantei e me espreguicei. "Minha única declaração é: ele não passa de empolado."

"Não, Archie, o senhor Manuel Kimball é argentino."

"Para mim é um empolado. Vou pegar um copo de leite. Quer cerveja?"

Ele disse não, e fui até a cozinha.

Eu estava me sentindo melhor. Havia ocasiões em que a autoconfiança terrível de Wolfe me exasperava um pouco, mas havia outras em que ela era como um bando de virgens lindas e puras me fazendo cafuné. A ocasião era do segundo tipo. Depois de ingerir uma quantidade suficiente de leite e biscoitos, fui a um cinema; não perdi uma cena sequer. Quando voltei, ainda estava chovendo.

Mas a manhã de segunda-feira estava linda. Saí cedo. Mesmo em Nova York, o ar depois da chuva era tão fresco e doce sob o sol que, de alguma forma, ele dissolvia todo o produto expelido pelos escapamentos dos carros e os outros milhões de odores que se esgueiravam para fora das janelas, portas, becos e poços de elevador, tornando o ato de respirar algo agradável. Pisei no acelerador. Por volta das oito e meia eu saíra do parque do Bronx e entrara na Parkway.

Eu recebera mais de vinte respostas ao anúncio e havia lido todas elas. A metade era trambique; vigaristas tentando intrometer-se onde não eram chamados e uns pobres-coitados tentando ser engraçadinhos. Algumas outras eram sinceras, mas fora da minha área de atuação. Aparentemente o dia 5 de junho fora um bom dia para aterrissar aviões em pastos. Três delas não só pareciam boas, como também se encaixavam entre si: parecia que os autores das três haviam visto o mesmo avião pousar num prado alguns quilômetros a leste de Hawthorne. Aquilo era bom demais para ser verdade.

Mas era. A uns dois quilômetros de Hawthorne, seguindo as indicações do mapa, saí da estrada e entrei num caminho de terra que ficara irregular com a chuva. Depois de um certo trecho o caminho ficou tão estreito e duvidoso que parecia que iria afundar a qualquer momento, e parei numa casa e perguntei onde moravam os Carter. Mais para cima. Continuei.

A casa dos Carter, no topo da colina, estava prestes a desabar. Não era pintada desde a guerra, e a grama era composta de ervas daninhas. Mas o cachorro que se levantou para me receber era amigável e alegre, e a roupa lavada no varal parecia limpa sob a luz do sol. Encontrei a sra. Carter nos fundos, lavando o resto da roupa. Era magrinha e ativa, e lhe faltava um dente na frente.

"Senhora T. A. Carter?"

"Sim, senhor."

"Eu queria conversar a respeito de sua resposta a um anúncio que mandei publicar no jornal de sábado. Sobre meu pouso com o avião. Sua carta é bastante completa. A senhora me viu pousar?"

Ela balançou a cabeça afirmativamente. "Vi mesmo. Mas não vi o anúncio, Minnie Vawter viu e contei para ela sobre o avião, e ela lembrou e trouxe o anúncio sábado de tarde. Foi sorte eu ter contado pra ela. Claro que vi o senhor pousar."

"Eu não imaginaria que a senhora pudesse ter me visto daqui."

"Claro, veja, essa colina é bem alta." Ela me levou para o outro lado do quintal e através de um arvoredo. "Está vendo? Meu marido diz que essa vista vale um milhão de dólares. Está vendo a represa, como um lago?" Ela apontou para o lugar. "Foi naquele campo ali que o senhor pousou. Fiquei pensando o que teria acontecido, pensei que tinha quebrado alguma coisa. Vejo muitos aviões no céu, mas nunca tinha visto um na terra antes."

Balancei a cabeça afirmativamente. "É isso mesmo. Graças aos detalhes de sua carta, não há muito que eu precise lhe perguntar. A senhora me viu pousar às seis e dez, e me viu sair do avião e andar na direção sul da campina, indo para a estrada. A senhora voltou para casa para olhar o jantar no fogão, e não me viu mais. Quando escureceu meu avião ainda estava lá; a senhora foi dormir às nove e meia e de manhã ele não estava mais lá."

"Isso mesmo. Achei que seria melhor incluir tudo isso na carta, porque..."

"Correto. Imagino que a senhora esteja sempre correta, senhora Carter. Sua descrição de meu avião é melhor do que a que eu mesmo faria. E dessa distância; a senhora tem bons olhos. A propósito, a senhora poderia me dizer quem mora naquela casa ali, a casa branca?"

"Claro. É a senhorita Wellman. Ela é uma artista de Nova York. Foi Art Barrett, o homem que trabalha para ela, que o levou de carro até Hawthorne."

"Ah, é claro. Sim, aquele é o lugar. Agradeço-lhe muito, senhora Carter, a senhora vai me ajudar a ganhar minha aposta. Era uma questão de quantas pessoas haviam me visto."

Decidi lhe dar cinco dólares. Deus sabe o quanto ela precisava daquele dinheiro, a julgar pelas aparências. E ela havia feito a cama de Manuel Kimball direitinho. Não sei quanta certeza Wolfe tinha a respeito da culpabilidade dele até aquele ponto, mas sei que adiou o contato com Anna Fiore até que os fatos do dia 5 de junho estivessem claros. Até aquele momento eu não tinha nenhuma certeza. Nunca apreciei minha intuição da mesma maneira que Wolfe gostava da dele; ela geralmente conseguia que eu falasse firme, mas sempre me deixava desconfortável até que encontrasse fatos que fossem satisfatórios o suficiente para confirmar o que já havia intuído. Aí pensei que cinco dólares pela ajuda da sra. Carter era pouco. Para nós, Manuel Kimball estava resolvido. Conseguir provas suficientes para fazer um júri pensar da mesma forma era uma outra questão, mas no que nos dizia respeito, ele estava encrencado. A sra. Carter pegou a nota e voltou para a casa, dizendo que a roupa não se lavava sozinha.

Fiquei ainda um minuto olhando para a campina lá embaixo. Foi lá que Manuel Kimball havia pousado e deixado seu avião; ele caminhara até a casa branca do outro lado do campo e pedira a um homem que o levasse de carro até Hawthorne; em Hawthorne, que ficava apenas a alguns quilômetros de sua casa, ele ou pegou seu próprio carro, que teria deixado por lá, ou alugou um; dirigiu até Nova York, provavelmente parando em White Plains para telefonar para Carlo Maffei e combinar o encontro. Já estava preocupado e assustado, porque Maffei havia abandonado a idéia de voltar para a Europa; e quando o encontrou naquela noite, às sete e meia, e Maffei mostrou o recorte que havia tirado do *Times* daquela manhã, dizendo o quanto seria difícil se calar sobre tacos de golfe, aquilo fora demais para Manuel. Com Maffei no carro, ele dirigiu até algum lugar afastado e conseguiu uma oportunidade de enfiar uma faca nas costas de Carlo, por uns dez centímetros, até o lugar onde o coração a aguardava. Sem retirar a faca, para segurar o sangue, ele dirigiu pelo campo até encontrar o tipo de lugar de que precisava, arrastou o corpo de Maffei para fora do carro e carregou-o até um matagal, voltou para o carro e dirigiu até Hawthorne, onde pegou um táxi para levá-lo de volta à casa branca que ficava no vale que se estendia abaixo de mim. Se ele precisasse de ajuda para fazer o avião decolar, Art Barrett e o motorista de táxi estavam por ali. Por volta das dez horas ele pousou em seu próprio campo, todo iluminado, e disse a Skinner que realmente era mais divertido voar à noite do que durante o dia.

Não havia nada de errado com isso, com a possível exceção de uma coisa: era dar crédito demais à inteligência de Carlo Maffei supor que ler aquela notícia sobre a morte de Barstow fora o suficiente para que ele se transformasse num espertinho sabichão. Mas deixei isso de lado; não havia jeito de saber o que poderia ter acontecido antes para deixar Maffei desconfiado, e a mera excentricidade da geringonça exótica pela qual ele fora tão bem pago certamente lhe deixara uma pulga atrás da orelha.

Decidi não abordar Art Barrett. Não ficava bem eu me apresentar como o aviador, da mesma forma que fizera com a sra. Carter, visto que ele havia levado Manuel Kimball de carro até Hawthorne e não havia nada que ele pudesse me contar que valesse o trabalho de inventar uma outra abordagem. Por ora eu estava satisfeito. Haveria tempo para isso mais tarde, se precisássemos dele no processo. As outras duas respostas ao anúncio também podiam esperar. Eu estava doido para voltar para a rua 35, lembrando-me de que Wolfe prometera usar um abridor de latas em Anna Fiore se eu conseguisse fazer Manuel Kimball cair das nuvens na noite de 5 de junho.

Parei perto do varal para me despedir da senhora Carter, manobrei o carro centímetro por centímetro para fazer a volta na estrada estreita e desci a colina em direção à estrada.

Peguei-me cantando, e me perguntei o porquê de tanta alegria. Tudo o que descobrira era a prova de que não estávamos tão por fora quanto havia pensado; ainda teríamos de chegar mais dentro do que estávamos, o que parecia difícil: estávamos tão longe quanto antes. Continuei cantando mesmo assim, dirigindo pela Parkway; e na Fordham Road parei e telefonei para contar a Wolfe o que havia conseguido. Ele já descera da estufa; quando parei num semáforo na rua 35, o apito da Tiffany anunciou que era meio-dia.

Estacionei o carro na frente de casa. Wolfe estava no escritório, sentado atrás de sua mesa, e Fritz trazia uma bandeja com um copo e duas garrafas de cerveja.

Wolfe disse: "Bom dia, meu caro amigo Goodwin".

"O quê?" Olhei espantado para ele. "Ah, já entendi." Eu ainda estava de chapéu. Fui para o vestíbulo, pendurei o chapéu num cabide e voltei. Sentei-me e sorri. "Eu não me irritaria agora nem com Emily Post. Eu não disse que Manuel Kimball não passava de um empolado? É claro que foi seu anúncio que descobriu tudo."

Wolfe não parecia estar na mesma sintonia que eu; ele não demonstrou interesse. Mas assentiu e disse: "Você encontrou o pasto?".

"Encontrei tudo. Uma mulher que viu o pouso e que sabe quais partes do avião são vermelhas e quais são azuis, e um homem que levou Manuel de carro até Hawthorne... tudo o que poderíamos querer."

"Ora." Ele não estava olhando para mim.

"Ora? O que está tentando fazer, me irritar de novo? O que está hav..."

A palma da mão dele se erguendo do braço da cadeira fez com que eu parasse de falar. "Calma, Archie. Sua descoberta é digna de comemoração, mas você terá de atender ao meu pedido de adiá-la. Seu regresso exuberante infelizmente concorreu para obstar a um interessante telefonema que eu ia fazer. Eu ia pegar o fone quando você entrou; é possível que você possa me poupar o esforço. Por acaso sabe o número dos Barstow?"

"Claro. Alguma coisa aconteceu, hein? Quer o número?"

"Sim, por favor, e quero que escute a conversa. Com a senhorita Sarah Barstow."

Fui até a minha mesa, certifiquei-me sobre o número, e telefonei. Num instante a voz de Small estava em meu ouvido. Pedi para falar com a srta. Barstow e logo ela atendeu, e eu fiz um sinal para Wolfe. Ele pegou o telefone em sua mesa. Não desliguei o meu.

Ele disse: "Senhorita Barstow? Aqui é Nero Wolfe. Bom dia. Estou tomando a liberdade de telefonar para saber se as orquídeas chegaram bem. Não, orquídeas. Como disse? Ah. Parece que houve um engano. A senhorita não me honrou esta manhã com a remessa de um bilhete solicitando que lhe mandasse algumas orquídeas? Não mandou um bilhete? Não, não, está tudo bem. Deve ter havido algum equívoco. Desculpe incomodá-la. Até logo".

Desligamos. Wolfe reclinou-se em sua cadeira. Sorri.

"Está ficando velho, senhor. Nós, jovens, não mandamos orquídeas para as garotas, a menos que elas peçam."

O rosto de Wolfe permaneceu imóvel. Seus lábios movimentavam-se para a frente e para trás, e eu fiquei olhando. Sua mão moveu-se em direção à gaveta para pegar o abridor de garrafas, mas ele a puxou de volta sem tocar na gaveta.

Ele disse: "Archie, você já me ouviu dizer que sou um ator. Receio que tenha uma queda por afirmações dramáticas. Seria uma tolice não aproveitar, quando surge uma boa oportunidade. Há morte nesta sala".

Acho que olhei ao redor involuntariamente, porque ele continuou: "Não é um cadáver; não me refiro a morte realizada, mas a morte à espera. À minha espera, talvez, ou à espera de todos nós; não sei. Está aqui. Enquanto eu estava lá em cima esta manhã, Fritz apareceu com um bilhete — este bilhete".

Enfiou a mão no bolso, tirou um pedaço e papel e me entregou. Estava escrito:

Prezado sr. Wolfe,
Na semana passada, em sua casa, o senhor Goodwin me presenteou com duas belíssimas orquídeas. Estou me atrevendo a perguntar-lhe se poderia me mandar mais umas seis ou oito. São tão adoráveis. O mensageiro poderá esperar para trazê-las, caso o senhor decida ser generoso. Ficarei muito grata.
Sarah Barstow

Eu disse: "Não parece o estilo dela".

"Talvez não. Você a conhece melhor do que eu. É claro que me lembro das *Brassocatléias Truffautianas* que ela trazia na mão ao descer com você. Theodore e eu cortamos uma dúzia, arrumamos numa caixa e Fritz as levou para baixo. Quando entrei no escritório, às onze horas, e me sentei aqui, senti cheiro de estranho no ar. Sou extremamente sensível a estranhos, por isso mantenho essas camadas todas protegendo meus nervos. Estava, evidentemente, informado sobre o estranho que viera até aqui, mas não me sentia à vontade. Chamei Fritz. Ele me contou que o jovem que trouxera o bilhete e esperara pelas orquídeas trazia consigo uma caixa de fibra, uma caixa oblonga com uma alça. Ao sair, ainda estava com a caixa; Fritz a viu na mão dele quando saiu. Mas por no mínimo dez minutos o rapaz ficou sozinho na sala da frente; a porta entre aquela sala e o escritório não estava trancada; a porta do vestíbulo para o escritório estava fechada."

Wolfe suspirou: "Ai de mim, não foi a senhorita Barstow quem escreveu este bilhete".

Eu estava em pé, indo na direção dele, dizendo: "Saia daqui". Ele se recusou. "Vamos", pedi, "eu posso pular, você não. Droga, vamos, rápido! Estou acostumado a brincar com bombas. Fritz! Fritz!" Fritz veio correndo. "Encha a pia com água. Até em cima. Wolfe, pelo amor de Deus, saia daqui, ela pode explodir a qualquer segundo. Vou encontrá-la."

Ouvi Fritz na cozinha abrindo a torneira. Wolfe não se moveu, e o céu é testemunha de que eu não poderia movê-lo. Ele balançou a cabeça e um dedo na minha direção.

"Archie, por favor. Pare com isso! Não toque em nada. Não há bomba. Bombas fazem tique-taque ou têm um zumbido, e tenho bons ouvidos e teria escutado. Além disso, o senhor Kimball não teria tido tempo, desde sua visita, de construir uma boa bomba, e não usaria uma que não fosse boa. Não é bomba. Por favor, nada de agitação; drama, sim, mas agitação, não. Estive pensando e intuindo. Pense: quando o senhor Kimball esteve nesta sala, só me viu fazer um único movimento digno desse nome. Viu quando abri a gaveta de minha mesa e pus a mão lá dentro. Se isso não lhe dá nenhuma idéia, tenho certeza de que deu a ele. Vamos ver."

Pulei na direção dele, pensando que ia abrir a gaveta, mas ele fez um sinal para que eu me afastasse; estava apenas se preparando para levantar-se da cadeira. Disse: "Pegue minha bengala. Diacho, você não vai fazer o que estou pedindo?".

Fui depressa até o vestíbulo, tirei a bengala do cabide e voltei correndo. Wolfe estava dando a volta na mesa. Ficou exatamente do lado oposto da cadeira, estendeu a mão e puxou a bandeja para si, ainda com o copo e as garrafas em cima.

"Agora", disse ele, "por favor, faça o seguinte. Não, primeiro feche a porta do vestíbulo." Fiz o que ele pediu e voltei. "Obrigado. Pegue a bengala pela outra extremidade. Estenda-a sobre a mesa e prenda-a no puxador. Empurre um pouco e a gaveta se abrirá. Espere. Se puder, abra-a muito lentamente; e se prepare para soltar a bengala rapidamente caso lhe ocorra usá-la para qualquer outro fim. Continue."

Continuei. A curva da bengala prendeu direitinho no puxador, mas por conta do ângulo que eu estava tendo que manter, a gaveta não abria. Tentei fazer com que ela se abrisse gradualmente, mas tive de fazer mais força, e de repente a gaveta se abriu uns quinze centímetros e quase deixei cair a bengala. Debrucei-me sobre a mesa para soltar a bengala e gritei:

"Cuidado!"

Wolfe estava segurando pelo gargalo uma garrafa de cerveja em cada mão, e bateu com uma delas sobre a mesa, quebrando-a, mas não acertou a coisa que havia saído da gaveta. Ela estava vindo depressa e sua cabeça estava quase no lado da mesa onde estávamos, enquanto a cauda ainda estava dentro da gaveta. Eu havia soltado a bengala e estava batendo na cabeça da coisa, mas ela investia e recuava e eu não conseguia acertá-la, e a mesa estava coberta de cerveja e cacos da garrafa quebrada. Eu estava pronto para pular para trás, agarrado ao braço de Wolfe para puxá-lo para trás comigo, quando ele acertou em cheio, com a segunda garrafa, a cabeçona feia, esmagando-a e deixando-a achatada feito um pedaço de tripa. O corpo comprido e marrom se contorceu por sobre toda a mesa, mas estava acabado.

A segunda garrafa também havia estourado, e estávamos os dois completamente respingados de cerveja. Wolfe deu um passo para trás, tirou o lenço do bolso e enxugou o rosto. Eu me apoiei na bengala.

"*Nom de Dieu!*"

Era Fritz, horrorizado.

Wolfe balançou a cabeça afirmativamente. "É. Fritz, aí está uma bela bagunça. Lamento. Vá buscar coisas para limpar."

16

Tentei novamente: "*Fer-du-lans?*".

Wolfe fez um gesto de estímulo. "Um pouco melhor. Mas ainda está muito aberto e pouco anasalado. Você não é um lingüista nato, Archie. Sua deficiência provavelmente não é mecânica. Para pronunciar a língua francesa de maneira adequada você precisa ter dentro de si uma profunda antipatia, para não dizer desprezo, por alguns dos mais sagrados preceitos anglo-saxônicos. Bem, pode-se conseguir sem esse desprezo, mas não sei bem como fazê-lo. Sim, *fer-de-lance*, jararaca. *Bothrops atrox*. Tirando a surucucu, é a mais temível de todas as víboras."

Fritz havia limpado a sujeira, com a minha ajuda, e servido o almoço. Quando a cobra parou de se contorcer, eu a estendi no chão da cozinha e a medi: quase um metro e noventa. No meio do corpo ela era quase tão grossa quanto meu pulso. Sua cor era um marrom amarelado e sujo, e mesmo morta ela parecia bem ruim. Depois de medi-la, eu me levantei e, cutucando-a com a régua, perguntei o que faríamos com ela, observando para Wolfe, que estava em pé ali perto, que eu não poderia simplesmente jogá-la na lata de lixo. Devia jogá-la no rio?

O rosto de Wolfe enrugou-se. "Não, Archie, seria um desperdício. Pegue uma caixa de papelão e um pouco de serragem no porão, faça um pacote bonito e envie para o senhor Manuel Kimball. Fritz pode levar no correio. Isso vai aliviar a mente do senhor Kimball."

Aquilo foi feito, e não estragou meu almoço. Agora estávamos de volta ao escritório, esperando por Maria Maffei, para quem Wolfe havia telefonado depois de receber meu telefonema de Fordham Road.

Eu disse: "A cobra vem da América do Sul".

Wolfe estava recostado em sua cadeira, satisfeito, com os olhos semicerrados. Ele não estava de maneira nenhuma chateado por ter sido seu o golpe mortífero, embora lamentasse ter perdido a cerveja. Murmurou: "É mesmo. É uma crotálida, uma das poucas serpentes que atacam sem ser provocadas e sem aviso. Na semana passada mesmo, eu estava olhando um desenho dela, num dos livros que você foi buscar para mim. Ela é abundante por toda a América do Sul".

"Encontraram veneno de cobra em Barstow."

"Sim. Poderiam ter suspeitado disso quando a análise apresentou dificuldades. A agulha deve ter sido bem embebida. Estas considerações, Archie, serão oportunas caso Anna Fiore falhe conosco e precisemos recorrer a um cerco. Muitas coisas podem ser descobertas com paciência e... bem, quando se relaxa a discrição. Será que em algum lugar na propriedade de Kimball há um poço para onde Manuel tenha levado alguns ratos para sua *fer-de-lance*? Será que ele mesmo extraiu o veneno, fazendo com que ela mordesse uma banana? Improvável. Será que ele tem um amigo argentino que lhe enviou o veneno? Mais provável. Aquele jovem — moreno e bem-apessoado, segundo Fritz — que trouxe o bilhete que não era da senhorita Barstow, e que é admiravelmente hábil no trato com víboras, será que em dias comuns ele é lanterninha em algum cinema da rua 116? ou grumete em algum navio sul-americano, que providencialmente chegou ao porto de Nova York apenas ontem? Perguntas difíceis, mas cada uma delas significa uma resposta para nosso cerco. É provável que Manuel Kimball tenha arranjado a viagem da cobra há algum tempo, para ter uma reserva; se o ardil dependente da competência humana não desse certo por qualquer motivo, não haveria nada de mal em dar uma chance ao mecanismo da própria natureza. Mas, quando a cobra chegou, havia uma finalidade mais urgente para ela; a vingança recuou em prol da segurança. E agora, pelo menos até este momento, ele não tem nem uma coisa nem outra."

"Talvez. Mas ele quase conseguiu uma, e pode conseguir a outra a qualquer minuto."

Wolfe balançou um dedo na minha direção. "Errado, Archie, indesculpavelmente errado. A vingança vai continuar aguardando. O senhor Manuel Kimball não é uma criatura dada a impulsos. Se as circunstâncias repentinamente se tornarem desesperadoras, ele vai agir com desespero, mas mesmo assim não será de maneira impulsiva. — Mas a senhorita Maffei deverá chegar em meia hora, e você deve saber os preparativos antes de ela chegar. Pegue seu caderno."

Fui para minha mesa e ele ditou durante vinte minutos, sem interrupção. Depois dos dois primeiros minutos, pendurei um sorriso no rosto e o mantive até o fim. O plano era lindo, não tinha uma única falha e incluía todos os detalhes. Chegava ao ponto de aventar uma recusa de Maria Maffei ou sua incapacidade de convencer Anna; nesse caso, a ação era quase a mesma, mas os personagens mudariam de posição; eu assumiria as coisas com Anna.

Ele havia telefonado para Burke Williamson e arranjado um bom palco para nós, e Saul Panzer iria passar no escritório às seis horas para pegar o sedã e instruções. Quando ele terminou de ditar, estava tudo tão claro que me restavam poucas perguntas a fazer. Perguntei-as e revisei as páginas que havia escrito. Ele estava recostado na cadeira, cheio de cerveja, e fingindo que não estava satisfeito consigo mesmo.

Eu disse: "Está bem, admito, você é um gênio. Isto vai dar certo se Maria der certo".

Ele assentiu, despreocupado.

Maria Maffei chegou pontualmente. Eu estava esperando por ela e atendi à porta antes que Fritz saísse da cozinha. Estava vestida de preto, e se eu a tivesse encontrado na rua duvido que a teria reconhecido, parecia muito acabada. Eu estava tão compenetrado na programação de Wolfe que tinha um sorriso pronto para ela, mas eliminei-o a tempo. Ela não estava a fim de sorrisos. De qualquer forma, depois que a vi, perdi a vontade de sorrir; o fato de ver o que a morte de um irmão pode fazer a uma mulher me deixou sério. Ela estava dez anos mais velha e a vida luminosa de seus olhos havia desaparecido.

Levei-a para o escritório e instalei uma cadeira para ela de frente para Wolfe, depois fui para minha mesa.

Ela trocou cumprimentos com Wolfe e disse: "Suponho que o senhor queira dinheiro".

"Dinheiro por quê?", perguntou Wolfe.

"Por encontrar meu irmão Carlo. Mas o senhor não o encontrou. Nem a polícia. Uns meninos o encontraram. Não vou lhe dar dinheiro nenhum."

"Pois devia." Wolfe suspirou. "Eu não havia pensado nisso, senhorita Maffei. É uma pena que tenha falado no assunto. Faz com que eu tenha idéias sórdidas. Mas por ora vamos esquecer isso; a senhorita não me deve nada. Esqueça. Mas permita-me perguntar — lamento se é algo doloroso, mas é necessário —, a senhorita viu o corpo de seu irmão?"

Os olhos dela estavam tristes, mas percebi que estava errado: a vida não desaparecera deles, somente submergira, e esperava, lá no fundo, como se estivesse de emboscada. Ela disse em voz baixa: "Vi".

"Talvez tenha visto o buraco nas costas dele. O buraco feito pela faca do homem que o matou."

"Vi."

"Ótimo. E se houvesse alguma chance de eu descobrir o homem que usou a faca e levá-lo à sua punição, e se para isso precisasse de sua ajuda, a senhorita me ajudaria?"

Um brilho acendeu e apagou os olhos desanimados. Maria Maffei disse: "Eu lhe daria dinheiro por isso, senhor Wolfe".

"Suspeitei que o faria. Mas vamos esquecer o dinheiro, por ora. É um outro tipo de ajuda que estou solicitando. Tendo em vista que a senhorita é inteligente o bastante para fazer suposições razoáveis e, portanto, para ficar aborrecida quando são justamente as não-razoáveis que estão disponíveis, é melhor que eu lhe explique tudo. O homem que assassinou seu irmão está sendo procurado por mim, e por outras pessoas, por um outro ato que cometeu. Um ato mais sensacional e não menos deplorável. Sei quem ele é, mas preciso de sua ajuda para..."

"O senhor sabe? Diga-me!" Maria Maffei havia lançado o corpo para a frente na cadeira, e dessa vez o brilho em seus olhos não se apagou.

Wolfe balançou um dedo para ela. "Calma, senhorita Maffei. Receio que tenha de delegar sua vingança. Lembre-se de que aqueles entre nós que são civilizados e prudentes cometem assassinatos apenas sob regras complicadas que permitem evitar a responsabilidade pessoal. Vamos continuar. A senhorita pode ajudar. Precisa confiar em mim. O marido de sua amiga Fanny, o senhor Durkin, poderá lhe dizer que sou confiável; além disso, ele também vai ajudar. Quero falar com a senhorita Anna Fiore, a garota que trabalha na pensão onde seu irmão morava. A senhorita a conhece?"

"É claro que conheço."

"Ela gosta de você e confia em você?"

"Não sei. É o tipo de garota que esconde o ouro."

"Se é que tem algum. Esta é uma maneira gentil de dizer as coisas; obrigado. A senhorita poderia, esta noite, com meu carro e um motorista, convencer a senhorita Fiore a dar um longo passeio consigo? Poderia dar-lhe uma boa desculpa, de maneira que ela não hesitasse em acompanhá-la?"

Maria Maffei olhou para ele. Depois de um momento, ela balançou a cabeça afirmativamente. "Acho que ela iria. Será uma coisa estranha, terei de pensar..."

"Terá tempo para isso. Prefiro deixar para sua perspicácia a invenção de uma desculpa; poderá usá-la de forma mais convincente se for sua. Mas isso é tudo o que terá de fazer; um de meus homens dirigirá o carro; para todo o resto, a senhorita terá de seguir minhas instruções de maneira cuidadosa e precisa. Ou melhor, as instruções do senhor Goodwin. Archie, por favor." Wolfe apoiou as mãos na beirada da mesa, empurrou a cadeira para trás e se levantou. "Vai me perdoar por deixá-la, senhorita Maffei, está na hora das minhas plantas. Talvez quando a senhorita e o senhor Goodwin tiverem terminado, ele possa levá-la até lá em cima para vê-las."

E saiu.

Naquele dia, não levei Maria Maffei lá em cima para ver as orquídeas; eram quase cinco horas quando terminei com ela, e eu ainda tinha mais uma coisa para fazer. Ela não empacou de maneira nenhuma, mas as explicações foram longas, e em seguida repassei os detalhes três vezes para ter certeza de que ela não ficaria agitada e confundisse tudo. Decidimos que seria melhor que ela fizesse uma visita preliminar a Anna para combinar tudo, de modo que a embarquei num táxi e a despachei para a rua Sullivan.

Em seguida comecei a tratar de meus próprios detalhes. Tinha de arranjar a faca, as máscaras e as armas e deixá-las prontas, e alugar um carro, visto que não podíamos correr o risco de Anna reconhecer nosso carro. Tinha também de chamar Bill Gore e Orrie Cather. Eu os havia sugerido, e Wolfe aprovara. Ele já havia dito a Durkin para se apresentar às sete horas.

Consegui fazer tudo, mas sem um minuto a perder. Às seis e meia, engoli um jantar às pressas na cozinha, enquanto Wolfe estava no escritório com Saul Panzer. Na saída, Saul deu uma espiada na cozinha para fazer uma careta para mim, como se sua cara já não fosse feia o bastante sem nenhum adorno. Ele disse: "Bom apetite, Arch, pode ser sua última refeição; esta noite você não está lidando com nenhum frouxo!".

Eu estava com a boca cheia, de modo que disse apenas: "Saia daqui, nanico".

Bill Gore e Durkin chegaram no horário, e Orrie não se atrasou muito. Eu lhes passei a história, e ensaiei Orrie diversas vezes porque muita coisa dependia dele. Não trabalhávamos juntos havia mais de dois anos, e era muito bom vê-lo novamente torcendo os lábios finos e procurando um lugar para cuspir os restos de fumo.

Wolfe ainda estava jantando quando saímos um pouco antes das oito. Eu havia conseguido um sedã Buick preto, que tinha quatro rodas e um motor, mas não era igual ao nosso carro. Orrie foi na frente comigo e Bill Gore e Durkin entraram atrás. Pensei que era uma pena que aquilo fosse apenas uma armação, porque com aqueles três caras eu teria aceitado um contrato para interceptar qualquer coisa, de um ônibus de Jersey até um caminhão de bebida. Orrie disse que eu devia ter pendurado uma placa no radiador, *Os salteadores de estrada*. Sorri, mas só com a boca. Sabia que tudo tinha de sair certinho e dependia de mim, e o que Wolfe havia dito sobre Anna Fiore era verdade: a visão mental dela era limitada, mas dentro de seus limites, ela poderia ver coisas que uma visão mais ampla teria perdido completamente.

Fui na direção oeste e entrei na estrada de Sawmill River. A propriedade dos Williamson ficava a leste de Tarrytown, numa estrada vicinal; eu sabia o caminho tão bem quanto sabia andar na rua 35, por conta de minhas idas para lá quatro anos antes. Eu esperava chegar pelas nove e meia, mas o tráfego até Yonkers me segurou, e foi um pouco depois disso que eu estava com os faróis acesos entrando na trilha onde eu havia recolhido a sra. Williamson desmaiada, levando-a para a lagoa para molhar seu rosto.

Dirigi até a casa, por uns quinhentos metros, deixei os três no carro e fui tocar a campainha. Tanzer, o mordomo, lembrou-se de mim e me estendeu a mão. Eu lhe disse que não ia entrar, que só queria falar com seu patrão por um minuto. Burke Williamson apareceu logo em seguida; também me cumprimentou e disse que lamentava eu ter perdido o jantar na noite de sexta. Eu disse a ele que também lamentava.

"Estou um pouco atrasado, senhor Williamson, passei por aqui só para me certificar de que está tudo pronto. Não há nenhum empregado solto por aí, caçando vaga-lumes? Podemos continuar?"

"Está tudo arrumado." Ele riu. "Ninguém vai atrapalhar sua trama sinistra. É claro que estamos morrendo de curiosidade. Acho que eu não poderia ficar atrás de uma moita espiando, poderia?"

"É melhor o senhor ficar na casa, se não se importa. Não vou vê-lo novamente, tenho de fazer uma retirada rápida. Wolfe lhe telefonará amanhã, espero, para agradecer."

"Ele nem precisa se preocupar com isso. Nunca farei o bastante para que Nero Wolfe me deva qualquer tipo de agradecimento."

Voltei para o carro, manobrei-o e entrei na trilha novamente, em sentido contrário. Já escolhera o lugar, mais ou menos a meio caminho, a uns trezentos metros da estrada pública, com arbustos altos dos dois lados e árvores atrás. Escuro e adequado. Naquele trecho, a trilha era suficientemente estreita para que eu pudesse bloqueá-la sem ter de atravessar o sedã.

Posicionei o carro, apaguei os faróis e todos saímos. Eram quase dez horas e nossa presa devia chegar às dez e quinze. Distribuí as armas e dei a faca a Orrie. Em seguida distribuí as máscaras e nós as pusemos. Estávamos com uma aparência terrível, e não pude evitar de sorrir com as piadas de Orrie, embora, para falar a verdade, eu estivesse bastante nervoso. Aquilo tinha de dar muito certo. Repassei o plano com eles. Eles sabiam tudo na ponta da língua e nos espalhamos pelos arbustos. Estava muito escuro. Eles começaram a falar em voz alta um com o outro, e logo tive de mandar que se calassem para poder escutar.

Depois de alguns minutos chegou até mim o som do carro de Wolfe, em segunda para subir o aclive. Eu não conseguia ver os faróis por conta dos arbustos, mas pouco depois consegui. Eles ficaram cada vez mais brilhantes e aí vi o carro. Veio zumbindo, chegando perto, e quando o motorista viu o sedã à sua frente, diminuiu a velocidade. Saí correndo do meio dos arbustos, pulei para o estribo do carro de Wolfe no exato momento em que ele parou, e enfiei minha arma na cara de Saul Panzer, que estava no banco do motorista.

Os outros me seguiram. Bill Gore estava ao meu lado, no estribo, enfiando a arma pela janela aberta; Orrie, com Durkin atrás, estava abrindo a porta de trás. Maria Maffei gritava. Não se ouvia um único som que viesse de Anna.

Orrie disse: "Saia daí rápido. Vamos logo, quer que eu abra um buraco em você?".

Anna saiu e ficou em pé ao lado do carro. Bill Gore entrou, pegou Maria Maffei e a puxou para fora. Orrie rosnou: "Você, feche essa matraca". Gritou para mim: "Se esse motorista der um pio, acerte ele. Apague o farol".

Bill Gore disse: "Peguei a bolsa dela, está gorda".

"Qual?"

"Esta aqui."

"Tudo bem, pode ficar com ela, e feche a matraca dela. Se ela gritar, acerte ela." Orrie virou-se para Durkin. "Venha cá, segure esta aqui enquanto eu ilumino ela."

Durkin posicionou-se atrás de Anna e segurou seus braços; ela estava pálida, de lábios apertados; não havia soltado um pio. Orrie segurou a lanterna bem em cima do rosto dela, e seu rosto mascarado estava bem atrás da luz. Ele disse: "É você. Diacho, peguei você. Quer dizer que você vai contar para as pessoas sobre Carlo Maffei recortando anúncios de jornal e falando no telefone e tudo o mais que devia esquecer? Vai? Pois não vai mais. A faca que serviu para o Carlo Maffei vai servir para você também. Pode dizer oi a ele por mim".

Sacou uma faca comprida, balançando-a, e a faca brilhou à luz da lanterna. Ele era muito bom. Maria Maffei gritou e quis pular sobre ele e quase escapou de Bill Gore. Bill, que pesava noventa quilos e não era gordo, segurou-a de novo. Durkin estava puxando Anna, afastando-a da faca, e dizendo a Orrie: "Nada disso! Pare! Você disse que não ia fazer isso. Nada disso!". Orrie parou de balançar a faca e dirigiu outra vez a lanterna para Anna.

"Tudo bem." Sua voz soou cruel. "Onde está sua bolsa? Depois eu lhe pego. Vamos, não fique aí com cara de trouxa. Cadê os cem dólares que lhe mandei? Não? — Segure, vou revistar ela."

Ele avançou para pegar a meia dela, e Anna virou onça. Soltou-se de Durkin com um safanão e deu um berro que deve ter sido ouvido em White Plains. Orrie agarrou-a e rasgou metade de sua manga; Durkin foi para cima dela de novo, e quando ela viu que não ia conseguir fugir, começou um show de chutes e mordidas que me agradou por ter deixado aquela parte para os ajudantes. Durkin finalmente a aquietou, com um dos braços em torno dos braços dela e a outra mão segurando sua cabeça para trás, mas Orrie não conseguiu enfiar a mão por dentro da meia dela, por isso teve de rasgá-la. Percebi que a fuga teria de ser rápida, caso contrário seria preciso amarrá-la, e fiz Saul desviar o carro dele bem para o canto da trilha para poder passar com o meu. Durkin trouxe Anna Fiore, que ainda chutava e tentava mordê-lo, e empurrou-a para dentro do carro; Orrie estava do lado dele, rosnando para ela. "Você ficou com meu dinheiro, né? Não queimou ele, né? Da próxima vez vai ficar de boca fechada."

Corri até o Buick, dei a partida e avancei. Os outros entraram correndo. Enquanto saíamos, Maria Maffei gritava para nós, mas não ouvi a voz de Anna. Dirigi pelas curvas da trilha tão rápido quanto possível, e assim que entrei na estrada pública pisei no acelerador.

Bill Gore no banco de trás estava rindo quase a ponto de sufocar. Cheguei na estrada Sawmill River e virei para o sul, diminuindo a velocidade. Orrie, a meu lado, estava quieto. Perguntei:

"Pegou o dinheiro?"

"É, peguei." Ele não parecia muito feliz. "Acho que vou ficar com ele até descobrir se Nero Wolfe paga adicional por insalubridade."

"Por que, ela te pegou?"

"Me deu duas mordidas. Aquela garota realmente estava preocupada com os cem mangos. Se você tivesse me dito que eu ia ter de domar um tigre só com as mãos, teria me lembrado de que tinha um compromisso."

Bill Gore começou a rir novamente.

Achei que tudo tinha sido muito bem encenado. Wolfe não podia exigir nada melhor do que aquilo. A única coisa que eu receava era que Anna ficasse tão assustada que se fechasse para sempre, mas agora isso não parecia provável. Eu estava satisfeito por Wolfe ter pensado em usar Maria Maffei, e por ela estar disposta a participar, pois eu nem teria pensado em levar Anna de volta para a cidade com sua meia vazia. A única pergunta agora era: o que ela sabia, e quando iríamos descobrir? Será que o plano de Wolfe seria levado até o fim da maneira como ele o pensara? E, se isso acontecesse, que tipo de clímax ela nos daria?

De qualquer forma, meu próximo passo era voltar sem demora para o escritório, portanto não tinha tempo de devolver meus passageiros a seus lugares de origem. Deixei Bill Gore na rua 90 e levei Durkin e Orrie para o centro, deixando-os na estação de metrô de Times Square. Uma vez que não seria bom deixar o Buick estacionado na frente de casa, levei-o para a garagem e voltei a pé.

Eu não havia dado muita importância à idéia de Manuel Kimball sobre o tipo de presente que considerava adequado para Nero Wolfe, mas ao sair dissera a Fritz para pôr a tranca na porta assim que saíssemos, e agora tinha de tocar a campainha para poder entrar. Era quase meia-noite, mas ele veio assim que toquei.

Wolfe estava no escritório, comendo biscoito e marcando itens num catálogo da Hoehn's. Entrei e fiquei parado, esperando que ele olhasse para cima. Por fim ele o fez, dizendo: "Na hora".

Balancei a cabeça afirmativamente. "E nem precisei me defender, mas Orrie precisou, ou quase. Ela o mordeu. Mordeu Durkin também. Ela é uma peste. Sua pequena peça transcorreu muito bem. Eles devem chegar logo; vou subir e me vestir para o próximo ato. Posso tomar um copo de leite?"

Wolfe disse: "Ótimo", e voltou para seu catálogo.

Levei o leite para o quarto e, entre um gole e outro, tirei a roupa e vesti o pijama. Essa parte do plano me parecia um pouco exagerada, mas não me importei porque me dava oportunidade de usar o elegante roupão que Wolfe me dera anos antes e que eu só vestira uma vez. Acendi um cigarro e terminei o leite, depois vesti o roupão e dei uma boa olhada no espelho. Enquanto fazia isso, ouvi um carro se aproximar e parar na frente da casa. Fui até a janela aberta e ouvi a voz de Saul Panzer, depois a de Maria Maffei. Sentei-me e acendi outro cigarro.

Fiquei lá sentado por quase meia hora. Ouvi Fritz abrir a porta e as vozes deles no vestíbulo enquanto se encaminhavam para o escritório, depois tudo ficou em silêncio. Esperei tanto tempo que cheguei a me perguntar se não estava dando certo, ou se Wolfe ia terminar sua farsa sem mim. Aí ouvi passos no vestíbulo, em seguida nas escadas, e Fritz apareceu em minha porta dizendo que Wolfe queria que eu fosse até o escritório. Esperei mais um tempinho, o suficiente para acordar e vestir o roupão, como se estivesse dormindo, despenteei o cabelo e desci.

Wolfe estava sentado atrás de sua mesa, Maria Maffei numa cadeira na frente dele e Anna em outra encostada na parede. Anna estava digna de ser vista, com uma das mangas caindo, uma perna descoberta, o rosto sujo e o cabelo todo desalinhado.

Demonstrei surpresa. "Senhorita Maffei! Anna! O que aconteceu, soltaram os cachorros em vocês?"

Wolfe balançou um dedo na minha direção. "Archie. Lamento importuná-lo. A senhorita Maffei e a senhorita Fiore foram submetidas a violências. Estavam andando de carro no campo, indo visitar a irmã da senhorita Maffei, quando foram atacadas por bandidos. Pararam o carro delas, trataram-nas com descortesia e as roubaram. A bolsa e os anéis da senhorita Maffei foram levados. A senhorita Fiore foi espoliada do dinheiro que nos mostrou e que ganhou com tanta dificuldade."

"Não!", disse eu. "Anna! Não diga que levaram o seu dinheiro."

Os olhos de Anna estavam sobre mim. Encarei-os, mas depois de um segundo achei que seria melhor olhar para Wolfe.

Anna disse: "*Ele* pegou".

Wolfe confirmou. "A senhorita Fiore teve a impressão de que o homem que lhe tirou o dinheiro era o mesmo que o enviou a ela. Eu as aconselhei a ir imediatamente à polícia, mas elas não aceitaram a sugestão. A senhorita Maffei, por princípio, não confia na polícia. A senhorita Fiore parece ter concebido a idéia de que é provável que nós, mais particularmente você, possamos ajudá-la. É claro que no momento você não está adequadamente vestido para sair à caça dos ladrões, e a cena do crime fica a uns vinte quilômetros daqui, mas a senhorita Fiore pediu que eu o chamasse. Você teria alguma idéia?"

"Bem", disse eu. "Isso é péssimo. É terrível. E eu lá em cima, dormindo pesado. Pena que você não me chamou para levá-la ao campo, Anna; se tivesse feito isso, nada teria acontecido, não importa quem tentasse pegar o seu dinheiro."

Os olhos de Anna iam de um lado para o outro, de Wolfe para mim, mas eu não pensava mais que pudesse haver qualquer desconfiança neles; ela estava apenas atordoada, arrasada por sua perda inconcebível. Disse: "Ele queria me matar. Eu mordi ele".

"Que bom. Está vendo, Anna, isso é o que acontece quando você tenta ser decente com um mau sujeito. Se, no outro dia, você tivesse queimado aquele dinheiro quando lhe pedi para fazê-lo, e tivesse nos contado o que sabe sobre as coisas, agora você teria o dinheiro do senhor Wolfe. Agora você não pode queimar o dinheiro porque não o tem mais, e a única maneira de recuperá-lo seria se pudéssemos pegar o sujeito. Lembre-se, ele é o homem que matou Carlo Maffei. E veja o que ele fez a você! Rasgou o seu vestido e puxou a sua meia — ele machucou você?"

Anna disse que não. "Ele não me machucou. O senhor pode pegá-lo?"

"Poderia tentar. Poderia se soubesse onde procurar."

"O senhor daria ele de volta pra mim?"

"Seu dinheiro? Claro que sim."

Anna olhou para a perna nua, e uma de suas mãos deslizou lentamente por sob a bainha da saia e pousou no lugar onde haviam estado as notas de vinte. Maria Maffei começou a falar, mas Wolfe fez-lhe um sinal para que ficasse em silêncio. Anna ainda estava olhando para a perna quando disse: "Preciso tirar a roupa".

Eu fui lento; Wolfe entendeu na hora. Disse: "Ah. Certamente. Archie, acenda as luzes da sala da frente. Senhorita Maffei, poderia acompanhar a senhorita Fiore?"

Fui até a sala da frente, acendi as luzes e fechei as janelas e as cortinas. Anna e a srta. Maffei haviam me seguido e esperaram que eu saísse. Quando saí, sorri amigavelmente para Anna; ela parecia pálida, mas seus olhos estavam mais brilhantes do que eu jamais vira. No escritório, fechei a porta atrás de mim. Wolfe estava sentado ereto em sua cadeira, em vez de recostado; não havia nada de notável no sonolento e paciente hemisfério de seu rosto, mas seus antebraços repousavam nos braços da cadeira e o dedo indicador de sua mão direita movia-se de forma que a ponta descrevia um pequeno círculo que se repetia sobre a madeira polida. Para Wolfe, aquele gesto era o bastante em termos de agitação.

Sentei. Sons indistintos de vozes e movimentos vinham da sala da frente. Elas estavam demorando. Eu disse: "Que bela beca você me deu".

Wolfe olhou para mim, suspirou e semicerrou os olhos novamente.

Quando a porta se abriu, eu me levantei de um pulo. Anna veio na frente, com um pedaço de papel na mão; a manga que fora rasgada havia sido presa com um alfinete, e ela havia ajeitado o cabelo. Ela veio até mim, estendeu o papel na minha direção e murmurou: "Senhor Archie". Eu quis lhe dar um tapinha no ombro, mas percebi que ela certamente começaria a chorar se eu o fizesse, de modo que me limitei a balançar a cabeça e ela voltou para sua cadeira, e Maria Maffei voltou para a outra. O que ela me deu era um pequeno envelope de papel manilha. Virei-me para a mesa de Wolfe para entregar a ele, mas ele fez um gesto para que eu o abrisse. Não estava fechado. Tirei o conteúdo, espalhando-o sobre a mesa.

Era uma coleção e tanto. Wolfe e eu examinamos tudo sem pressa. Item um, o recorte sobre a morte de Barstow que Carlo Maffei havia tirado do *Times* no dia 5 de junho.

Item dois, uma série de desenhos em pequenas folhas separadas, precisos e bem-feitos, com duas molas e um gatilho e um monte de outras coisas complicadas; o formato de uma delas era o da cabeça de um taco de golfe. Item três, um recorte de uma reprodução impressa em revista de uma fotografia de Manuel Kimball em pé ao lado de seu avião, e uma legenda com o nome dele, comentando sobre a popularidade da aviação entre a nova geração de Westchester. Embaixo, estava escrito a lápis, *O homem para quem eu fiz o taco de golfe. Ver os desenhos. 26 de maio de 1933. Carlo Maffei.* Item quatro, uma nota de dez dólares. Era uma nota dourada, e havia coisas escritas a lápis nela também, e essas coisas eram as assinaturas de quatro pessoas: Sarah Barstow, Peter Oliver Barstow, Lawrence Barstow e Manuel Kimball. As assinaturas haviam sido feitas com um lápis macio de ponta larga e cobriam a metade de um dos lados da nota.

Olhei para todos aqueles objetos uma segunda vez e murmurei para Wolfe: "Beleza".

Ele disse: "Archie, eu tolero isso de Saul Panzer, mas não de você. Nem mesmo como homenagem a essa extraordinária exposição. Pobre Carlo Maffei! Como combinar a precaução que o fez reunir esses objetos com a imprudência que o levou a seu encontro fatal? Só nós lucramos com a precaução, ele pagou pela imprudência — uma barganha desprezível. Senhorita Maffei, a senhorita perdeu a bolsa mas ganhou o meio de acalmar a efervescência de seu sangue; o assassino de seu irmão é conhecido e o instrumento de sua punição está ao alcance de nossas mãos. Senhorita Fiore, seu dinheiro será recuperado. O senhor Archie vai encontrá-lo e devolvê-lo, eu lhe prometo. Ele fará isso em breve, pois posso adivinhar o quão pouco as promessas neste momento significam para a senhorita; a chama impetuosa da realidade é sua única luz e seu único calor, falo da realidade das notas de vinte dólares. Em breve, senhorita Fiore. Por favor, diga-me, quando o senhor Maffei lhe deu tudo isso?".

Anna falou. Não era exatamente o que se poderia chamar eloqüência, mas respondeu prontamente às perguntas de Wolfe. Ele conseguiu todos os detalhes e fez com que eu os anotasse. Ela, de fato, havia visto o taco de golfe. Durante muitos dias Carlo Maffei havia proibido que ela entrasse no quarto quando ele estava trabalhando, e mantivera seu armário trancado. Mas certo dia, durante a ausência dele, ela tentou e conseguiu abrir a porta do armário que revelou nada de incomum que pudesse satisfazer sua curiosidade, além de um taco de golfe, evidentemente em processo de construção. Quando voltou, e descobriu que o taco não estava na mesma posição em que ele o deixara, Maffei ficou suficientemente perturbado para dizer-lhe que se mencionasse, mesmo de passagem, o taco de golfe, ele lhe cortaria a língua. Isso era tudo o que ela sabia. O envelope lhe fora dado no dia 5 de junho, o dia em que Maffei havia desaparecido. Por volta das sete horas, pouco depois que ele havia atendido o telefonema, ela foi ao andar de cima para fazer alguma coisa e ele a chamou até seu quarto, dando-lhe o envelope. Ele havia dito a ela que pediria o envelope de volta de manhã, mas se não voltasse naquela noite e se não tivessem mais notícias dele, Anna deveria entregar o envelope à irmã dele.

Quando Anna disse isso, Maria Maffei se animou. Levantou-se de um pulo e avançou para cima da garota.

Tentei impedi-la, mas a voz de Wolfe, como um chicote, chegou primeiro:

"Senhorita Maffei!" E balançou um dedo na direção dela. "Volte para sua cadeira. Sente-se, eu disse! Seu irmão já estava morto. Guarde sua fúria. Depois de puxar o cabelo da senhorita Fiore, suponho que você iria lhe perguntar por que ela não lhe deu o envelope. Isso me parece óbvio. Talvez eu possa poupá-la do constrangimento de responder. Não sei se seu irmão pediu a Anna que não olhasse o conteúdo do envelope; de qualquer forma, ela olhou. Viu a nota de dez dólares; estava com ela. — Senhorita Fiore, antes de Carlo Maffei lhe dar esse envelope, qual foi a maior quantia em dinheiro que já teve?"

Anna respondeu: "Não sei".

Perguntei a ela: "Você já teve dez dólares antes?".

"Não, senhor Archie."

"Cinco dólares?"

Ela balançou a cabeça. "A senhora Ricci me dá um dólar por semana."

"Ótimo. E você compra seus sapatos e roupas?"

"Claro que sim."

Desisti de continuar. Wolfe disse: "Senhorita Maffei, você e eu também estamos sujeitos a sermos tentados por um reino, só que as fronteiras não seriam tão modestas. Ela provavelmente lutou contra a tentação, e por mais um dia teria vencido e entregue o envelope a você intacto; mas o correio daquela manhã trouxe-lhe um outro envelope, e dessa vez não era apenas um reino, mas um mundo inteiro de glória. Ela perdeu; ou talvez, seu fracasso ressurja novamente como uma vitória; não há como saber. De qualquer maneira, sua luta terminou. E agora, senhorita Maffei, você vai fazer o seguinte, sem sombra de dúvida: leve a senhorita Fiore para casa consigo e mantenha-a lá. Seu motorista está aguardando lá fora. Pode dizer a seu patrão que sua sobrinha veio visitá-la. Explique o que quiser, mas mantenha a senhorita Fiore segura até que eu lhe diga que o perigo passou. Em nenhuma circunstância ela deve sair à rua. Está ouvindo, senhorita Fiore?".

"Faço o que o senhor Archie disser."

"Ótimo. Archie, acompanhe-as e explique os detalhes. Será por apenas um dia ou pouco mais."

Assenti e subi para guardar o roupão por mais um ano e me vestir.

17

Quando voltei, depois de acompanhar Anna e Maria Maffei ao apartamento na Park Avenue onde Maria Maffei trabalhava como governanta, o escritório estava às escuras e Wolfe já subira. Havia um bilhete para mim: *Archie, descubra com a senhorita Barstow qual é sua desculpa para danificar uma nota da moeda circulante no país. N. W.* Eu sabia que esse era o próximo passo. Subi para me deitar, mas, por respeito a Manuel Kimball, fui até o fundo do corredor para ver se havia alguma luz debaixo da porta de Wolfe. Não havia. Falei em voz alta:

"Você está inteiro numa cama só?"

A voz de Wolfe soou: "Diacho, não me aborreça!".

"Sim, senhor. O alarme está ligado?"

"Está."

Fui para meu quarto e direto para a cama. Já eram mais de duas da madrugada.

De manhã havia um chuvisco, mas não me importei. Tomei meu café da manhã sem pressa e disse a Fritz para manter as trancas na porta enquanto eu estivesse fora. Vesti uma capa de chuva e um chapéu de plástico e saí assobiando a caminho da garagem. Uma coisa que me alegrou foi uma nota no jornal matutino que dizia que as autoridades de White Plains estavam prestes a comprovar que a morte de Peter Oliver Barstow fora o resultado de uma picada de cobra acidental e que diversos outros detalhes da tragédia que não estivessem ligados a essa teoria podiam ser explicados como sendo pura coincidência. Teria sido engraçado telefonar para Harry Foster na *Gazette* e contar-lhe como seria seguro espalhar tachinhas na cadeira de Anderson para garantir o pulo, mas não podia correr o risco porque não sabia quais eram os planos de Wolfe nesse sentido. Outra fonte de alegria foi ver como era completo o pacote que Anna Fiore carregara consigo o tempo todo, preso em fosse lá o que fosse que usava por baixo da saia. Quando pensei que talvez ele já estivesse com ela naquele primeiro dia em que fui à rua Sullivan com Maria Maffei e que não fora suficientemente perspicaz para sentir o cheiro, tive vontade de me dar um chute. Mas talvez não fosse bem assim. Se o envelope tivesse sido entregue a Maria Maffei, era impossível dizer o que poderia ter acontecido.

Telefonei para a casa dos Barstow na cidade e, quando cheguei lá, por volta das nove e meia, Sarah Barstow estava me esperando. Nos quatro dias desde a última vez em que a vira, ela havia mudado de aparência: tive vontade de beliscar suas bochechas; seus ombros estavam retos, sem o peso que antes havia neles. Quando ela entrou, levantei-me de minha poltrona no solário, que naquele dia era chuvário, e ela se aproximou e nos apertamos as mãos. Ela me contou que a mãe estava bem novamente, e que desta vez o dr. Bradford dissera que era muito provável que ela ficasse boa para sempre. Depois perguntou se eu queria um copo de leite!

Sorri. "Acho que não, obrigado. Como lhe disse pelo telefone, senhorita Barstow, desta vez a visita é formal. Lembra-se que da última vez eu disse que era social?

Hoje, é formal." Tirei um envelope do bolso e dele a nota de dez dólares, que passei para as mãos dela. "Nero Wolfe formulou a coisa da seguinte maneira: que desculpa você tem para danificar a moeda vigente no país?"

Ela olhou perplexa para a nota por um segundo, depois sorriu e uma sombra passou por seu rosto, a sombra de seu pai morto. "Onde é que o senhor... onde o senhor a conseguiu?"

"Ah, um atravessador nos deu. Mas como esses nomes foram parar aí? A senhorita escreveu o seu?"

Ela confirmou com a cabeça. "Sim, todos nós assinamos. Acho que lhe contei — será que não? — que certo dia no verão passado Larry e Manuel Kimball jogaram uma partida de tênis e que meu pai e eu servimos de árbitro e juiz de linha. Eles tinham feito uma aposta, e Larry pagou ao senhor Kimball com uma nota de dez dólares, e o senhor Kimball quis que assinássemos nossos nomes nela como lembrança. Estávamos sentados... no terraço..."

"E Manuel Kimball ficou com a nota?"

"Claro. Ele a ganhou."

"E é esta aqui?"

"Com certeza, tem as nossas assinaturas. Senhor Goodwin, acho que é só banal curiosidade, mas onde a conseguiu?"

Peguei a nota e recoloquei-a com cuidado no envelope — não no envelope de Carlo Maffei, mas num envelope com clipe, de forma que as assinaturas não se apagassem mais do que já estavam — e guardei-o no bolso.

"Lamento, senhorita Barstow. Tendo em vista que é apenas banal curiosidade, creio que terá de esperar. Não muito, creio. E posso lhe dizer, sem querer ofender, que está com uma aparência ótima? Eu estava pensando, quando entrou aqui, que gostaria de apertar suas bochechas."

"O quê?" Ela ficou surpresa, mas depois riu. — "*Isso* é que é um elogio."

"É mesmo. Se soubesse quantas bochechas existem por aí que não tenho vontade de apertar... Até logo, senhorita Barstow."

Apertamo-nos as mãos novamente enquanto ela ainda ria.

Indo em direção ao sul sob o chuvisco, considerei que a nota de dez dólares fechava o caso. Os outros três itens no envelope de Carlo Maffei eram boas evidências, mas a nota era algo que ninguém, a não ser Manuel Kimball, poderia ter, e ela tinha ido parar nas mãos de Carlo Maffei. Como?, me perguntei. Bem: Manuel Kimball a guardara em sua carteira como recordação. Seus pagamentos em dinheiro, um ou mais, a Carlo Maffei por ter construído o taco de golfe, não haviam sido feitos em ambientes bem-iluminados, mas em lugares escuros o suficiente para afastar a curiosidade de eventuais observadores; e, na penumbra, a nota de recordação fora incluída num dos pagamentos. Provavelmente Manuel descobrira mais tarde sua falta de cuidado e exigira a nota de volta, e Maffei havia dito que já a gastara sem perceber. Pode ser que isso tenha despertado as primeiras suspeitas de Manuel em relação a Maffei, e certamente explica o reconhecimento da parte de Maffei da importância da morte de Peter Oliver Barstow e da forma como ocorrera. Isso porque esse nome, e dois outros Barstow, tinham assinado uma nota de dez dólares que ele estava guardando.

É, Manuel Kimball viveria o bastante para lamentar ter vencido aquela partida de tênis.

Em White Plains, depois de uma decisão de momento, diminuí a velocidade e saí da Parkway. A mim me parecia que estava tudo acabado e que a única coisa que faltava era uma breve visita ao escritório do promotor público para explicar-lhe os fatos da vida. E, nesse caso, não fazia sentido eu dirigir embaixo da chuva até a rua 35 e depois ter de voltar. Então encontrei um telefone público, liguei para Wolfe e lhe contei o que havia descoberto com Sarah Barstow, perguntando-lhe qual era o próximo passo. Ele me disse para ir para casa. Mencionei que estava bem ali em White Plains, com todo o tempo do mundo e grande inclinação para aceitar qualquer missão que ele pudesse ter em mente. Ele disse: "Venha para casa. Sua missão estará aqui esperando por você".

Voltei para a Parkway.

Passava um pouco das onze quando cheguei. Não consegui estacionar na frente de casa como de costume, porque outro carro já ocupava a vaga, uma enorme limusine preta. Depois de desligar o motor, fiquei lá sentado por um minuto, olhando a plaquinha pendurada na placa de licenciamento da limusine. E me permiti o prazer de um sorriso, saí do carro e, só por divertimento, fui até a frente da limusine e falei com o motorista.

"O senhor Anderson está na casa?"

Ele ficou olhando para mim durante alguns segundos antes de se decidir a responder afirmativamente. Virei-me e subi os degraus, ainda com o sorriso no rosto.

Anderson estava com Wolfe no escritório. Quando entrei, fingi não vê-lo. Fui direto até a mesa de Wolfe, tirei o envelope do bolso e entreguei a ele. "Ok", eu disse. "Escrevi a data da partida no envelope." Ele fez que sim e me disse para trancar no cofre. Abri a porta pesada e levei algum tempo para descobrir a gaveta com as outras coisas que Anna havia trazido. Depois me virei, fixei os olhos no visitante e fiz expressão de surpresa.

"Ah", falei, "é o senhor. Bom dia, senhor Anderson."

Ele resmungou alguma coisa para mim.

"Archie, por favor, pegue seu caderno para que possamos começar." Wolfe estava usando seu tom de voz arrastado, e quando o ouvi, eu soube que um certo advogado iria se irritar muito.

"Não, não em sua mesa, puxe uma cadeira e junte-se a nós. Ótimo. Eu estava justamente explicando ao senhor Anderson que a engenhosa teoria sobre o caso Barstow que ele está tentando adotar é uma ofensa à verdade e um ultraje à justiça, e visto que eu prezo a primeira e tenho boas relações com a segunda, meu dever é demonstrar-lhe a inadequação dessas idéias. Terei prazer em ter o seu apoio. O senhor Anderson está um pouco confuso com a urgência de meu convite para que viesse até aqui, mas acabo de lhe dizer que creio que devemos ser gratos pelo fato de o telefone permitir o arranjo improvisado dessas pequenas conferências informais. Se pensar bem, senhor Anderson, tenho certeza de que concordará comigo."

O pescoço de Anderson estava inchando. Nunca houve nada de muito agradável a respeito dele, mas agora ele estava tentando manter sua vileza sob controle porque sabia que tinha de fazer isso, e ela continuava a sufocá-lo, tentando sair. Seu rosto estava vermelho e seu pescoço inchava. Ele disse a Wolfe: "Pode dizer ao seu ajudante para guardar o caderno. Você é um idiota maior do que pensei que fosse, Wolfe, se imagina que pode levar isso adiante".

"Anote, Archie." A fala arrastada de Wolfe era excelente. "É irrelevante, visto se tratar apenas de uma opinião, mas anote assim mesmo. Senhor Anderson, vejo que o senhor não está entendendo direito a situação; não supus que fosse tão obtuso. Pelo telefone lhe ofereci diversas alternativas, e o senhor escolheu vir até aqui. Estando aqui, na minha casa, o senhor me permitirá dirigir as atividades de quem mora comigo. Caso isso o aborreça de maneira intolerável, pode se retirar à vontade e sem cerimônia. Se for embora, o procedimento será o que eu já lhe indiquei: dentro de vinte e quatro horas, o senhor Goodwin irá em meu carro até o seu escritório em White Plains. Atrás dele, em outro carro, haverá um sortimento de repórteres; ao lado dele estará o assassino de Peter Oliver Barstow e Carlo Maffei; no bolso, ele levará a prova indubitável da culpa do assassino. Eu estava inclinado a proceder..."

Anderson interrompeu: "Carlo Maffei? Quem diabos é esse?".

"Era, senhor Anderson. Não é. Carlo Maffei era um artesão italiano que foi assassinado em sua comarca na noite de 5 de junho, uma segunda-feira — esfaqueado nas costas. Com certeza o caso está em seu escritório."

"E daí se estiver? O que isso tem a ver com Barstow?"

"Os dois foram assassinados pelo mesmo homem."

Anderson olhou espantado. "Meu Deus, Wolfe, acho que você é louco."

"Acho que não." Wolfe suspirou. "Há momentos em que eu acolheria uma conclusão dessas como uma das mais vis fugas de responsabilidade da vida — aquilo que o senhor Goodwin chamaria de 'arranjar uma saída'. As evidências em contrário são avassaladoras. Mas voltemos ao nosso assunto. O senhor está com seu talão de cheques?"

"Ah." Os lábios de Anderson se retorceram. "E se estiver?"

"Será mais conveniente para o senhor fazer um cheque em meu nome no valor de 10 mil dólares."

Anderson não respondeu. Encarou Wolfe nos olhos e assim permaneceu, enquanto Wolfe sustentava seu olhar. Wolfe suspirou. Por fim, Anderson disse, com fala mansa:

"Poderia ser conveniente, mas não é muito razoável. Você não é um seqüestrador, é?"

"Oh, não." As bochechas de Wolfe se ergueram. "Garanto-lhe que não, tenho o temperamento romântico, mas não tenho a constituição física que deveria acompanhá-lo. O senhor não entende a situação? Deixe-me explicá-la. De certa forma, ela remonta a quatro anos atrás, ao esquecimento que o senhor demonstrou no caso Goldsmith. Lamentei isso daquela vez, e decidi que em alguma ocasião adequada o senhor seria lembrado disso. Agora eu o estou lembrando. Duas semanas atrás estive em posse de informações que representavam uma oportunidade de lhe oferecer um favor. Eu quis fazer isso; mas com o caso Goldsmith em minha memória e, sem dúvida, ou pelo menos foi o que pensei, na sua também, pareceu-me provável que a delicadeza de sentimentos o impedisse de aceitar um favor vindo de mim. Então me ofereci para vender-lhe a informação pela quantia adequada; essa, é claro, foi representada pela oferta de uma aposta; a prova de que o senhor entendeu de forma correta foi fornecida por sua contra-oferta ao senhor Goodwin de uma quantia tão vil que não a mencionarei aqui."

Anderson disse: "Ofereci um pagamento considerável".

"Senhor Anderson! Por favor. Não nos arraste para uma discussão de absurdos." Wolfe recostou-se e cruzou os dedos sobre a barriga. "O senhor Goodwin e eu descobrimos o assassino e obtivemos a prova de sua culpa; não se trata de uma prova apenas plausível, mas é prova digna de um júri. Isso nos traz ao presente. O assassino, é claro, não é minha propriedade, ele pertence ao estado soberano de Nova York. Mesmo as informações de que disponho não são propriedade minha; se eu não comunicá-las ao Estado, estarei sujeito a penalidades. Mas posso escolher meu método para fazer isso. Primeiro: o senhor me dará seu cheque pessoal no valor de 10 mil dólares, e esta tarde o senhor Goodwin irá ao seu banco e endossará o cheque, e amanhã de manhã ele o levará ao lugar onde se encontra o assassino, vai mostrá-lo ao senhor e entregar a prova de sua culpa — tudo isso de maneira adequadamente reservada e discreta. Ou, segundo: vamos começar a organizar um desfile até seu escritório da maneira que descrevi: o prisioneiro, a imprensa e a prova, com total ausência de discrição. Faça a sua escolha, senhor. Embora o senhor possa achar difícil de acreditar, a mim pouco me importa, pois embora receber o seu cheque viesse a me dar grande satisfação, também tenho enorme afeição por desfiles."

Wolfe parou de falar. Anderson olhou para ele, silencioso e calmo, pensando. Wolfe apertou o botão em sua mesa e, quando Fritz apareceu, pediu cerveja. Todas as vezes em que eu podia levantar os olhos do caderno, olhava para Anderson; percebi que isso o deixava irritado e olhei o máximo que pude.

Anderson perguntou: "Como posso saber se sua prova é boa?".

"Minha palavra, senhor. É tão boa quanto meu discernimento. Empenho ambos."

"Não há dúvida possível?"

"Tudo é possível. Mas as dúvidas não têm lugar quando se trata de cabeça de jurado."

Anderson retorceu os lábios mais um pouco. Fritz trouxe a cerveja, Wolfe abriu uma garrafa e encheu um copo.

Anderson disse: "Dez mil dólares está fora de questão. Cinco mil".

"Pff! O senhor está pechinchando? Que desprezível. Vamos ao desfile." Wolfe pegou o copo e bebeu de um gole só.

"Me entregue a prova e me diga quem é o assassino e poderá ter o cheque assim que eu o prender."

Wolfe enxugou os lábios e suspirou. "Senhor Anderson, um de nós tem de confiar no outro. Não me faça apresentar as razões para que seja o senhor a confiar em mim, e não o contrário."

Anderson começou a argumentar. Ele era duro, não há dúvida disso, não era bolinho. É claro que ele não tinha motivos ou argumentos, mas tinha muitas palavras.

Quando ele parou de falar, Wolfe apenas balançou a cabeça. Anderson continuou, e depois, ainda mais uma vez, mas tudo o que conseguiu foi a mesma resposta.

Anotei tudo, e tive de reconhecer que não havia queixas em sua fala. Ele estava lutando com munição muito ruim, mas não estava se queixando.

Ele fez o cheque de um talão que tirou do bolso, com sua caneta-tinteiro, segurando-o contra o joelho. Escreveu como um bom contador, precisa e cuidadosamente, sem pressa, e em seguida, com a mesma precisão, preencheu o canhoto antes de destacar o cheque e depositá-lo sobre a mesa de Wolfe. Wolfe fez um gesto para mim; estendi a mão, peguei o cheque e examinei-o. Fiquei aliviado ao ver que era de um banco de Nova York; aquilo iria me poupar uma viagem a White Plains antes das três horas.

Anderson levantou-se. "Espero que nunca se arrependa disso, Wolfe. Agora, quando e onde?"

Wolfe disse: "Eu lhe telefonarei".

"Quando?"

"Dentro de vinte e quatro horas. Provavelmente dentro de doze. Posso encontrá-lo a qualquer hora, em seu escritório ou em sua casa?"

Anderson disse: "Pode", virou-se e saiu. Eu me levantei e o acompanhei até a porta. Voltei para o escritório, apoiei o cheque contra um peso de papel e joguei um beijo para ele.

Wolfe estava assobiando; isto é, seus lábios estavam na posição certa e o ar estava entrando e saindo, mas não havia som. Eu adorava vê-lo fazendo aquilo; nunca acontecia quando outra pessoa que não eu estava lá nem mesmo Fritz. Certa vez ele me contou que aquilo significava que estava se rendendo às suas emoções.

Guardei o caderno, pus o cheque no bolso e devolvi as cadeiras a seus devidos lugares. Depois de algum tempo, Wolfe disse: "Archie, quatro anos é muito tempo".

"Sim, senhor. E 10 mil dólares é muito dinheiro. Falta quase uma hora para o almoço; vou correr até o banco para pegar o garrancho deles."

"Está chovendo. Pensei em você esta manhã, aventurando-se para fora da cidade. Chame um mensageiro."

"Meu Deus, não. Eu não perderia o prazer de ver este cheque endossado nem por um galão de leite."

Wolfe recostou-se e murmurou: "Intrépido!", e fechou os olhos.

Voltei a tempo de ser o primeiro a sentar para o almoço.

Eu imaginava, naturalmente, que a hora havia chegado, mas para minha surpresa Wolfe parecia ter suas próprias idéias sobre lazer. Ele não estava com pressa para nada. Ficou calmamente à mesa, com duas demoradas xícaras de café no final, e depois de terminar foi para o escritório e reclinou-se em sua cadeira sem parecer ter nada de importante em seu pensamento. Fiquei zanzando de um lado para o outro. Depois de algum tempo ele se estimulou o suficiente para me dar algumas instruções: primeiro, datilografar uma declaração de Anna Fiore, completa e em ordem cronológica; segundo, mandar fazer urgentemente cópias fotostáticas do conteúdo do envelope de Carlo Maffei; terceiro, ir até o apartamento da Park Avenue e devolver a bolsa de Maria Maffei e pegar a assinatura de Anna Fiore na declaração, em duplicata, diante de testemunhas; e quarto, conferir com Horstmann o carregamento de pseudobulbos chegado no dia anterior a bordo do *Cortez*.

Perguntei: "Não esqueceu nada?". Ele balançou a cabeça, levemente para não perturbar seu conforto, e deixei passar. Estava curioso, mas não preocupado, pois sabia, pela expressão em seu rosto, que ele estava arredondando a resposta certa.

Fiquei ocupado o resto da tarde. Fui, primeiro, a um estúdio na Sexta Avenida encomendar as cópias, e me certifiquei de que eles entenderam que se os originais se perdessem ou fossem danificados, era melhor que usassem a escada de incêndio quando me vissem chegando. Em seguida, voltei ao escritório para datilografar a declaração de Anna. Fiz isso com bastante capricho e tomou-me um bom tempo. Quando saí para pegar o carro, a chuva havia parado e estava clareando, mas as ruas ainda estavam molhadas. Eu havia telefonado para o apartamento onde Maria Maffei trabalhava, e quando cheguei lá ela estava me esperando. Eu não a teria reconhecido. Em um vestido preto de governanta, de bom corte, com uma pequena coisa preta atravessada em cima do cabelo, ela estava elegante, e seus modos eram tão finos quanto os do porteiro do Pierre's. Bem, pensei, em cada lugar elas são de um jeito. Quase tive receio de lhe devolver a bolsa, o gesto pareceu-me vulgar. Mas ela a aceitou de volta. Então ela me levou a um quarto nos fundos; e lá estava Anna Fiore, sentada, olhando pela janela. Li a declaração para ela, ela assinou e Maria Maffei e eu assinamos como testemunhas.

Anna quase não disse nada, mas seus olhos ficavam me perguntando uma única coisa o tempo todo, desde o momento em que entrei no quarto. Quando me levantei para ir embora, respondi. Dei uma palmadinha no ombro dela e disse: "Logo, Anna. Vou recuperar o seu dinheiro logo, e vou trazê-lo aqui para você. Não se preocupe".

Ela apenas balançou a cabeça e disse: "Senhor Archie".

Depois de pegar as cópias no estúdio, não vi razão para deixar o carro na rua, já que não haveria nenhum tipo de ação, de modo que o guardei na garagem e fui a pé para casa. Até a hora do jantar fiquei verificando a carga que viera no *Cortez* e escrevendo cartas aos fornecedores, relatando as perdas. Wolfe ficou zanzando de um lado para o outro sem fazer nada durante a maior parte do tempo em que fiquei lá em cima com Horstmann, mas às seis horas ele desceu, e Horstmann e eu continuamos a verificação.

Quando o jantar acabou, passava das oito. Eu já estava ficando irrequieto. Sete anos com Nero Wolfe haviam me ensinado a não roer as unhas esperando que o mundo acabasse, mas havia ocasiões em que eu estava convencido de que excêntrico era um homem que deveria ter seu nariz arrancado. Naquela noite ele manteve o rádio ligado durante todo o jantar. Assim que terminamos e ele fez sinal para Fritz puxar a cadeira para ele, eu me levantei e disse:

"Acho que não vou ficar sentado no escritório vendo você bocejar. Vou ao cinema."

Wolfe disse: "Ótimo. Nenhum homem deve negligenciar sua vida cultural".

"O quê?" Explodi. "Você quer dizer... que droga, você me deixaria ir ao cinema enquanto talvez Manuel Kimball esteja terminando de fazer as malas para uma viagenzinha a seu país natal? Então posso ir para a Argentina, comprar um cavalo e cavalgar por todo o maldito pampa, seja lá o que isso for, procurando por ele? Você acha que tudo o que é preciso para pegar um assassino é ficar sentado na droga do seu escritório e botar o seu gênio para funcionar? Isso pode ser a parte principal da coisa, mas também é preciso um par de olhos, um par de pernas e às vezes uma ou duas armas. E o melhor que você pode fazer é me dizer para ir ao cinema enquanto você...?"

Ele me mostrou a palma da mão para eu parar de falar. Fritz havia puxado a cadeira e ele se levantou, uma montanha sobre dois pés. "Archie", disse ele. "Poupe-me. Para um típico homem violento, a placidez de um beija-flor. Não sugeri o cinema, você o fez. Mesmo se Manuel Kimball fosse o tipo de homem que treme diante de sombras, não há sombras a perturbá-lo. Por que motivo Manuel Kimball faria uma viagem, para seu país natal ou para qualquer outro lugar? Eu diria que não há nada mais improvável neste momento. Se isso vai sossegar seu espírito, posso lhe dizer que ele está em casa, mas não está fazendo as malas para viajar. Falei com ele pelo telefone há apenas duas horas. Fritz, a campainha! Atenda a porta da frente, por favor. Ele vai receber outro telefonema meu amanhã de manhã, às oito horas, e lhe asseguro que vai esperar minha ligação."

"Espero que sim." Eu não estava satisfeito. "Vou lhe dizer uma coisa, ficar brincando a esta altura dos acontecimentos é perigoso. Você fez a sua parte, uma parte que nenhum homem vivo poderia fazer, e agora é simples mas muito importante. Vou até lá grudar nele, e fico grudado até você dizer a Anderson para ir pegá-lo. Por que não?"

Wolfe descartou a hipótese. "Não, Archie. Entendo seu ponto de vista: chega um momento em que a finesse deve se retirar e deixar o golpe de misericórdia para a força bruta. Eu o entendo, mas o rejeito categoricamente. Vamos, os convidados estão chegando. Você pode dar uma passada no escritório um pouco antes de se dirigir para seu entretenimento?"

Ele se virou e foi para o escritório; eu o segui, me perguntando que tipo de farsa ele estava preparando. Fosse o que fosse, ela não me agradava.

Fritz atendeu a porta e levou os convidados para o escritório antes de chegarmos. Eu não tinha uma idéia definida sobre quem poderia ser, mas certamente não esperava aquela trinca. Olhei surpreso para eles. Eram Fred Durkin, Bill Gore e Orrie Cather. Meu primeiro pensamento foi que Wolfe estranhamente pensara que eu precisava de todo aquele exército para subjugar o jararaca, que é como eu havia decidido chamar Manuel Kimball em vez de "empolado", mas claro que Wolfe me conhecia o suficiente para não pensar isso. Dei a eles um cumprimento geral e sorri ao ver uma bandagem de gaze no pulso esquerdo de Orrie. Anna Fiore havia se interessado mesmo por ele.

Depois de se sentar na cadeira, Wolfe me pediu para pegar um lápis e um pedaço grande de papel para fazer um mapa aproximado da propriedade de Kimball. Com os convidados ali, não questionei: fiz o que ele me pediu. Eu lhe disse que estava familiarizado apenas com a área imediatamente ao redor da casa e com o campo de pouso, e ele disse que aquilo era o bastante. Enquanto eu fazia o mapa em minha mesa, Wolfe estava dizendo a Orrie como pegar o sedã na garagem às seis e meia da manhã, instruindo os outros dois a encontrarem-no lá no mesmo horário.

Levei o mapa até a mesa de Wolfe. Ele o examinou por um minuto e disse: "Ótimo. Agora me diga, se você fosse mandar três homens para o lugar, a fim de se certificar de que Manuel Kimball não poderia sair de lá sem ser visto, e para segui-lo se ele fosse visto, como você os disporia?".

"Escondidos?", perguntei.

"Não. À vista mesmo."

"Por quanto tempo?"

"Três horas."

Pensei por um minuto. "Fácil. Durkin na rodovia, do outro lado da entrada para a propriedade, com o sedã estacionado com a parte de trás virada para uma porteira, de forma que ele pudesse sair rapidamente para qualquer um dos lados. Bill Gore nos arbustos — mais ou menos aqui — onde ele poderia cobrir todas as entradas para a casa, a não ser a parte de trás. Orrie no topo da colina, lá trás, afastado uns quinhentos metros, de binóculo, com uma motocicleta na estrada. Mas eles podem muito bem ficar em casa e jogar gamão, uma vez que não sabem voar."

As bochechas de Wolfe se ergueram. "Mas Saul Panzer sabe. As nuvens terão olhos. Obrigado, Archie. Isto é tudo. Não vamos mais perturbar seu entretenimento."

Sabia, pelo tom da voz dele, que tinha de ir, mas não queria. Se ia haver algum joguinho, eu queria participar. Eu disse: "Os cinemas foram todos fechados. Uma blitz da Associação a favor da Supressão do Vício".

Wolfe disse: "Então tente um bordel. Se eles estarão nos cinemas, você terá uma chance".

Bill Gore segurou a risada. Lancei para Wolfe o pior olhar que consegui e fui buscar meu chapéu.

18

Na manhã de quarta-feira eu já estava acordado antes das sete, mas não me levantei. Fiquei olhando o sol entrar inclinado pela janela, e ouvi os barulhos da rua e dos barcos e balsas no rio, e pensei que, se Bill, Fred e Orrie haviam sido instruídos a encontrar-se na garagem às seis e meia, já deviam estar em Grand Concourse. Eu ainda não recebera minha parte da ação. Quando cheguei em casa na noite anterior, Wolfe já havia ido para a cama e não havia nenhum bilhete para mim.

Por fim, pulei da cama, fiz a barba e me vesti, sem pressa, e desci. Fritz estava na cozinha, satisfeito, cantarolando em voz baixa. Eu disse a ele alguma coisa sarcástica, mas percebendo que não era justo descontar nele, compensei comendo um ovo a mais e lendo em voz alta para ele uma notícia do jornal matutino sobre um morcego vampiro que dera cria no zoológico. Fritz vinha da parte da Suíça em que se fala francês. Recebia seu próprio jornal toda manhã, mas era em francês, e isso me dava a impressão de que nunca havia grandes notícias nele. Eu sempre me surpreendia quando descobria alguma palavra, lá no meio, com um significado real; por exemplo, a palavra Barstow, que estivera em destaque nas manchetes por uma semana.

Eu estava começando a segunda xícara de café quando o telefone tocou. Fui para o escritório e tirei o fone do gancho, mas Wolfe havia atendido em seu quarto. Escutei. Era Orrie Cather relatando que haviam chegado e que estava tudo preparado. Só isso. Voltei para o meu café na cozinha.

Depois de uma terceira xícara e de um cigarro, entrei devagar no escritório. Cedo ou tarde, pensei, gênios compartilham seus segredos; cedo ou tarde, de modo que comporte-se; apenas arrume as coisas, tire o pó da mesa, encha a caneta-tinteiro e deixe tudo em ordem para o professor. Cedo ou tarde, querido — ou melhor, seu idiota. Eu estava ficando muito impaciente. Por duas ou três vezes tirei o fone do gancho e aproximei-o do ouvido, mas não consegui pegar Wolfe falando com ninguém. Busquei a correspondência e larguei sobre a mesa, abri o cofre. Puxei a gaveta onde as coisas de Maffei estavam, só para ter certeza de que não haviam fugido. O envelope no qual colocara as cópias parecia mais fino, por isso tirei-as de lá de dentro. Um jogo de cópias desaparecera. Eu mandara fazer dois jogos, e um não estava mais lá. Aquilo me deu uma primeira dica sobre a farsa de Wolfe, mas não fui muito longe com minhas elucubrações, porque quando eu estava recolocando o envelope na gaveta, Fritz entrou e disse que Wolfe queria falar comigo em seu quarto.

Subi. A porta estava aberta. Ele estava acordado e totalmente vestido, apenas sem paletó. As mangas de sua camisa amarela — ele usava duas camisas limpas por dia, sempre amarelo-canário — pareciam duas enormes bexigas de carneiro enquanto ele ficava em frente ao espelho, penteando-se. Meu olhar cruzou com o dele no espelho, e ele piscou para mim! Fiquei tão surpreso que acho que minha boca se abriu.

Ele guardou a escova e se virou para mim. "Bom dia, Archie. Já tomou café da manhã? Ótimo. É agradável ver o sol novamente, após a chuva e o dia cinzento de ontem. Tire os documentos de Maffei do cofre. Leve, sem hesitar, uma arma e vá para White Plains ver Anderson em seu escritório — ele estará esperando por você — e leve-o até a propriedade de Kimball. Mostre Manuel Kimball a ele, aponte, se necessário. Depois que Manuel Kimball for preso, entregue os documentos ao senhor Anderson. Volte para cá e descobrirá que Fritz terá preparado um de seus pratos favoritos para o almoço."

Eu disse: "Ok. Mas por que todo o mistério...".

"Comentários depois, Archie. Guarde-os consigo. Tenho de estar lá em cima em dez minutos e ainda não desfrutei o prazer do meu chocolate."

Eu disse: "Espero que você engasgue com ele". Virei as costas e saí.

Com as coisas de Carlo Maffei e a declaração de Anna no bolso, e com um 38, que dessa vez estava carregado, na cintura, andei até a garagem. O dia estava quente e ensolarado, 21 de junho, o dia em que o sol começa a voltar para o sul. Era um bom dia para o *grand finale* do jararaca, pensei, o dia mais longo do ano. Coloquei gasolina, óleo e água no carro, atravessei a cidade até a Park Avenue e virei na direção norte. Fiz uma saudação ao passar pela fachada de mármore do banco Manhattan Trust: era lá que eu tinha endossado o cheque de Anderson. O trânsito em sentido norte pela Parkway, àquela hora, era tranqüilo, mas mantive o velocímetro nos oitenta, ou menos. Wolfe havia dito a Anderson que tudo seria discreto e, além disso, eu não estava com disposição de discutir com guardas. Eu estava bastante ansioso. Sempre fico assim quando estou finalmente indo atrás de um culpado; parece que o ar nunca é suficiente para mim; passo a respirar mais depressa e tudo aquilo em que toco — o volante, por exemplo — parece estar pulsando com vida. Não gosto muito dessa sensação, mas é minha conhecida.

Anderson estava esperando por mim. Em seu escritório, a garota da recepção me cumprimentou com a cabeça e continuou ocupada ao telefone. Um minuto depois, Anderson saiu. Havia dois homens com ele, segurando os chapéus e com aparência vigorosa. Um deles era H. R. Corbett; o outro eu não conhecia. Anderson parou para dizer alguma coisa para a garota na recepção e depois veio até mim.

"E então?", disse.

Sorri. "Quando quiser. Olá, Corbett. Você também vai?"

Anderson disse: "Estou levando dois homens. Você sabe como é. São suficientes?".

Assenti. "Tudo o que eles vão fazer é segurar o meu chapéu. Vamos." O terceiro sujeito abriu a porta e nós saímos.

Anderson foi comigo no carro de Wolfe; os outros dois nos seguiram num carro fechado, oficial, mas reparei que não era a limusine de Anderson. Descendo a rua principal, todos os guardas de trânsito bateram continência para o meu passageiro; sorri pensando como eles ficariam surpresos se soubessem quanto o promotor público estava pagando por aquele pequeno passeio. Pisei no acelerador logo que entramos na estrada, e voei pelas colinas, para cima e para baixo, tão rápido que Anderson chegou a olhar para mim. Ele não sabia se a velocidade era necessária para nosso programinha, de modo que continuei pisando. Diminuía apenas nas curvas ou quando precisava me certificar de que Corbett, que vinha atrás, não tinha me perdido na poeira. Levamos apenas vinte e cinco minutos da sede da comarca em White Plains até a entrada da propriedade de Kimball; o relógio no painel do carro marcava dez e quarenta quando diminui a velocidade para entrar.

Durkin estava lá, do outro lado da estrada, sentado no estribo do carro, que fora estacionado da maneira que eu havia sugerido. Acenei para ele mas não parei. Anderson perguntou: "Aquele é um dos homens de Wolfe?". Confirmei e entrei na trilha que levava à casa. Eu havia andado uns trinta metros quando Anderson disse: "Pare!". Pisei no freio, engatei o ponto-morto e puxei o breque de mão.

Anderson disse: "Esta é a propriedade de E. D. Kimball. Você tem de abrir o jogo agora mesmo".

Recusei-me. "De jeito nenhum. O senhor conhece Nero Wolfe, e isso é garantia suficiente. E estou obedecendo ordens. Continuo?"

O carro de Corbett tinha estacionado bem atrás de nós. Anderson estava olhando para mim, a boca retorcida pela incerteza. Eu estava com os ouvidos bem abertos, esforçando-me para ouvir, não a resposta de Anderson, mas o que achei ser o som de um avião. Mesmo se eu quisesse sair para olhar, as árvores não me deixariam ver coisa nenhuma. Mas era um avião, com certeza. Engatei a primeira e continuei em frente.

Anderson disse: "Meu Deus, Goodwin, espero que saiba no que está se metendo. Se eu soubesse...".

Interrompi: "Cale a boca!".

Parei na frente da casa, desci correndo e toquei a campainha. Em um instante a porta foi aberta pelo mordomo gordo.

"Gostaria de falar com o senhor Manuel Kimball."

"Sim, senhor. Senhor Goodwin? Ele está esperando o senhor. Ele pede que o senhor vá ao hangar e o espere por lá."

"Ele não está em casa?"

O mordomo hesitou, e com certeza parecia preocupado. "Acho que ele pretendia sair com o avião."

Assenti com a cabeça e corri de volta. Corbett havia saído de seu carro e estava falando com Anderson.

Quando entrei atrás do volante, Anderson se virou para mim e começou a falar: "Escute aqui, Goodwin...".

"Não me ouviu mandar calar a boca? Estou ocupado. Cuidado aí, Corbett."

Saí apressado pela estradinha atrás da casa e embiquei na direção do caminho de cascalho que levava ao hangar. Ali, sem as árvores, o som do avião era mais alto. Fiz as pedrinhas voarem longe e parei derrapando na plataforma de concreto na frente do hangar. O mecânico, Skinner, estava em pé diante da enorme porta aberta. Saí apressado e fui até ele.

"Onde está o senhor Manuel Kimball?"

Skinner apontou para cima e olhei. Era o avião de Manuel Kimball, no alto, mas não tão no alto que eu não conseguisse ver as cores vermelho e azul. Parecia estar fazendo um barulhão, e no instante seguinte descobri o motivo, quando percebi um outro avião que circulava vindo do oeste, mais alto do que o de Manuel e mais rápido. Ele estava contribuindo com o barulho. Os dois aviões estavam circulando, escuros e belos sob o sol. Abaixei a cabeça e dei um espirro.

Skinner disse: "Saúde. Hoje ele tem companhia".

"Estou vendo. Quem é?"

"Não sei. A primeira vez em que o vi foi pouco depois das oito, e ele está fazendo voltas por aí desde essa hora. É um Burton bimotor, tem um mergulho excelente."

Lembrei-me de Wolfe dizendo que as nuvens teriam olhos. Não havia nuvens, mas não havia dúvida quanto aos olhos.

Perguntei: "A que horas o senhor Kimball decolou?".

"Um pouco depois das dez. Eles chegaram lá pelas nove e meia, mas o banco sobressalente não estava pronto, tive de consertar as correias."

Entendi o sentido do que ele estava dizendo imediatamente, mas resolvi confirmar: "Ah, tem alguém com ele?".

"Sim, senhor, o pai dele. O velho senhor foi dar um passeio. É apenas a terceira vez que ele voa. Quase desistiu quando viu que o banco não estava pronto, mas fizemos com que fosse."

Olhei para os aviões novamente. Manuel Kimball e seu pai passeando juntos, lá em cima sob o sol, em meio ao vento e ao rugido do motor. Provavelmente sem conversa, só um passeio matinal.

Fui até o carro para falar com Anderson. Corbett havia saído do carro e veio ao meu encontro. Parei para escutar ele dizer: "Muito bem, estamos aqui para a festa, mas onde está o convidado de honra?".

Não lhe dei atenção e fui para o carro. Não vi razão para o mecânico ouvir mais do que precisava ouvir, e abaixei a voz. "Terá de esperar, senhor Anderson. O assassino de

Barstow está dando um passeio pelos ares. Lamento que o senhor não o pegue na hora prevista, mas vai pegá-lo."

Anderson disse: "Entre aqui. Quero todas as cartas na mesa".

Recusei-me. Talvez fosse obstinação, mas eu estava decidido a fazer tudo exatamente como Wolfe ordenara. "Isso não está no programa." Corbett se aproximara pelo outro lado do carro e colara o rosto à janela para dizer a Anderson: "Se ele tem alguma coisa que o senhor quer, será um prazer pegá-la para o senhor".

Eu já estava com a boca aberta para convidá-lo formalmente a fazer aquilo quando ouvi meu nome sendo chamado. Virei para trás. Skinner havia deixado o hangar e estava vindo na minha direção; numa das mãos tinha um taco de golfe, na outra um envelope. Olhei surpreso para ele. Ele estava dizendo: "Esqueci de lhe dar. O senhor é o senhor Goodwin, não? O senhor Kimball deixou estas coisas para o senhor".

Fui até ele e agarrei o que ele trazia. O taco de golfe! Olhei para ele, mas não havia nada para ver; na aparência externa, era só um taco de golfe. Mas, é claro, era *o* taco de golfe. Beleza! Enfiei-o debaixo do braço e olhei o envelope; na parte da frente estava escrito *Sr. Nero Wolfe*. Não estava fechado, e eu tirei o conteúdo, o jogo de cópias das quais havia dado falta no cofre. As folhas estavam presas com um clipe, e por cima havia um pequeno papel no qual se lia: *Obrigado, Nero Wolfe. Em retribuição à sua cortesia, estou lhe deixando uma pequena lembrança. Manuel Kimball.* Olhei para o céu. O avião azul e vermelho do principal personagem da farsa de Wolfe ainda estava lá, um pouco mais alto, achei, em círculos com o outro avião acima dele. Coloquei as cópias de volta no envelope.

Corbett estava na minha frente. "Passe para cá, eu fico com isso."

"Ah, não. Obrigado, posso cuidar disso."

Ele avançou como um gato, e eu não estava esperando... O movimento foi caprichado. Ele pegou o envelope com uma das mãos e o taco de golfe com a outra. Saiu correndo na direção do carro de Wolfe. Com dois pulos eu estava na frente dele, e ele parou. Eu não queria brincadeiras, e disse: "Tome esta", e acertei-lhe o queixo com vontade. Ele cambaleou e deixou cair o produto de sua pilhagem, deixei que erguesse as mãos, fintei com a direita e acertei-o novamente. Dessa vez quem caiu foi ele. Seu colega veio correndo, e Skinner também. Virei-me para enfrentar mais um, mas a voz de Anderson, com mais vigor do que eu pensei que ele tivesse, veio de dentro do carro de Wolfe:

"Curry! Afaste-se dele! Pare com isso!"

Curry parou. Dei um passo para trás. Corbett levantou-se, com um olhar feroz. Anderson disse de novo: "Corbett, você também! Afaste-se!".

Eu disse: "Não por mim, Anderson. Se eles quiserem brincar de apanha-e-corre, eu brinco com os dois. Eles precisam aprender um pouco de respeito pela propriedade privada".

Parei de falar para apanhar do chão o taco e o envelope. Foi quando eu estava me abaixando e estendendo a mão que ouvi Skinner gritar.

"Meu Deus! Ele perdeu o controle!"

Por um momento, pensei que se referia à minha posição pouco elegante e achei que estava maluco. Depois, quando me endireitei e olhei para ele, e vi para onde ele estava olhando, virei bruscamente a cabeça e os olhos para cima. Era o avião de Manuel Kimball, bem acima de nós, a uns trezentos metros. Ele estava girando e dando piruetas, como se tivesse perdido a direção, e estava caindo. Ele não parecia estar dando trancos e girando para a frente e para trás, não parecia estar caindo direto, mas estava caindo. Estava bem acima de nós... cada vez mais rápido... fiquei olhando espantado, com a boca aberta...

"Cuidado!", Skinner estava gritando. "Meu Deus do céu!"

Corremos para a porta do hangar. Anderson havia saído do carro e se juntou a nós. Ultrapassamos a porta e nos viramos, foi o tempo de ver o choque. Um relâmpago negro rasgou o ar. Um estrondo gigantesco, não grave como canhão, mas mais como uma espécie de estalo instantâneo, de arrebentar o ouvido. Pedaços voaram por toda parte; estilhaços vieram dar nos nossos pés. O avião caíra na beirada da plataforma de concreto, a menos de dez metros do carro de Corbett. Saímos correndo em direção aos destroços, com Skinner gritando: "Cuidado, pode explodir!".

A visão que eu tive não foi das mais agradáveis. O único jeito que havia de saber que o que eu estava vendo era E. D. Kimball era que o que eu estava vendo estava misturado com o cinto de segurança do banco traseiro e o mecânico havia dito que o velho senhor tinha ido dar um passeio de avião no banco suplementar, que era o traseiro. Aparentemente o avião caíra de tal forma que o banco da frente havia sofrido um choque diferente, pois Manuel Kimball poderia ser reconhecido por qualquer um. Seu rosto ainda estava inteiro e até com boa aparência. Skinner e eu o soltamos enquanto os outros recolhiam o que seria seu pai. Levamos eles dali para dentro do hangar e os pusemos no chão, em cima de umas lonas.

Skinner repetiu: "É melhor vocês tirarem os carros de lá. Aquilo ainda pode explodir".

Falei: "Quando eu tirar o carro, vai ser para ir embora. Agora é uma boa hora para nosso assunto, senhor Anderson. O senhor deve se lembrar que Nero Wolfe prometeu que eu seria discreto. Pois serei". Tirei os documentos do bolso e entreguei a ele. "Aqui estão as provas. E aí, no chão, o homem que o senhor procurava, é esse que ainda tem o rosto."

Apanhei o envelope de Manuel Kimball e o taco de golfe do lugar onde eu os havia largado e fui embora. Levei uns quatro segundos para dar a partida no carro e sair dali.

Na saída da propriedade, já entrando na estrada, parei o suficiente para gritar para Durkin: "Pode chamar seus colegas, vamos para casa. O espetácuo acabou".

Cheguei a White Plains em vinte minutos. O carro de Wolfe nunca correu tão bem. Telefonei para Wolfe da mesma loja de conveniência onde, duas semanas antes, eu havia parado para lhe dizer que Anderson estava nas Adirondacks e que eu só tinha Derwin com quem apostar. Ele atendeu depressa, e eu lhe passei a história, de maneira rápida mas completa.

Ele disse: "Ótimo. Espero que você não tenha ficado ofendido, Archie. Achei melhor que sua cabeça não ficasse atravancada com detalhes de somenos importância. Fritz está se preparando para agradar ao seu paladar. — A propósito, onde fica White Plains? Seria muito inconveniente para você dar uma passada em Scarsdale antes de vir? Glueckner me telefonou dizendo que conseguiu um híbrido de *Dendrobium Melpomene* com *Findlayanum* e me ofereceu algumas sementes".

19

Com certeza não parecia grande coisa. Era de um azul desbotado, lembrando bolor, e tão pequeno que poderia entrar num envelope comum sem dobrar. Parecia ainda menor do que era porque as letras, nos lugares apropriados, eram muito grandes e irregulares; ainda assim, tinha personalidade. Aquela, adivinhei, era Sarah Barstow. A assinatura embaixo, Ellen Barstow, tinha uma caligrafia bem diferente — elegante e precisa. Era sábado de manhã, e o cheque havia chegado pelo correio logo cedo. Eu estava dando uma última e carinhosa olhada para ele antes que sumisse no caixa do banco. Eu havia avisado Wolfe, que estava lá em cima, que um envelope dos Barstow havia chegado, e ele me disse para abri-lo e que o cheque devia ser depositado.

Às onze horas Wolfe entrou no escritório, foi para sua mesa e tocou a campainha que traria Fritz e a cerveja. Eu havia datilografado a lista de despesas do caso Barstow para que ele examinasse, e logo que ele terminou de passar os olhos pela reduzida correspondência, eu a entreguei a ele. Ele pegou um lápis e a percorreu lentamente, verificando cada item. Esperei. Quando vi que ele havia chegado ao terceiro item de baixo para cima e parado nele, engoli em seco.

Wolfe ergueu a cabeça. "Archie. Precisamos comprar uma máquina de escrever nova."

Eu só pigarreei. Ele continuou: "Esta nossa é por demais impulsiva. Talvez você não tenha reparado: ela inseriu um número extra antes da vírgula do decimal na quantia ao lado do nome Anna Fiore. Observei que você descuidadamente incluiu o erro na soma final".

Consegui rir amarelo. "Ah! Agora entendi. Havia esquecido de lhe dizer. O pé-de-meia de Anna deu cria, são mil dólares, agora. Estou levando a quantia para ela hoje à tarde."

Wolfe suspirou. A cerveja chegou, ele abriu uma garrafa e tomou um copo de um gole só. Colocou a lista de despesas sob um peso de papel junto com a correspondência e recostou-se na cadeira. "Amanhã vou diminuir para cinco litros."

Meu sorriso melhorou. Eu disse: "Não precisa mudar de assunto. Eu não cometeria o erro de achar que você é generoso mesmo se você tivesse dobrado o valor; mas mesmo assim, você ainda teria feito excelente negócio. Sabe o que Anna vai fazer com o dinheiro? Vai comprar um marido. Está vendo o bem que você fez?".

"Diacho. Não dê nada a ela. Diga-lhe que o dinheiro não foi encontrado."

"Não. Vou lhe dar o dinheiro e deixar que ela mesmo cave sua própria desgraça. Não sou impetuoso como você, e não me ponho na posição de substituto do destino."

Wolfe abriu os olhos. Estava sonolento havia três dias, e pensei que já era hora de acordá-lo. Ele murmurou: "Você acha que está dizendo alguma coisa que preste, Archie?".

"Claro. Estou perguntando de onde você tirou a jovial idéia de matar E. D. Kimball."

"De onde o filho dele tirou a idéia, você quer dizer?"

"Não, você. Não tergiverse. Você o matou."

Wolfe negou. "Errado, Archie. Acha que estou tergiversando? E. D. Kimball foi morto por seu filho quando ele era ainda uma criança, no momento em que E. D. Kimball o abandonou sentado no chão entre seus brinquedos em meio a uma poça do sangue de sua mãe. Por favor. Falando de forma bem precisa, agora: E. D. Kimball não morreu na quarta-feira passada, mas no domingo, 4 de junho. Por meio de um dos infelizes acidentes pelos quais o obscuro acaso interfere nos processos naturais de vida e morte, Barstow morreu em seu lugar. É verdade que ajudei a consertar esse erro. Mandei Durkin entregar a Manuel Kimball um jogo de cópias de nossas provas contra ele, e telefonei-lhe a seguir dizendo que ele estava cercado, por baixo, na terra, e por cima, no ar. Deixei que a natureza seguisse seu curso, tendo-me antes certificado de que E. D. Kimball estava em casa e de lá não sairia naquela manhã."

Falei: "Certa vez você me disse que eu não podia ocultar a verdade construindo uma redoma de vidro a seu redor. Por que está tentando fazer isso? Você o matou". As bochechas de Wolfe se dobraram. Ele derramou mais cerveja no copo, recostou-se novamente e observou a espuma. Quando ela baixou, deixando apenas uma fina faixa branca, ele olhou para mim e suspirou.

"O problema é que", murmurou ele, "como de costume, você está tão envolvido com os fatos que se esquece do fenômeno. Você gruda neles, Archie, como uma sanguessuga num úbere. Analise a situação que estava diante de mim. Manuel havia tentado matar o pai. Por um acidente além de seu controle, o inocente Barstow morreu. Eu estava de posse de provas que incriminavam Manuel. Como deveria utilizá-las? Se tivesse me dado ao luxo de assumir uma atitude filosófica, é claro que jamais teria usado aquelas provas, mas essa postura estava além de meus recursos: aqui, estamos falando de negócios. Assumir a posição de substituto do destino? Com certeza; fazemos isso constantemente; no caso, só poderíamos evitar as coisas pela mais completa inação. Fui forçado a agir. Se eu tivesse permitido que você pegasse Manuel Kimball, sem aviso prévio, e o entregado à vingança do povo do estado de Nova York, ele teria ido para a cadeira elétrica, como um homem derrotado e amargo, com o coração vazio da única e real satisfação que a vida havia lhe estendido; e o pai dele, igualmente amargo e não menos derrotado, teria cambaleado durante uns poucos anos, sem ter nada mais para negociar. Se eu tivesse feito com que isso acontecesse, teria de me responsabilizar por tal coisa, diante de mim mesmo, perspectiva pouco agradável. Mas eu tinha de agir de algum modo. E o fiz, incorrendo numa responsabilidade muitíssimo menos desagradável. E você abrange todo um complexo fenômeno declarando rudemente que eu matei E. D. Kimball. Bem, Archie, assumo a responsabilidade pelos meus atos; mas não assumirei o fardo de você ser simplório. Isso é com você."

Sorri. "Talvez. Não digo *talvez* para a possibilidade de eu assumir tal fardo, digo *talvez* para tudo o que você disse. E, sim, talvez eu seja simplório. Sou tão simplório que um pensamento simples me ocorreu quando voltava do banco esta manhã."

"É mesmo?" Wolfe bebeu a cerveja do copo de um só gole.

"É. Ocorreu-me que se Manuel Kimball tivesse sido preso e levado a julgamento, você teria de colocar o chapéu e as luvas, sair de casa, andar até um automóvel, viajar até White Plains, sentar-se na sala de audiências, esperando sua vez de depor. Ao passo que, agora, os processos naturais sendo o que são, e você com uma intuição tão boa para fenômenos, pode simplesmente ficar aí sentado, segurando suas responsabilidades no colo."

"É verdade", murmurou Wolfe.

SÉRIE POLICIAL

Réquiem caribenho
   Brigitte Aubert

Bellini e a esfinge
Bellini e o demônio
Bellini e os espíritos
   Tony Bellotto

Os pecados dos pais
O ladrão que estudava Espinosa
Punhalada no escuro
O ladrão que pintava como Mondrian
Uma longa fila de homens mortos
Bilhete para o cemitério
O ladrão que achava que era Bogart
Quando nosso boteco fecha as portas
O ladrão no armário
   Lawrence Block

O destino bate à sua porta
Indenização em dobro
A história de Mildred Pierce
   James M. Cain

Post-mortem
Corpo de delito
Restos mortais
Desumano e degradante
Lavoura de corpos
Cemitério de indigentes
Causa mortis
Contágio criminoso
Foco inicial
Alerta negro
A última delegacia
Mosca-varejeira
Vestígio
   Patricia Cornwell

Edições perigosas
Impressões e provas
A promessa do livreiro
Assinaturas e assassinatos
   John Dunning

Máscaras
Passado perfeito
Ventos de Quaresma
   Leonardo Padura Fuentes

Tão pura, tão boa
Correntezas
   Frances Fyfield

O silêncio da chuva
Achados e perdidos
Vento sudoeste
Uma janela em Copacabana
Perseguido
Berenice procura
Espinosa sem saída
Na multidão
   Luiz Alfredo Garcia-Roza

Neutralidade suspeita
A noite do professor
Transferência mortal
Um lugar entre os vivos
O manipulador
   Jean-Pierre Gattégno

Continental Op
Maldição em família
   Dashiell Hammett

O talentoso Ripley
Ripley subterrâneo
O jogo de Ripley
Ripley debaixo d'água
O garoto que seguiu Ripley
   Patricia Highsmith

Sala dos homicídios
Morte no seminário
Uma certa justiça
Pecado original
A torre negra
Morte de um perito
O enigma de Sally
O farol
Mente assassina
   P. D. James

Música fúnebre
  Morag Joss

Sexta-feira o rabino acordou tarde
Sábado o rabino passou fome
Domingo o rabino ficou em casa
Segunda-feira o rabino viajou
O dia em que o rabino foi embora
  Harry Kemelman

Um drink antes da guerra
Apelo às trevas
Sagrado
Gone, baby, gone
Sobre meninos e lobos
Paciente 67
Dança da chuva
Coronado
  Dennis Lehane

Morte em terra estrangeira
Morte no Teatro La Fenice
Vestido para morrer
Morte e julgamento
  Donna Leon

A tragédia Blackwell
  Ross Macdonald

É sempre noite
  Léo Malet

Assassinos sem rosto
Os cães de Riga
A leoa branca
O homem que sorria
  Henning Mankell

Os mares do Sul
O labirinto grego
O quinteto de Buenos Aires
O homem da minha vida
A Rosa de Alexandria
Milênio
O balneário
  Manuel Vázquez Montalbán

O diabo vestia azul
  Walter Mosley

Informações sobre a vítima
Vida pregressa
  Joaquim Nogueira

Revolução difícil
Preto no branco
No inferno
  George Pelecanos

Morte nos búzios
  Reginaldo Prandi

Questão de sangue
  Ian Rankin

A morte também freqüenta o Paraíso
Colóquio mortal
  Lev Raphael

O clube filosófico dominical
  Alexander McCall Smith

Serpente
A confraria do medo
A caixa vermelha
Cozinheiros demais
Milionários demais
Mulheres demais
Ser canalha
Aranhas de ouro
Clientes demais
A voz do morto
  Rex Stout

Fuja logo e demore para voltar
O homem do avesso
O homem dos círculos azuis
  Fred Vargas

A noiva estava de preto
Casei-me com um morto
A dama fantasma
  Cornell Woolrich

1ª EDIÇÃO [2000]
2ª EDIÇÃO [2008]

ESTA OBRA FOI COMPOSTA PELA HELVÉTICA EDITORIAL
EM NEW BASKERVILLE E IMPRESSA PELA GEOGRÁFICA EM OFSETE
SOBRE PAPEL PAPERFECT DA SUZANO PAPEL E CELULOSE
PARA A EDITORA SCHWARCZ EM JUNHO DE 2008